人生百味

崔丙仁　著

河南文艺出版社
·郑州·

图书在版编目（CIP）数据

人生百味/崔丙仁著. —郑州：河南文艺出版社，
2017.10（2019.9重印）

ISBN 978-7-5559-0606-3

Ⅰ.①人… Ⅱ.①崔… Ⅲ.①散文集–中国–当代

Ⅳ.①I267

中国版本图书馆 CIP 数据核字（2017）第 251265 号

出版发行　河南文艺出版社
本社地址　郑州市郑东新区祥盛街 27 号 C 座 5 楼
邮政编码　450018
承印单位　三河市兴国印务有限公司
经销单位　新华书店
开　　本　890 毫米×1240 毫米　1/32
印　　张　11
字　　数　217 000
版　　次　2017 年 10 月第 1 版
印　　次　2019 年 9 月第 2 次印刷
定　　价　35.00 元

印厂地址　河北省三河市北外环路南密三路东
邮政编码　065200　　电话　0316–7151808

愿与君共享美好人生(代序)

一

10 年前。

准确地说,是 2006 年 7 月 24 日,我陪几个深圳来的朋友到王屋极顶天坛山玩,同路还有一名北大中文系的二年级女生。她可能早上睡懒觉了,没来得及吃早饭,刚爬到半山腰就支持不住了。幸好我背包里预先准备有几盒点心,就给她一包奶油饼干,她接过去,毫不掩饰自己的吃相,一个女孩子的本真是这样。记得我送了她一本我写的散文集《走在美丽的边缘》,她认真读了,并且还给我提了很中肯的意见。

这是一名知道感恩的姑娘,回校后她专门写了一封信向我表示感谢。作为回敬,她给我寄来一本她正在读的《中国文学理论批评史教程》,这是北大中文系的教材,知识密集,体量也很大,也正是我想要的书。我很想知道中国文学的起源究竟是不是和鲁迅先生说的一样,是从先古人民的劳动号子开始的。看了才知道,这本书是专门研究文学理论批评的,从先秦到明清以及与西方的文艺美学进行比较,需要耐心看。

20 年前。

说不上准确日期了,我记得清楚,那是开春的时节,初暖乍寒,王屋山上除了一簇簇粉红色的杏花、桃花外,一切还是光秃秃的。我也是一时心血来潮,一个人去登王屋山,只带了一小瓶矿泉水,早饭也是习惯性地喝了半碗粥。

一路走来少有行人,此时还不是看风景的时候,大山像披着灰纱的老妇背靠着我,沉默而孤寂。一群杜鹃就落在路边的草地上,大胆泼辣,跳跃啼叫,完全忽略了我的存在。倒是我心有胆怯,这厚重亘古的大山空旷得令人发怵。

原以为一路上有卖吃的,想不到从山脚到山顶,竟没有一个村民摆摊卖吃喝。到山顶还有很长一段路要攀爬,我抬头望见那高耸的山脊,心里一阵阵发虚,身上直冒汗。饥肠辘辘的我知道,剩下的精神储备不足以支撑我爬到山顶了,就此退回山根吧,但那也是很遥远的路程。想不到在这物质极为丰富的年头,能得到一个馒头或者一根黄瓜竟成了我的奢望。

不经意间发现前面不远处,有一个中年人蹲在一棵老栗树下休息。他穿了一件褐色发黄的夹克,要不是他手里夹着的香烟发出火光,我还以为那是一只猴子呢。他左手提着的塑料袋里,葱油饼足够几个人吃,我大喜过望。

紧走几步站在他面前,说明来由,请求他分一些葱油饼给我吃。他抬起头打量我半天,尽管满脸狐疑,但他还是以男人的豁达从塑料袋里掏出一片等腰三角形葱油饼递给我。看来他老婆的厨艺不错,把葱油饼切得那么齐整。他给我的一片葱油饼可以满足一个一周岁婴儿一顿饭的需求,感谢他像对待一个婴儿一样对待我这个老大不小的成年人。要是他用葱油饼把我喂饱,我恐怕什么也记不住了。

山顶有十几个修庙的工人,他们在那里搭伙做饭,我从他们锅里盛了半碗米饭浇白菜,味道极好。

40 年前。

那年我在济源二中读初一。一个星期天,隔壁班女生蝴蝶约我去天坛山玩。蝴蝶可是我们二中的校花,深得大家喜欢,这个山西阳城县出生的少女有山西人狷介的基因,尚不知男女有别。我是我们班的班长,不好意思就我们两个人去登山,但她执意要我去,并说干粮都给我准备好了,我当然不能再拒绝她。临出发的时候,我们班的一名男同学不请自来加入了我们的行程,算是解了我的围。

我们三人好不容易连走带爬登上了天坛山顶,瘫在地上大口喘气,心都快要蹦出来了。低处白云缥缈,公路变成了一缕银色的丝线,大殿河极像一条干瘪的带鱼,几只老鹰在空中滑翔,速度极慢。一切都变得离我们遥远了,我们好像是被人类遗弃的孤儿,被抛在这孤傲的山顶上。我想我今天的选择是不是有点轻率?过度的疲惫让我心里有几分懊悔。

待我们稍微平息下来,蝴蝶解开手绢,拿出一个馍馍递给我,谁知那名男同学手疾眼快,一把夺过去一口就咬去一半。蝴蝶无奈,就把剩下的一个馍馍分一半给我,我哪里好意思分吃蝴蝶的馍馍?

"我不饿。"我轻描淡写地对蝴蝶说。说完,我起身走到悬崖边,目眺远处,一副舍我取义的样子。

那一次装牛逼,让我挨了一生中最严重的一次饿,后来肠胃不好,与那一次饥饿有很大的关系。

这三个平淡无奇的故事原本没有在这里叙述的必要,但都发生在王屋山并且都和饿肚子有关,所以让我终生难忘。生活中有太多的机缘巧遇,都错落地发生在生命的旅途中,说不出是残枝败叶还是绿树鲜花,到后来都一样瑰丽。

二

10年前。

我只身一人到内蒙古乌拉特后旗出差。那一天办完事已经是下午2点多,我急忙打了一辆摩的赶到长途汽车站,通往北京的大巴都开走了,停车场里空荡荡的,出站口停了一辆从巴彦淖尔开往北京的卧铺大巴,司机已经发动汽车,看样子马上就要出发了。

"师傅,还有座位吗?"我带着恳求问开车的师傅。

"还有一张加票,要不要?"

"要!"我不假思索地回答,一脚已经跨进了车门。当地的季风夹着沙石,吹打在人脸上,生疼生疼,特别是我的双眼有点红肿,我想赶快离开这地方。当我侧着身子走到车尾,才发现原来加铺就是在最后排的过道里铺了一块不足两尺宽的木板,我今晚就要在这块木板上颠簸到北京。但我心里还是庆幸,终于能够提前十几个小时逃离这让我很不适应的地方了。

虽然是七月，但祖国北方的深夜还是很凉的。加铺没有被褥枕头，我躺在木板上，身体随着汽车摇来晃去，后半夜的凉气冻得我缩成一团，我懊悔起来。我原本可以在林河市舒服地住一晚，待第二天散漫地回来，还能看一路风景。

睡在我身旁的是一位蒙古族妇女，她女儿在北京打工，快要生产了，她去北京照顾女儿。见我被冻得缩成一团，她就把自己的被子扯一半让我盖上，我立刻感到暖和了许多，由于过度疲劳，我很快睡着了。这半条皱巴巴说不上干净的被子，让我睡了一个好觉。早晨 7 点 50 分，我们在北京北站下了车，互相打过招呼，都各自卷入密密的人流中了。

善良的蒙古族女人，此刻，你在哪里？

20 年前。

我和一位河南上蔡县的老兄同时入住平顶山矿务局第二招待所的 311 房间。那时候全国的旅馆都紧张，不允许一个人占一个房间，两个陌生人住一个房间也不见得有多不方便。晚上我们一起吃饭的时候，他要了一瓶白酒，劝过我后便不再客气，一个人自斟自饮起来，饭还没有吃完，他就已喝得烂醉如泥。我搀扶他出了饭堂，顺着解放路一直走到宝丰县城南山的草坡上，他像一头被刀捅过的肥猪，沉重地倒在草地上，开始嘴里还不干不净地骂老婆，不一会儿就呼呼睡着了。

我眼望满天的星星，耳听远处矿车的压延声，又想着身旁睡着的这位老兄，不免感到几分霉气。这个有点儿秃顶、眼皮浮肿、牙齿发黄、我刚刚认识的家伙，凭什么折腾我，让我在这荒草地伺候他？这样愤愤地想到后半夜，我也忍不住睡着了。

待我醒来,太阳早已从东方升起,大地被照得通亮,几只麻雀在附近的草地上一边梳理羽毛一边不时向我这边窥探。我四处搜寻,那位老兄不知道什么时候已离我而去。我急忙起身,沿着矿务局通勤火车的道轨向第二招待所赶去,服务员告诉我,他早上6点钟就退房了。

上蔡老兄,我待你不薄,你何以如此?

40年前。

南京夫子庙下关公共汽车站附近有一家旅馆,大概是用大礼堂改造而成的,中间约有两米宽的过道,两边是简易客房。那一年我因工作的原因,断断续续在南京住了一年,差不多都下榻在这个旅馆,每宿只要8毛钱。特别是旅馆附近有一家小吃店,炸的麻团很好吃,至今想起来还非常向往。我们北方炸的麻团,样子酷似那家小吃店炸的,但味道相去甚远。

那年快到元旦了吧,南京城里不送暖气,非常寒冷。当我住进这家旅馆的时候,一个来南京疗养的志愿军老兵早我几天住了进来。他在朝鲜战场立过特等功,双眼被打瞎了,转业后被分配到黑龙江鸡东煤矿,等于是在矿上养老,组织上还给他介绍了一位小他十几岁的老婆。他有两个女儿,一个10岁,一个8岁,这次来南京也被他带在身边。

陪护这位老兵的还有鸡东煤矿职工医院的一位女医生,姓陈,长得丰满漂亮,有着关东人的热情大方。在南京停留的一个多月里,我们相处得很愉快。有一次我得了重感冒,她给我弄药送水,整整服侍了我一个星期。病好时我给她药钱,她说什么都不肯要,到现在我还觉得欠她一个大大的人情。那一段日子大概是我人生中最快乐的时光,我们一起去看电影,逛莫愁湖公园,拜谒中山陵。南京毕竟是旧朝古都,好玩的地方很多,我们没事就满城疯跑,有时候并没有一个目的,只在途中。

快过年了,老兵要到上海疗养,我也该回家了。她送我到南京火车站。车开很久了,她还伫立在站台上,脖子上的红围巾随风飘起,一直飘到40年后的今天,我仍清晰记得。

三

我知道文字对于我来说是不称职的工具,很难表达出我真实的情感,在我的人生记忆里剪辑这么几个片段,并非刻意要说明什么。随着年龄的增长,所有的冤仇恨怨都在心里化剑为犁,变为感动了。科学家说天上的星星比地上的沙子还多,宇宙大得令人生畏,我们每一个生命个体是何等渺小,不要发生无谓的争吵,给纷乱的世界再增添不安。

好在我们人类能够相互体恤怜悯,这注定了人类可以战胜其他动物来主宰世界。人的本性为善,这就是人类生生不息的原因。我相信人类最终还是归善,我愿做永远的善者。

有一段时间我的思想处于荒漠期,我很失落彷徨,庆幸我有一帮很友善的"下流伙计",他们的正直善良深深影响了我,我也像他们一样靠付出挣钱,从不随波逐流,这也让我寡居离群,但我从不后悔。

有一天,孙子指着墙上的挂相问爷爷:

"他是谁?"

"他是你老爷。"

"他在哪儿?"

"在地下。你老爷喜欢清静。"

我们终究都要去那个清静的地方。

人啊,认识的,不认识的,让我们每一天都过得生动活泼、平淡自适,不枉了父母生我们一场。

目录

1

走过

走过,便是走过,不会因为走错再去折返,也不会因为迷路稍稍停顿,这是一条不归路,每个人,都是朝着一个方向走。稀疏也好,拥挤也好,径直也好,曲折也好,宽广也好,狭窄也好,郁郁独行也好,快乐相伴也好,反正不会让你一刻停下,不会让你举手眺望。你总是重心前移,被一个巨大的引力裹挟,即便那是一个阴森森的你不愿意去的地方,你也无法拒绝,在一片玉米地或者芦苇丛中躲过。

你也许会遇到鲜花掌声和红地毯的迎送,那又有什么值得庆幸,掌声过后,是一个更加漫长的寂寞,还不如把得意均衡在失落里,那样你就不会被高高举起又重重摔下,那疼痛可不是好玩的。你也许会迎着朝阳走去,百合为你献媚,小鸟为你歌唱,你意气风发兴趣盎然,满以为整个初春初夏的情怀都为你拥有,谁又知道那是一个深深的陷阱,疾风骤雨中,泥水嘲弄地喷溅你,冰雹狠狠地敲打你,把你弄得像个落汤鸡,那满心的豪爽荡然无存。

曾经有一个时期,我走在心灵的伊甸园里,似乎有一个隐隐约约的爱情,很真实地向我招手,让我流连忘返,我深深地被诱惑，裹足不前，谁知道是命运布下的美人计，让我整整在那里忘情了四十年。这可不是一个吃顿饭的工夫，特别是对一个人来说，让我耽误了脚下的路程。望着远去的同类，我后悔莫及，虽然大地还是那一个颜色，阳光也没有老去，可是时间不会等待，鹤发已不是童年。

在我的路途中，我永远是一个独侠客，伴随我的，是一个又一个寂寞。我当然想和你并行，那样，我可以时时关照你，是想赚回你回眸一笑，闻一闻你桂花般茉莉般的体味，把我整个儿的心陶醉。可是命运的编制局，是一个没有人性的组织，把你编配在离我很远的地方，让我焦虑地张望等待，你杳无音信，我一场空梦。因此我没精打采，我想提前到达目的地，就随便地在地上躺下，草草结束了这无聊的失去意义的徒步。

我已经很努力，也注重自己的修为，可是我两手空空什么也没有得到，我的心家徒四壁，我像跪在路边向众人讨要的乞丐，褴褛的形象遭人唾弃。看起来别人轻而易举就能获取的幸福，对我来说却比登天还难。也许上辈子我犯下的罪太重，让我今生一点点赎回，那样还不够，把我喜欢的夺走，把一个个不喜欢的塞给我，这可比任何惩罚都严苛。留下的是行尸走肉，我像一台断了汽的蒸汽机，早已被扔进了废铁堆；我像被阉割过的驴子，除了吃草拉车，再也不会煽情，七彩生命就黯然失色。

走过，就翻过了一页生命，没有什么留恋的，没有精彩的故事，没有拍手叫绝的情节，一个末流的作家如何能写出精彩绝伦的故事？我不堪回首那走过的路，走过了就走过了，答案就这么简单，前行就继续前行，无非还是走以前的路。世界上我的同类有七十亿众,不差个别人的掉队和倒下,轰轰然,时间在后面追赶着,到达咱们的目的地,大家都拥挤着没有秩序地跳下,像拉了一网的鱼虾,倒在甲板上,不需要分拣,立刻就会去该去的地方。

走过,父母的新茔旧坟,亲人都一个个离去;走过,乡亲的迎亲乐队,新生活正在孕育;走过,朋友的祝福,是那么真挚感人;走过,曾经拥有的爱情,历久弥新的甜蜜。

走过,屡屡犯下的错误,无法再去纠正;走过,一个个人生的遗憾,留下太多的惋惜;走过,擦肩而过的机遇,永久不能挽回;走过,一个个如影随形的烦恼,如装满蛇皮袋的破碎。

走过,和欢乐相伴爱情相依;走过,有惆怅万分痛苦不已;走过,继续叙述曾经的苦难。

那天,在和一个年轻的后辈聊天,我问她为什么甘于现状,她愉快地回答:"我只是学会了满足。"这简洁的回答,让我心灵震撼,一个妙龄女孩,满足于穿廉价的衣服,吃简单的食品,淡定尘世的繁华,她的精神世界何等富有。学会满足,不是随便就能学会,那要艰苦地修炼,才能在寂寞的课堂坐下,并且要坐上一辈子,不会被窗外的喧嚣吸引。

走过,咱们继续;走过,咱们同行。一句经典格言,出自一个普通女孩之口,让我羞愧于她的脱俗。走过,洗礼我的精神,振奋我的步伐,到理想的彼岸,我迈开坚定的步伐。

回忆

也许你走在生活的旅途中感到疲惫不堪,也许你的背包里积蓄了太多的孤独和不安,也许你眺望明天以后的日子看不到什么希望,你想在生活的驿站里小憩,也许你整个旅程中都伴随着一种饥渴感,那么,我送给你一份精美的甜点——回忆。

大家都曾经拥有回忆,但是都曾经来不及打开,因为都忙着赶路无暇他顾,只不过有些回忆就像没有长熟的柿子有些苦涩,等时间久了,吸收大自然的营养时间长了,就都变成了甜的。不信,你打开一份尝尝,就像打开一坛陈年老酒,扑鼻香。

似我们这般百姓,每天都在拼命往前赶,让自己一直活在希望里。希望是一场梦,是装满风的帆;希望也是害人精,是生活虚无缥缈的魂。人们希望以后的生活会好,才会努力去经营,到后来大都是零。人们习惯了把注意力都集中在今后的日子里,忘记了我们的行囊里还装满了美味的甜点,何不坐在路边的石头上,扭回头,回忆起,认真数,细品尝,原来都是一个幸福接着一个幸福。

还记得上小学四年级的时候,我们放学都要经过一个叫四亩地的地方。有一天夜自习放学回家的路上,我和我的同班同学李金周不知因为什么发生了争执，就打了起来。我们都是山村里长大的孩子，骨子里都不服输，就在四亩地扭打在了一起，一会儿他把我压在身下，一会儿我又翻在他身上，四只胳膊交叉互相抱紧对方的腰，谁也不肯先松开。其他同学早已到家了，我们俩还在四亩地厮打，各不相让。我俩心里都清楚，谁也不想把对方打出伤来，都没有击打对方要害的地方，也没有用牙齿咬用手抓，都是在较劲，是想占上风。但是我俩个头一般高，力气一般大，谁也制服不了谁，就在那里僵持不下。等到他把我压在身下的时候，我看见了满天的星星在深邃的天空向我们眨眼，很像老师在讲台上用眼睛盯着我们，冷飕飕的风也从四面包围过来，远处传来夜猫的叫声，凄厉而孤寂。我有点儿害怕，但是心里还是不肯服输，就威胁他："你不松开我也不松开，狼来了把咱俩都吃掉，反正你在上边先吃你。"我这句话李金周听了，不知道是想着该松手了还是真的担心狼来了先吃他，就松开了手。我俩从地上爬起来，互相壮着胆回家，谁也没有胆量一个人走过那条很长的水沟，那里阴森森的，村里的女人把生下来就死掉的孩子用小裹被包着扔在水沟边。

后来这个故事我在朋友圈里讲了好多次，是在讲小时候的任性，也是在炫耀我的小聪明。

还记得白土沟那个叫小翠的姑娘吗？有一年我们放秋假，帮助大人收割庄稼，小翠赶了两头牛到墓娃放牧。听老人讲，过去有一个快要临盆的女人死了，就把她埋在了这个地方，她在坟墓里把肚里的娃生下来了，夜深的时候村里的人都能听到孩子的哭闹声。那个女人每天夜里都到村子里给她的娃讨奶吃。村子里的人很害怕,女人们就把自己的奶水挤出一些用白碗盛了放在窗台外,那个女人就把奶水端回到墓穴里喂墓娃,墓娃长大以后到京城里赶考,后来做了大官。

小翠来这里放牛的时候,奶奶给了她两个大炉馍,我和金周、金拴几个人在大水坑里洗完澡肚里很饿,看见小翠兜里装的大炉馍,上去不管三七二十一把大炉馍抢吃了,小翠呜呜哭,拿我们没办法。

小翠不到四十岁就害病死了,如果现在还活着,我们真应该去还她十个大炉馍。

我上初中的时候,班里只有三个女同学——侯加花、赵素云和陈书英,我和陈书英坐过同桌,她爸爸是县物资局局长,她在我们同学中间是很不同的。有一年,她爸爸坐吉普车来学校看她,同学们都围着吉普车看个不停,对陈书英的爸爸肃然起敬。可是我和陈书英同了一年桌从来没和她说过话,有一次上数学课,做作业时她不会,我不但不帮她,还用胳膊肘狠狠捣了她一下,她低下头挺难过的样子,也没有引起我的同情。

我那时候怎么会如此刻薄呢?陈书英同学忘记我的不友好了吗?无论你忘记还是没有忘记,在我心里,这都是一个不能原谅的错。长大以后,你在另一个城市工作和生活,咱们几乎没有见过面,我一直没有向你道歉的机会。在此,我向你深深道个歉,那完全是一个少年成长期的妄自尊大,我没有丝毫瞧不起你,你是局长的女儿,而我是农民娃,巴结还巴结不上你呀。

初二那年春天,我得了脑膜炎,学校害怕我传染其他同学,就在学校腾出一间仓库,把我隔离起来。我在那间房子里不吃不喝迷迷糊糊睡了三天，竟奇迹般好了。在我重新回到班里的时候，同学们都高兴地欢迎我，唯独没有看见你，我不知道你是不是还在记恨我。

这是我少年时期的一段回忆，这个时期我的肩膀还扛不起一份责任，也不能够独立去完成一场感情，但是心的张狂是远远超出了这个年龄的，现在回忆起来，我还是对自己那个时候心灵的独立和自由感到惊奇，那不带任何世故的人格，只有在恰同学少年时才会拥有。

当我步入青年，那真是一个乱花纷纷醉人眼的时期，我可以拥有一个美好的理想，我可以去选择我的爱情，我可以去干我想干的工作，我可以自由支配我的时间，我还可以把一件正面穿脏了的背心翻过来穿。我以为我是这样穿衣服的发明人，后来发现这样穿的还不止我一个人。如果从十八岁到三十岁是青年时期，这十二年的时光我没有很好利用，一晃就过来了。其间，我的工作基本定型，也能眼见将来的生活，我疼过爱过恨过怨过，但是都没有什么明显的结果。我逐渐回到现实中，预感到有一份更大的责任在等待着我。

回忆青年时期，唯一的遗憾是我没有很好地利用这人生中最璀璨的时光，我甚至没有去体验一下恋爱的滋味，我没有拥抱亲吻的体验，虽然我也偶尔和心仪的女孩花前月下，但是我没有碰触过任何女孩的肢体，我把一个青年的清高用错了地方。

青年时期，我曾经用我的智慧爬到了很好的位置，我也曾经因顶撞上司而被打回原点，我曾经暗恋过一个很美的姑娘，我也曾经拒绝过一个姑娘，这都是大大的荒唐。如果可以重新来一次,我才不管天会不会塌下来。工作受到挫折又算什么,哪里跌倒哪里爬起,因为年轻,我还能够交得起学费。

那时候我去食堂打饭,可是我常常没有白面粮票,就啃几个蒸红薯,下午照样去球场打篮球,红薯完全可以满足我一天的体力消耗。那一种无忧无虑的生活,再也回不来了。

青春期的生活是最值得回忆的,正像莎士比亚所说,每个人都是主角,走上舞台,再走下舞台。人生就像那长长的电视连续剧,跌宕起伏精彩非凡,我们才走到青年,后面的故事还多着呢,我们慢慢回忆。

过年

除夕

除夕，是一年最后一天的夜晚，是除旧迎新的一个节点，中国人总是把这个晚上想办法过得最隆重、最热烈、最有意味，家家户户都会烧香拜佛，感恩即将过去的一年平平安安，期盼新的一年荣禄富贵。说真的，这年头的除夕过得像捡金豆似的，这日子中国人有好久没有碰上了。可是我在高兴之余有一种很大的危机感，惶惶不可终日，是吗？

每一个人来到世上，上帝都会给他一只盛着金豆的碗，并且这碗里的金豆都不足百颗，当然有超过一百颗的个别人，那是上帝对他的偏爱。每年的除夕之夜，每个人都会从自己的碗中拿走一颗金豆，每拿走一颗，碗里就会少一颗。没有例外没有缺漏，谁都不会被忽略掉，无论你是高兴还是悲哀，是情愿还是勉强，你都得自觉或者不自觉地从自己的碗里拿走一颗，那碗里的金豆自然每过一个除夕就少一颗。当你拿走最后一颗，就乖乖地到上帝那里报到。

为了不让大家产生巨大的恐惧，人们总是把另一个世界比作天堂，那里没有杀戮和饥饿，充满幸福和祥和。可是从心底讲，每个人还是不想过早地去那个世界报到。

在童年、少年和青年时期，人们都把除夕当作狂欢之夜，根本不去想这碗里的金豆有多少，拿走一颗并不觉得少了什么。一直到后来，人们才惊恐地发现，自己碗里的金豆不多了，这太让人惶恐不安了。可是有什么办法呢？

既然我们无论是贫穷还是富贵，是生病还是健康，是走运还是倒霉，都得从自己的碗里拿走一颗金豆（这是上帝定下的铁律，既公正又无情），那我们不妨把自己的每一年都想办法过得精彩。上帝的奶酪是有限的，不够大家挥霍，于是人间就发生了掠夺，有能耐的人攫取了大量的财富，无能耐的人只获得很少的生活资料。虽然富人觊觎穷人碗里的金豆，但上帝及时按住了富人的手，无论是穷人还是富人，都得规规矩矩地从自己的碗里拿金豆。

是的，无论是穷人还是富人，在每一个除夕之夜，都得从自己的碗里拿走一颗金豆。自己碗里还剩下几颗谁也不清楚，只有上帝清楚，但是上帝总是缄默不语，他不告诉任何人，大家都在一个闷罐里生活，虽然乐和但是不知终日，细想起来，实在让人恐惧。

在这阖家欢乐之夜，我说这些让人泄气的话实在不应该，可是出于好意，我还是提醒大家，无论我们碗里的金豆还剩下几颗，都不必过度紧张，每拿一颗金豆得间隔三百多天呢，我们会利用这足够长的时间做多少事情。其中的分分秒秒日日月月内藏了太多的幸福和快乐,我们尽量享受,不要虚度了每一天。

正月初一

今天是正月初一,天阴蒙蒙的,没有下雪的迹象,也没有放晴的希望,天就这么阴沉着。紧张喧嚣的中国好像一下子松弛了下来,据说一辆从郑州开往南阳的班车上就坐着一位乘客,而昨天的汽车、火车等所有的搭载工具都还是拥挤不堪。大年三十是一个休止符,各种交通工具都如释重负般暂时得到了喘息的机会。几亿的中国人,在经过几个月的运筹、几个星期的准备、几天的紧张和颠簸之后,总算都达到了目的:回家过年。

从凌晨四时许,我就被从楼宇间不时传来的鞭炮声吵醒了,这噼噼啪啪的声音虽然已经勾不起我对过年的新鲜感,但总有一种很遥远的回忆让我感动,就像母亲给我端来一碗饺子,父亲给我递来一盘麻花,年,如果离开了父母的亲近和儿女们的绕膝,就什么感觉都没有了。

这高楼林立的城市,把年的滋味都挡在了郊外。从一堵堵的高墙和一排排整齐的门窗中,我再也读不出过年的形象和生动了。我读过老舍的《过年》,他在京城里住久了,就从记忆里搜寻过年的味道,即便如此,他又能从中寻找到什么?疼爱也罢,遗憾也罢,他是不肯放弃都市的繁华,到乡下重新品尝过年的陈年老酒了。我也读过莫言的《过去的年》,他也是在尽可能地追寻过年的碎片,虽然搜寻了不少,但是中国人对年的过法岂是一千多字的短文能够说完的?

中国人的年文化，是在农耕文化长期的积淀中逐渐形成的吧。在城市文化的氛围里，再怎么也酿造不出年的形式和滋味。试想在大年三十的晚上，那一顿热腾腾的饺子，如果缺少儿女或者父母围在饭桌前，是无论如何也吃不出年味的。那一顿饭，是一年中最含亲情和喜悦的，缺少了谁，都无法让一家人高兴起来。在外地打工的父亲，在外地求学的孩子，哪怕开着摩托车奔驰数千里回到父母或者儿女身边，就是要满足家里人一个愿望：吃一顿团圆饭。

在城市里，鞭炮的炸响是刺耳的，让人心烦，让人惊恐，因为城市生活有太多的不确定性。高楼大厦总没有农村里黄土地厚实，繁杂的事情把年都挤到角落里去了。城里人把过年当成了应付，不是从心里喜欢过年，如同过一个检票的流程，都必须通过才能继续进行下去。而在农村，过年是家家户户认真准备，真真切切在喜悦中度过的。虽然过了大年三十，过了大年初一，人们的欢喜在一分分地递减，并且还有几分失落，但是毕竟兴奋了一下，燃烧了一下，还是回味无穷。

过年，在鞭炮炸响的碎片中，在杀猪宰羊的锅台旁，在红彤彤的对联里，珍藏了无数个美好的记忆。我们城里人，怕是再也不能真切地体会其中浓浓的年味了。

正月初二

正月初二就这么在我睡醒的时候来了，没有人提醒，没有人捎信通报，没有脚步声，你什么时候感觉它到了它就到了。天地轮回的亘古,时间行进的法度,是所有天崩地裂的变化都不能改变的,更何况今天早晨异常平静,这城市里没有鸟鸣,没有鸡叫,没有猪的哼唧,没有牛的喘息。大人们被昨天的酒肉伤了身体,还躺在被窝里酣睡;娃娃们昨天光着脚丫在地板上玩枪也玩累了,比大人睡得更深,那仿真的玩具枪和真枪简直没有差别。

我掉过头望了望窗外,一堵墙挨着一堵墙,玻璃窗户整齐排列,真像一个个蜂房。这里是一个新开发的小区,住的人还不多,整幢楼就几家窗户亮着灯。我躺在床上,看着远处楼顶透出橘红色的灯光,像看一个很远很远的山崖,那家住户就悬挂在悬崖上。

还能闻到年的醇香吗?城市,楼房,缺少了乡间小路的牵挂,没有小花狗摇尾,没有孩子嬉闹,没有亲戚的来往迎送,变得那么陌生,那么寂静,我顿时觉得自己像被抛在森林中的孤儿,距离过年很远很远。

过新年了,天阴沉沉的不肯给人带来喜庆,没有什么在天上飞,没有什么在地上跑,也没有什么在人们之间相互传递。天是一个清烟的颜色,太阳一出来就会改变天的颜色,可是这时候太阳不会出来。为什么天空不飞过一只小鸟,划破这死一般的凝重呢?是小鸟不够勇敢还是这城市的空气让它们够呛?我知道凡是有生命的东西都不喜欢这个城市,都到空气新鲜的地方去了,唯独人还傻傻地待在这里追逐着尘世的浮华。

可是现在是新年的初二,是初二的早上,一切活动都还没有展开,不管是精彩的一天还是倒霉的一天。凭经验判断,这一天尽管不会发生奇迹,也不会有什么坎儿,病重的老人在床上输着液体,吸着氧气,再怎么也要熬过这几天,大年下死人是很不吉利的。汽车大多停在车库里休息,发生车祸的概率就低很多,拥堵紧张的城市也在新年到来之际得到喘息的机会。我突然不相信空气质量检测部门,他们说由于人们过春节放鞭炮,好多城市的雾霾严重,空气中二氧化硫的含量增高。他们为什么有意忽略各种交通工具停驶、各家店门关闭而减少了气体排放呢?

好在今天是正月初二,没有人放鞭炮。我们的老祖宗已经放了几千年了,中国的空气质量也没有比外国差到哪里去。放鞭炮是中国人过年的一个重要组成部分,过年不让放鞭炮就像娶了个漂亮的哑巴媳妇,再怎么美也是一种缺憾。大年初一家家户户放鞭炮,大年初二家家户户不放鞭炮,空气真还是一个样,因此,千万不要听有些人瞎忽悠,我们得想办法把大年初二过好。

如果说正月初一是一家人围在一起吃团圆饭的日子,那么从正月初二开始,就是走亲戚的日子了。记得小时候我和二哥去舅舅家,要翻过几座山才能到。路上肚饿走不动了,就从篮子里拿两个炉馍我们一个人吃一个,过一会儿又走不动了,又拿出两个炉馍吃,等走到舅舅家,我们已经把瞧舅舅的礼品炉馍吃了好几个,感到很不好意思。我们还记得去四姑家,四姑把我们亲得像宝贝,搁锅给我们炸油馍吃。我和二哥一个坐在桌子这头,一个坐在桌子那头,四姑炸多少我俩吃多少,四姑一边炸一边落泪:这两个没娘娃好久没有吃过饱饭了。

如今舅妈和四姑都作古多年了,除了她们去世三周年,我一直没有机会到她们的坟头去上香。我老是觉得欠了舅妈和四姑很多,在她们活着的时候由于工作忙碌没有去照看,现在想回报可是没有机会了,子欲养而亲不待,我的双亲、我的舅妈和姑姑都不在人世了。

今天是正月初二,不去想这些吧。孩子们都去走亲戚了,老人们都留在家里待亲,一会儿有人敲门,是外甥们来拜年了,一会儿又有人敲门,是侄女们来拜年了。我们家是大户人家,晚辈们多,来一个就给我添一份喜悦,我终于在高楼林立之中,感觉到了过年的味道。

正月初三

昨夜霏霏小雨,把初三的地面洗得干干净净。路砖像洒了一层薄薄的水,透出褐红色的颜面,发黄的草坪露出嫩嫩的尖芽,似在打探春天的气息。天也放晴朗了,明亮的阳光从楼宇间斜照过来,照得窗玻璃熠熠闪光。被挡住的光线在高楼的后面愈发金光灿灿,像一炉偌大的钢水在喷溅。

终于看见几只喜鹊在楼顶盘来旋去,一只飞不动了,落下来小憩了一会儿,又展翅飞去。

久违的喜鹊,在我儿时的记忆中,它们非常多,它们总是成群结队地落在我家的窑洞前,大胆地在我们的脚下觅食。一只落在椿树的枝丫上喳喳大叫,惹得同伴们都飞过来,又追打嬉闹着飞向远方。只要喜鹊在我家院子前欢叫,大人们都会说:喜鹊报喜,要来客人了。我们娃娃听了都很高兴,巴不得盼望客人来带给我们好吃的东西。果然,一会儿,不是姑妈来,就是舅妈来,掀开篮子上面盖着的白布,有好吃的糖糕、炉馍,让我们直流口水。姑妈就会先拿出几个让我们吃,父亲在一旁不好意思地说:我的娃们真是吃嘴。姑妈会说:吃吧,娃们讲究个啥。

我有五个姑妈,我妈死后那几年,她们轮流来看我们,常常给我们带好吃的东西,还给我们做新鞋新衣服,因此我跟我的几个姑妈感情都非常深厚。等我们长大,稍微有点儿能耐了,姑妈们都一个个离开了人间,没有让我们尽一点儿孝道。表哥表妹都各自谋生,平常很少来往,维系姑舅深情的纽带是舅妈和姑妈,舅妈和姑妈不在,就疏远了。

今天是正月初三,开头就预示了这是一个好日子。在我不大的书房里,从窗户照进的阳光温馨而明亮。孩子们都去走亲戚了,男人们都充当运载工具,女人们负责寒暄唠叨,尾随的娃娃们兴高采烈地从亲戚那里得到压岁钱。只不过这样的岁月只珍藏在我儿时的记忆里。有时候跟着大人们瞧一天亲戚,能得到几毛压岁钱就非常高兴,回去从供销社买来鞭炮在院了里噼噼啪啪地放,惹来同伴们羡慕的眼光。

正月初三的阳光这么明亮,在我几十年的记忆里还真是不多。气候变暖了,我们这里有很多年没有下过大雪了,今年一个冬天里,就腊月里下了一层薄薄的小雪,然后就再也没有下过雪了。昨夜下了一场小雨,就把冬天隔过去了,以后就是春天了。

小时候过年,大雪的天气特别多,早上醒来,屋外白皑皑一片,父亲打开窑门,用木锨从屋门口到茅房打开一条通道,通道两边的积雪比我们的个头还高。父亲又用木锨把干净的积雪铲起来,倒在水缸里,水缸里盛满了,就把家里的瓶瓶罐罐都装满雪。我们家住在黑沟崖，距离村子很远，挑一担水要走很远的路，再说了，下这么大的雪，是没有法子去挑水的。

今年的正月初三，家里少有的平静，我的家被四面的楼房包围着，听不到城市的喧嚣，看不见熙熙攘攘的人流，真是难得的安静。这是个很惬意的正月初三吧？

正月初四

正月初四，是新年的第四天，而年味已经渐渐淡了。过年之后，人们开始反思，过年的意义在哪里？文化的多元冲击，选择的多样性，物质的丰富，似乎在抹平春节和其他节日的不同之处。情人节和圣诞节像文化快餐，很适合年轻人，而春节却像一坛陈年老酒，爱酒者才有兴趣。这不由使人想起那些经典的传统文化，如戏剧，受众多是年长的人，年轻人很少有人欣赏了。过年的传统会在一代一代中国人的传承中慢慢丢失吗？

在文化相对封闭的旧中国，外国人的节日，中国人闻所未闻，当然不会有体验的机会。而过年是全体中国人唯一的盛大节日，年轻人对过年的享受，恐怕要超过老年人。现在，为什么年轻人对过年渐失兴趣呢？究其原因，除了域外文化的浸淫以外，这个节日太保守、太传统，也太严肃庄重，没有爱情的滋润，缺乏浪漫激情。而情人节一类的节日，一进入中国，一下子就扇起人们的情思欲火，爱面子的中国人精神上好像得到了释放，年轻人更是疯狂，一年要浪漫一次。

但过年是渗透在中国人基因里的东西，一年一度的春运就证明了过年远比情人节、圣诞节要隆重得多。这是不分年龄、阶层、族群、贫富的，每一个中国人都要参与其中的节日。过年，也需要加入一些新的元素，借鉴一些外国文化的妙处。

儿时，我们非常盼望过年。再贫穷的家庭，过年时也会想办法给家里人准备一些好吃的东西，也会把孩子们的旧棉袄套上新布衫。我们家是原头村最穷的，过年了，父亲开始发愁，孩子们没吃没穿，这年怎么过？但是年关就要到了，父亲就到村里挨家挨户借来几升玉米面，把蒸熟的红薯去皮，掺和在玉米面里，蒸出来的馍和白面馍也差不多。这馍是在年下待客的，蒸熟后放在苇席上晾干，再放在大缸里，用一个厚厚的石板盖住。父亲是害怕我们偷吃。有一年我们兄妹几个不懂事，还是忍不住把馍偷吃了，等大年初一父亲打开缸盖一看没有馍了，我们吓得惊恐万状，心想父亲会毒打我们一顿。可是父亲看到我们可怜的样子，没有动手打我们，扭过头去，忍不住暗暗流泪，我们也跟着父亲哭成一片。

那一次父亲没有打骂我们，我们终生感激父亲。

从记事起到小学毕业，我不记得过年穿过新衣服。别人家的孩子过年都穿母亲做的新衣服新鞋，可是我们从小就没有了母亲，父亲也没有钱买新布，我们只好穿旧衣服过年。有钱人家的孩子戴了新帽子、新围巾和穿着新衣服、新鞋袜故意在村里走来走去摆阔，我们只好躲在家里不出来，怕他们耻笑。志气，也是在那样窘迫的环境里生长出来的吧？不服输、不低头、不求人的性格也就这样在内心深处形成。

回忆过去，使我对人生感慨良多。今非昔比了，命运会把有些事情打个颠倒。但我不会去记恨什么，无产阶级革命作家高尔基说过：苦难是一所大学。是的，如果没有儿时生活的艰难困苦，我便不会产生改变命运的想法，并为此而奋斗。我身上保留了父亲的忠诚老实和隐忍的性格，但我不服输，我比父亲倔强，我不信别人家孩子身上的新棉袄永远会是新的，而我身上的旧棉袄就永远脱不下来。父亲教会我忠厚善良，这立世做人的资本我已经受用无穷了，在此基础上，我想要创造、革新，在我这一代，我有决心做一些改良，以适应现代社会的需要。

在这个正月初四的早晨，当别人还在做着美梦时，我已经睡意全无。我感觉在新的一年里，我的运气不错，或许会有新的收获。当然这新的一天、新的一年还刚刚开始，虽然一切都在未知之中，但是我信心满满，我有底气，因为我的预感是很准确的。

谢谢你，这个即将让我去充分享受的正月初四，不仅让我有很多顿悟，还让我心情愉快，这，就是人生最大的幸福吧？

正月初五

今天是正月初五，现在是上午八点半，天阴沉沉的，空气看起来很浑浊，地上倒是比天上干净。

那时候成群的小鸟不时从头顶飞过，树上也常常落满了小鸟，它们欢快地歌唱，天空、地上都是它们的自由之地。但是不知从什么时候起，是谁把天空弄得这么脏，小鸟很久都不到我们小区里来了。孩子们也都散落在城市的角落，屋里和屋外一样空荡荡的，立在窗下，我感到很落寞。

年就要在今天和我们告别了。按照习俗，初五也是小年，是年的最后一天。小时候，大人们都把初五说成是"破五"，为什么这样叫，我至今不明白，但是我知道初五一过，年就结束了。好吃的东西都吃完了，我们从今天开始就要吃和平常一样的饭。新衣服要脱下来叠好放在箱子里，大人们把一堆堆垃圾装进筐里，这都是过年积存下来的，初五以前不能往外倒垃圾，怕不经意把财富也倒掉。凡是过年要来我家的客人都来过了，初五这一天，几乎没有一个亲戚来我家。我家的几孔窑洞，我家的院子，我家南墙角长的一棵老椿树，我家几只在院子里觅食的老母鸡，还有我家猪圈里哼哼唧唧饿着肚子的两头半大的黑猪，都好像知道年在今天就要和我们告别了，它们都和我一样不高兴。

年就像宇宙万物一样，该来的时候一刻也不会放慢脚步，于是人们用饱满的激情迎接年的到来。年走的时候，迈起永恒坚定的步伐，毫不留情地压碎人们的喜悦和幸福。年带给人们的紧张兴奋、欢乐激情是那么短暂，来不及细细品尝，甚至来不及回味就过去了。年就像堤岸边的巨浪，在大海的深处卷过来，使人们紧张兴奋到了嗓子眼，又一下子轰然退去。年给人们留下来的，是更大的困苦和艰辛。

对于大人们来说，过年是很累人的。操办年货不仅要花费人们不多的积蓄，还要耐心地一项一项去准备。富裕人家要杀猪宰羊，贫穷人家也要到肉店里割几斤肉，买一些菜蔬，蒸几锅馍馍，给孩子们做新衣服，买鞭炮和对联，还有供奉神仙的一堆东西。那习俗都是一代代传下来的，不需要专门地学习，到了做爹妈的年龄，自然就会了。

过年最高兴的当然是孩子们。初一的早上,孩子们洗过脸,吃过饺子,换上新衣服,就迫不及待地到院子里玩耍。最开心的当然是兜里装着鞭炮,手里握半支燃着的香烛去放炮,你放一只,我放一只,看看谁的炮响声最大。孩子们只顾着在村子里跑来跑去玩耍,吃饭倒成了最不情愿的事。直到大人满村寻找,孩子们才被揪着耳朵拖回家吃饭。

但是到了初五这一天,大人们恢复了往日的劳作,孩子们兜里的鞭炮也燃放完了,孩子们所有的乐趣都没有了,并且所有的乐趣都走得突然。

"还不去写作业,都快开学了!"父亲有时候会在院子里大吼一声。可是父亲很忙,他一走出院子,我们谁也不想去写作业,就挖空心思把村前村后沟沟岔岔玩了个遍。父亲从地里回来了,累得坐在门槛上直喘气,彻底忘记了让我们写作业的事。是啊,到了初五,大人们要恢复劳作,孩子们也要去学习,大人们劳作是义不容辞的,孩子们对待学业是敷衍的。

年,是中国人在时间永恒的行进中画的休止符吧?试想,如果没有像过年这样的一些节日符号,人们就会永无休止地一直走下去,没有歇脚和喘气的机会,人们的生命乐趣就没有了。年,就像女人们的胭脂,男人们的刮脸刀片,像擦汗的一方手帕,伤心时靠过来的肩膀,高兴时递过来的一块糖。过年,那感觉,那期盼,那忙碌,那欢欣,再苦再累,也要过下去。

又到正月初一

转眼又到正月初一,和以往的正月初一不同,我是带着惬意的心情步入猴年的正月初一的。我天生喜欢猴子的活泼和朝气,以及抵近人类的聪慧。霍金说,人类发明科技必毁于科技。我认为人类的问题都是出在自己的思想行为上,没有灵丹妙药能够医治人类的病,人类能不能沿着一条自律的道路一直走下去真让人担心。我有点儿羡慕动物界了,虽然那里有弱肉强食,但那是自然法则,物种是需要那么一个淘汰机制的。而人类有时候有点乱来,比方说制造那么多原子弹,那是要对付同类的,猴子以及比猴子还笨的动物也不会那么傻。

从凌晨四点开始,就有人在楼外放鞭炮,炮声此起彼伏。政府虽然限制过年放鞭炮,但法不责众,家家户户还是放了个够。其实放炮不仅是中国人几千年过年的传统,也有驱邪避鬼的作用。放鞭炮和贴对联是中国年的标志性的东西,它不仅是个外在表现,而且已经根深蒂固地印刻在我们的思想之中了,如果少了鞭炮声和红红的对联,那中国的年味要黯然失色了。我们还是允许老百姓把这个传统继承下去吧,带来的环保问题也没有媒体宣传的那么严重,况且,制作鞭炮的材料大有改进提升的空间,在这里炒作环保问题不是中国目前主要的问题。

此刻我的心境很安定。透过书房的窗户远望,我看见了远近的房子、烟囱,还有一垄垄青油油的麦田。鞭炮留下的青烟轻轻地覆盖在田野上,没有风把它们吹散,很少有人在那里走动,看不见奔流不息的汽车。

阳光从楼顶的间隙中慢慢透过来,看见了明亮,但是感觉不到温暖。正月的节气,住在有暖气的房子里还需要穿一件薄毛衣。在这无云无风无雾的天里,我们能充分享受阳光的洁净和明亮,这是大自然送给中国人最好的新年礼物了,感谢大自然的慷慨和博大,中国人新年里的福气一定不薄吧。

我小的时候,大年初一,族里的人是要互相拜年的,爷爷辈和叔伯辈都要端坐在桌子的两端,受晚辈的跪拜,去瞧舅妈和姑妈,也要把姑舅大人请到桌子前,然后给他们磕头,那礼节是万万不能省略的。这行跪拜礼的传统在当下的中国早已没有了,听说韩国还保留着这传统的礼节,如果是真的,我们中国人把这个礼节丢掉是不是太早了些呢?要知道行跪拜礼是从中国开始,才逐渐影响了周边国家。

直到现在每年的除夕和初一,我都是毕恭毕敬地在父亲的遗像前行跪拜礼,并且让我的儿孙也跟着我一齐下跪。我们宗亲的亲情需要通过这种形式培养,我们的血脉关系需要通过这种形式传承。每每跪在父亲的遗像前,我内心都会重新升起对父亲的感恩,虽然母亲没有留下照片,我也没有记住母亲的模样,但是总觉得母亲就在父亲身旁。父母亲生我养我的大恩大德是铭刻在我的心里的,那是我人生的坐标,是我立于天地之间的根本,那对父母的下跪包含了我多少的感恩啊。

阳光高高地从楼顶射下来,在我书房洁白的墙壁上画出七色的图案,是夹层玻璃的作用还是水分的折射我不得而知,反正近在咫尺,那么鲜艳夺目,像五彩球,像你随便想象出来的东西。

过年

窗户的木框把阳光挡在了窗外,耀眼的阳光被分割成一格一格的,你要是把水杯放在桌子边上,那水杯立刻就被投影在墙上,那袅袅升起的烟也轻微地摇摆着,我庆幸还有这么一个让我心静下来享受生活的地方。

这大年初一,我虽然留不住你的脚步,阳光也会西移,风也会吹起来,这社会稍作停顿,也会继续紧张地运转起来,但是我能留住你的一刻,这就够了。那明媚,那青烟,那一地鞭炮的粉碎红衣,还有那不曾被搅扰的心情,会驻留在我的心里,让我久久地品味。年味,是那么醇厚,那么容易引起人们无限的思考和咀嚼。

父亲

　　新房装修好了，我从老房子里取下父亲的老照片，用纸细心地拭去灰尘，怀着敬仰的心，把父亲的照片挂在新房的墙上，给父亲报喜说："父亲，咱家住上新房了。"说完，我心里一阵发酸，心想，父亲如果能从老照片中走下来，和儿孙一起享受天伦之乐该有多好。可惜这样的日子永远不会有了。

　　父亲走了，就是永远地走了，不再折返，不再回头，那背影永远地消失在了我们的记忆里。尽管有千言万语要说，有千万个孝行要做，也是一厢情愿，父亲永远不会领会儿女们的情意了。我有点儿责怪父亲，留下一语留下一笑，或者留下一阵喘息一声咳嗽，让我们细细去揣摩品味该有多好，为什么走得那么决绝呢？让我们好生追想、心疼。

　　我的新房在这个小城市里地理位置优越，交通便利，生活方便，装修质量也算上乘。可是没有父亲和我同住，总是心里的一种缺憾。我仰望着父亲的老照片，还是那张慈祥的脸，那双略带忧虑的眼睛，好像担心着什么。那发黄的白衬衣，黑色的中山装，虽然看得出父亲活着的时候生活并不富裕，但是父亲的衣着还是干净整洁的。我把父亲的老照片挂在我的新房里，时时能够看到父亲,点点滴滴地诉说我和父亲之间说不尽道不完的感情。

我的父亲,在别人眼里是一个很普通的农民,可是在我的眼里,父亲有无边宽厚心肠,有天地善良之心,有高山厚土大爱,有江河大海之恩。

父亲一生没有干出惊天动地的事业,生活的圈子没有超出一百里,几亩山地让父亲侍弄了一辈子。父亲收完麦子,队长按照我家种地亩数计算出我家应该缴纳的公粮,父亲就把麦子扬干净了,用扁担把公粮担到公社的粮仓里。除了干旱绝收的年份,父亲年年都把最好的麦子交给国家。这份贡献虽然微不足道,但这是一个农民所能做出的最大贡献了。父亲,在用自己的行动履行一个爱国者的职责,没有什么说教,也没有什么号令,父亲压根儿就知道,一个共和国的子民,就应该给国家缴纳粮食。父亲说:不缴公粮,部队吃什么?

方圆十里以内,村民都知道我父亲有一手好厨艺,村里的红白事都离不开父亲忙碌的身影。特别是家境比较困难的人家,给儿子娶媳妇,没有钱买肉买酒,就来求父亲,父亲就想尽一切办法给主家解围。父亲用辣椒在锅里煮了,再调一些颜色,酒的问题就解决了。父亲从主家的鸡窝里掏出一只老公鸡,把毛褪净,把鸡的五脏六腑做成不同的汤菜,一场喜宴居然也很精彩。父亲善解人意,总是把主家的难处当自家的难处,一次次给不宽裕人家办红白事解围,在客人面前尽量给足面子,因此,村里人办事都来找父亲。有时候父亲在外面忙碌了几天,我们都盼望父亲回来给我们捎些好吃的东西,可是父亲回到家打开围腰,取出菜刀、砍刀和杀猪的器具，什么也没有给我们捎。看着我们兄妹几个失望的脸，父亲就轻轻对我们兄妹几个说："主家很困难，咋好意思拿人家东西。"

父亲在家里很节俭，经常穿我们穿剩下来的衣服。我们给父亲买新的，父亲总是反对。父亲还经常穿着我们的旧衣服，在村里人面前摆阔："看我家儿子，好好的衣裳说不穿就扔掉了，真是败家子。"有人问父亲，儿子给你寄钱了没有，父亲总是说："寄了，见月给我寄，花不完呢。"其实那时候我们在外面工作，工资很低，日子过得很紧巴，只是回家的时候给父亲留些零花钱，平常很少给父亲寄钱。父亲在别人面前向来不说儿女的过错，我们孝敬父亲的不及父亲给我们的千万分之一。回想起来，我们能够做得更好，可是我们都没有来得及去做，父亲就匆匆离开了。子欲养而亲不待啊，这样的愧疚是很折磨人的。凡是做儿子的，都要及时行孝，要点点滴滴，不要等到有钱有办法了再去做，那时候已经晚了，将留下不尽的遗恨。

记得20世纪60年代，我们家的粮食老是不够吃，每天做饭，无论饭多饭少饭稀饭稠，我们兄妹几个总是把饭吃个锅底朝天。每天吃饭的时候，儿女们把饭给父亲端到桌子上，父亲只吃一碗就不吃了。我们想再给父亲盛一碗，父亲总是说，我歇歇再吃。我们知道父亲是想把饭省下来给儿女们吃，如果我们把饭吃完了，父亲就不吃了，如果没有吃完，父亲就再吃一碗。我们那时候真傻啊，为什么不给父亲留些饭呢？回想起来，父亲有无数次没有吃饱过，而我们全然不知。

父亲的一生给我们付出了太多，而我们回报父亲的却很少。

我想,中国的传统文化中,孝道占了很大一部分。中国人尽孝是约定俗成的,我们身上有着孝的基因,就是无数个像我父亲一样的父亲用自己的言行在无声地影响教育着下一代,我们社会的美德才辈辈相传,并且根深蒂固。因此,随着我国人口老龄化的到来,我们不必太过担心,绝大多数的老人是靠家庭赡养而不是依靠社会。

我想叫声娘

我想叫声娘,无论是我撒娇撒泼,还是高兴悲伤,也无论是有重要的事情和娘商量,还是没有任何缘由,纯粹地想叫声娘,为什么在别人看来都是再平常不过的事情,对于我,却是难以实现的奢望?

当我年幼还没有上学时,我从垒头上摔下来,哭着回家叫声娘,可是满院子寻不见我的娘。我才知道我的娘走了,走到很远很远的地方去了,再也不会回到我的身边了。如果娘是去康圪塔外婆家,娘是去下冶街赶会,娘是去白草坪碎矿石,再晚,娘都要赶回来。可是,我的娘,一去不复返。于是我用纸烧成灰,止住流血的伤口,用袖头抹去脸上的泪,把剩下的泪水往肚里咽,把疼痛含在嘴里,把委屈埋在心里,抬头看看天,低头看看地,只有自己可怜自己,自己安慰自己。

唉,都怪我没娘。

当我拿着重点中学的通知书飞快地跑回家,想给娘一个惊喜,想让娘夸赞一声时,院子里除了一群觅食的鸡、呜呜的风和随着风旋转的草叶,没有人给我一声祝贺。我可是百里挑一的优秀生啊,娘,我遵纪,我苦读,难道您就不能给我一声赞?

唉,都怪我没娘。

当我在工厂里领取第一份工资时,我最想孝敬的是我的娘。我想给娘买一条纱巾,我想给娘扯七尺布做一件新衣裳,我想给娘买一块蛋糕,我还想给娘买几只又大又甜的苹果,我知道这都是娘一辈子没有实现过的愿望。可是我只能在心里想一想,我已经知道,我的娘永远被埋在老家黑沟崖的老坟里了。

在我高兴的日子里,我想让娘分享我的喜悦;在我伤感的日子里,我想得到娘的抚慰;在我做出成绩时,我想得到娘的奖赏;在我犯下错误时,我想得到娘的指教。可是没有,娘永远缺席,娘似乎对我说,你自己决定吧。那时候我多么失望无助,我才知道,没有娘参与我的生活,没有娘在我的耳边叮咛,没有娘扯平我的衣襟,没有娘帮我拢一下头发,我的人生永远有缺憾。

娘啊娘,有娘的孩子是个宝,没娘的孩子呢?没娘的孩子连一块石头都不如。一年三百六十五天,多数的日子里我都光着脚。冬天里,我穿从村子里捡来的破鞋袜,那都是有娘的孩子扔掉的。从童年到少年,我不记得穿过新衣服,我不记得吃过白馍馍,我不记得盖过新被子,我不记得喝过一碗热腾腾的汤。

终于有一天,我走到娘的坟地里,焚了香,拜了地,长跪在娘的坟前,声嘶力竭地叫了一声娘。多少年的压抑,多少年的忧伤,多少年的委屈和伤感,都汇聚成一声唤:娘!

母爱是河

母爱是河，是安静地流经村前的河。那狭窄的河床和那涓涓的河水，多像母亲那瘦弱的身躯和快要被吸干的奶水。河的左岸是雄浑的大山，那厚实的山体多像父亲结实硬朗的腰板。如果说父爱如山，这父爱在给儿女提供了温饱和安全的同时，也带来了几分压抑和深重。不是吗？父亲从来不会说"乖"，哪怕我们考了一百分，父亲也从未表扬过我们。好成绩是学生应该取得的，就像父亲耕耘的土地，那是村里做庄稼做得最好的。见到父亲我总有一种恐惧感，我躲他，我心里恨他，有时候我会想，家里没有父亲只有母亲该有多好。后来父亲死了，我才知道没有父亲的家庭是多么不幸。我曾经在父亲的坟头号啕大哭，我对不起父亲，我没有对父亲尽一点儿孝道，甚至在心里尽一份都没有。父爱啊，有时候是一种误解，是一种猜忌，是和恨交织在一起的爱。当儿女们与父亲渐近时，父亲却突然离世了。这永久的遗憾曾经使我许久都笑不出来。

但是母亲就不一样了。特别是我的母亲，生我养我的母亲，疼我爱我的母亲。母亲一见到我背着书包从学堂里回来，就笑脸相迎，这笑里充满夸赞、疼爱和满意。母亲是很知足的母亲，尽管我小时候长得并不漂亮，也爱淘气，母亲还是很喜欢我。有时候我在一张雪白的纸上随便涂鸦，就会得到母亲的褒扬。父亲就不行，他会像一头雄狮一样在院子里大声吼道："白白的纸不能放着写字？败家子。"我想，母亲是一个不太高明的画家，她把我们兄妹几个画成这个模样，就由不得她不喜欢了。后来哥哥长大了，把村里最美丽的姑娘娶回家了，我才大吃一惊，我们兄妹几个难道不是村里最丑的？我急忙跑回屋里照照镜子，双眼皮，廋长脸，照了半天也看不出几分美丽来。我叹了口气，心想，哥哥是哥哥，我是我，天赋不一样吧。

那年我十五岁，读初中三年级。

哎呀，哥哥一结婚，让我多了一份心思，毛毛的，蠢蠢的，我也不知道我需要什么，就去母亲怀里撒娇。我学着小时候的淘气咬母亲的乳头，我两眼瞪着母亲，用拳头捶着母亲的胸脯说，为什么你偏心眼，把哥哥养得那么帅气而把我养成这样？母亲抚摸着我的头说，傻闺女，你是土里藏金，长大比你哥哥好看多了。我对母亲的话半信半疑，但是心里高兴起来了。母亲从来不吝啬对儿女们的夸赞，我们就是做错了事，母亲也是一笑了之。母爱几乎把我们兄妹几个惯坏了。

母亲是和舅舅换亲才嫁到我们家的，因为两家都娶不起媳妇。结婚的那天夜里，看到一床崭新的大花被，母亲心里很是高兴，她觉得作为女人，娘家一贫如洗，嫁到能盖起大花被的家庭已经很不错了。她哪里知道，父亲只让母亲高兴了一晚上，第二天天刚亮，父亲就把大花被卷起给邻居送去了。原来我们家里穷得揭不开锅，哪里有钱去买大花被，那床大花被是借来只让父亲和母亲盖一个晚上。父亲尴尬地对母亲一个字都说不出来，眼圈红了，那是对母亲深深的歉意。母亲还能说什么呢？她捂着脸什么都没有说，眼泪从指缝里哗哗流出来。

奶奶是爷爷后续的，又给我们生了一个姑姑和一个叔叔。我们家吃饭的人突然增多了，家里口粮紧张起来。爷爷拼命干活也养不起家，累死在地头，家里的重担都落在了父亲一个人肩上。父亲在非常困难的情况下，还是坚持让叔叔读完高小，在村里算是秀才了。叔叔长到十四岁，个头长得高挑，能帮助父亲干活了，父亲很是高兴，逢人便说，我的苦日子快到头了。不料想那年沁河发大水，叔叔在河边洗澡，被河水卷走了。父亲沿着沁河下游追啊追，在下游几十里的河滩见到了叔叔的尸体。父亲抱住叔叔的尸体哭啊哭，把叔叔的尸体背回家，埋在俺家的坟地里，自那以后，父亲精神失常了。

父亲从此很少和人说话，行动孤僻，动不动就打母亲。等醒过神来也知道自己错了，跪下给母亲赔不是。我想，母亲多么像村前的河啊，暴风雨来了，一阵肆虐，把河床弄得一塌糊涂，等暴风雨停下来以后，一切归于平静，河水又变得清净了。母亲逆来顺受，不管遇到什么打击，都保持了春季里河水的安逸和宁静。

从父亲生病以后，母亲遇到了一个最暴戾和最可怜的丈夫。打母亲时，母亲不还嘴不还手，默默忍受，泪水把手中的针线活都滴湿了。她知道父亲是因为叔叔的死受了刺激。父亲好着的时候是很称职的丈夫，知道心疼妻子和孩子。有时候父亲去地里干活，过点了也不知道回来吃饭，母亲就心疼地提着罐子给父亲送饭。我的父亲母亲，这一对老夫妻，田间地头，炕下灶前，磕磕碰碰领着一堆儿女走过来了,十年八年中很少进城逛街,一年四季到过最远的地方就是去镇上赶会。他们不会怨天尤人,只知道这是命里注定。

后来有一天夜里,父亲对母亲说:"我活着太连累你了。"母亲以为父亲只是说说心里话,不太在意。谁知道父亲过了几天做出了一个意想不到的决定,服毒自尽了。父亲太爱母亲,他不想在自己犯病时再打骂母亲,就用这样的方式结束了自己的生命。过了没多久,母亲也去世了。父亲累了,离开母亲,母亲再也没有心劲儿活下去了。我的父亲母亲就这样走完了他们的一生。

从父母坟地回来的路上,我突然发现我们村前的那条小河不知道什么时候也干涸了。

父亲母亲,村前的那条河,波澜不惊平平凡凡地走完了自己的一生。

俺老爷

俺老爷有一个很古老的故事，让人听起来又骄傲又泄气。他有立身创业成就家族辉煌的业绩，也有脑子进水一夜倾家荡产的蠢举，因此不能把俺老爷当作教育后代的典范，他也因此渐渐被后人遗忘了。

俺老家在河南西部山区一个叫探马庄的地方，说起俺村名字的来历，可是很有典故的。传说在明朝中期，俺村里住了一营探马，探马就是给政府站岗放哨的，遇到小股敌人，也能出击迎敌。那时候西域经常有乱军侵扰，使老百姓不得安宁，政府就在俺村安下一营人马，扼守黄河北岸，西可探听敌人活动，老百姓从此好多年没有遭到乱匪的骚扰，过上了太平日子。渐渐地，探马成了我们村的名字。

探马庄起先清一色住着崔姓人家。据家谱记载，崔姓人家的祖上也是从山西洪洞县一个叫大槐树的地方迁徙过来的。自朱元璋举起灭元义旗以来，仗打了几十年，黄河南北五百里以内不见男丁，田野荒芜，地广人稀，成了荒蛮之地。这里没有军队把守，朝廷也收不上租税，皇上很是着急，就采纳大臣的建议，从人口稠密的地方移民到这里。

说是移民,其实和抓壮丁差不多。官府领了朝廷的指令,派官兵把大槐树一带团团围住,从村民中挑选出体魄健壮的男人,一路押解到河南一带。这些被押解而来的年轻壮汉,可以自由圈地耕种,官府发种子和农具,也可以自由挑选当地单身妇女为妻。有土地耕种,还有年轻妇女为妻,被押解过来的男人们就乐不思蜀了,他们结婚生子,渐渐安顿下来。

俺老爷的祖上就是那时候从山西洪洞县大槐树底下迁徙而来,后来才有了探马庄千把口的崔姓人家。

俺老爷四十六岁那年,村庄连年干旱,颗粒无收,人们四散逃命,俺老爷由于子孙多,脱不开身,就待在家里,每天仰天长叹:我一家从大槐树迁来至今,已有二百余年,会在我这一代饿死绝后?

庄稼是种不成了,幸好俺老爷还有一匹骡子,他就赶骡子做起了煤炭生意。从邵原古镇运煤炭经逢石、原头再到关阳码头,那里运煤的船队在黄河北岸一字儿排开,都等着装煤到商丘、开封一带销售,生意颇为兴隆。长泉、关阳十里长街店铺林立,昼夜灯火通明,等着装船的船夫在酒铺里喝酒消磨时间,走了一拨又一拨。原头村设立官厅,处理商业纠纷,替官府收税,督促村民耕种。官厅北边是糖烟酒批发地,下街是卖蔬菜、干货、马具、生活日用品的商店。才几百口人家的原头村一时名声大噪。

俺老爷起早贪黑辛辛苦苦赶了一个多月骡子,没有挣到一枚铜板。原来豫东皖北连绵数百公里庄稼绝收,老百姓都到甘肃陕西逃荒,一百多个县市几乎都空了。关阳五里码头煤炭堆积如山,煤山上长出了莎草、黄蒿,坐滩的帆船船板翘起,船帆开裂,昔日繁忙的运煤码头如今一片荒凉,风光不再。

腊月一个漆黑的晚上,西北风刮得树枝呼呼作响,大地冻得干裂。夜已经很深了,俺老爷赶骡子去关阳送煤炭还没有回来。菜油灯被风吹灭了,屋子里黑洞洞的,几个儿媳分别把小一点的孩子裹在棉袄里,大孩子有的围在被窝里,有的在妈妈身边哼哼唧唧要东西吃。除了水缸里还有半缸子凉水,家里什么吃的都没有了,一家人都盼望俺老爷快些回来,给一群娃子带些吃的。

实在饿得不行了,儿媳们就到草窑里摘些干草叶回来,在石臼里捣成粉,用水和了捏成团放在锅里蒸草团吃。刚刚蒸熟,俺老爷进屋了,在桌子前面坐下,一脸沉重,看样子还是空手而归,儿媳们只好把蒸熟的草团子给俺老爷端上。俺老爷吃了几口,吃不出味道,就问儿媳们:"这是啥面做的?"儿媳们不敢回答,因为草团子是用干草叶子做成的,而干草是用来喂牲口的,俺家的家法很严,让老公公吃干草等于是把老公公当牲口喂了。俺老爷大怒,把碗往桌子上一推,嚷道:"问你们这是啥面做的都不告诉我,老子不吃了!"见俺老爷生气了,大儿媳赶紧说:"公公,我们饿极了,就弄些干草叶子捣碎了蒸成草团子吃,怕对公公不敬,都不敢对公公说,请公公息怒。"

谁知俺老爷听了不但不生气,反而哈哈大笑道:"这下子我可不愁了,我家有一窑干草呢。"

过了有三四年,安徽、河南又风调雨顺了,逃亡到甘肃、陕西的灾民都陆陆续续返回了家乡。西去的是去接逃荒要饭的妻儿回来,从坡头、关阳到英言、皋落,再经华阴、宝鸡进入陕西、甘肃,一路上背筐的、挑担的络绎不绝。关阳码头渐渐升起了炊烟、饭店、酒铺又纷纷开张了。

俺老爷有一天闲着没事,到关阳码头转悠,见煤场老板愁眉苦脸,就问他有什么不高兴的事。煤老板说他家人生病了急用钱,自己手里紧,正发愁呢。俺老爷刚好卖了几亩地,手里有两千个铜板,就把钱给了煤场老板。煤场老板千恩万谢说:"我家在山东,这一去恐难再回来,就把这堆放多年的煤炭送给你,来日有机会一定报答救命之恩。"说完泪流满面,背起钱褡,告别俺老爷,顺着黄河水一路漂流而去,从此,再也没有回来。

望着煤场老板渐远的背影,又看看这眼前堆积如山的煤炭,俺老爷有点发呆。这堆煤炭里,也有他辛辛苦苦赶脚运来的,他不知道这堆煤炭能给他带来什么。出于对煤场老板负责,俺老爷打那以后,就把铺盖带到了关阳码头,在煤场住了下来。

真是时来运转,过了不到半年,黄河下游的煤炭生意又红火起来,也许是外出逃荒人回流的原因,煤炭的价格比灾荒之前还高出许多。不到一年,俺老爷把这一堆煤炭都变成了白花花的银子。俺家的楼上,一串串的铜钱和银子堆得满满当当。俺老爷立即在长泉街盖了十八间两层青砖大瓦房,又在长泉街盖了二十几间门店,在济源城和邵原镇置了很多商铺,在王屋的七里桥、五里沟,在邵原崔庄、王家庄一带置了几百亩地,在开封、商丘开办了商铺,专门经营煤炭生意。几年下来,经俺老爷的手置买的地就有四千亩之多,富甲一方。

俺老爷成了西山方圆百里有名的富豪,但他没有忘记自己受穷时的窘迫,农人租俺家的地,他只收很少的田租,乡邻有困难了,俺老爷会及时送上银子。农忙季节,俺老爷干脆在长泉街支起一口大锅，免费让大家吃饭。俺老爷一生做的好事善事，几百年了还有人记起。

后来江苏徐州过来几个商人，看中了俺家王屋七里桥的地，阴阳先生说那里是风水宝地，将那里作为茔地，后人能当大官。那几个商人就佯装做煤炭生意，把俺老爷骗到酒铺里灌得酩酊大醉，然后把俺老爷拉到牌场上，让他一夜之间把四千亩地输得精光。

第二天俺老爷醒来，知道自己已经铸成大错无法挽回，就把全家五十几口人召集到一起说："家是不行了，你们都各自逃命吧。关于我的事情，任何人不准给后人说。"

自那时候起，任凭家里人如何劝说，俺老爷就是粒米不进，第九天，俺老爷去世了。

又过了一百多年，有一天，奶奶一边纺花一边给孙子讲俺老爷的故事。孙子问奶奶："奶奶，老爷那么富，后来怎么穷了？"奶奶叹了口气说："有一天老爷要抽烟，在一旁服侍的丫鬟给老爷点烟，这时候一只白老鼠站在咱家油缸盖上。老爷看见了，伸出长烟袋把白老鼠敲死了。谁知道那只白老鼠是一只神鼠。自那以后，咱家就慢慢败落了。"

孙子对奶奶的故事半信半疑，但是他知道他有一个很老很老的老爷，曾经辉煌一时，后来因为失手把一只神鼠敲死了，我们崔姓人家的家道就慢慢败落了。

爷爷也是"留守儿童"

　　孙子和孙女围着锅台写作业,灯光有些昏暗,爷爷就找来一个30瓦的灯泡换上,屋子里顿时明亮起来。他们的爸爸妈妈去南方打工,一年多了也不曾回来看孩子一次。天下父母哪有不思念自己的孩子的?只是春节工厂里发加班费,那是平日里工资的三倍,再说,两个人来回的路费也要一千多,于是他们就决定不回来了。爷爷记得去年腊月二十八,孙子和孙女给他们爸妈打电话,没有说多少话,两边四个人只顾哭,爷爷也忍不住落泪。如今这又要到年关了,他的儿子和媳妇今年春节能不能回来还没有说定,孙子孙女已经渐渐把他们的父母给忘掉了吧?爷爷安慰他们说,爸爸妈妈今年可能会回来,会给他们捎很多好吃的东西。但是他们一点儿惊喜也没有。

　　爷爷一边吸旱烟一边叹息:我们那阵子做留守儿童,也没有如今的孩子这般痛楚。

　　爷爷说的是20世纪50年代的事情。新中国成立没几年,中国一年比一年变化大,经过"三大改造"走上社会主义道路,农村完成合作化运动,成立工、农、商、学、兵一体的人民公社。中国发生的事情奇特而又变幻莫测。

爷爷记得他六岁时，人民公社的工作组来到了他们家，把凡是铁制的东西都集中在院子中央，有铁锅、锅圈、铁勺、犁杖、耙齿、镢头、镰刀、斧头、锄子等。我们家平常看不见什么财富，集中起来还真不少。爷爷在院子里跑来跑去，围着这一堆东西转，兴奋极了。公社工作组的几个人在一旁合计了一会儿，就做出了重大决定：把有用的农具留下，剩余的用大铁锤砸得粉碎。早上还熬饭用的铁锅，此刻在大铁锤之下立刻变成了几块碎片。老爷心疼他的财富，嘴上却说：看还有什么，都砸了吧，支援国家俺心甘情愿。

　　每天早上睡足了觉，爷爷姊妹三个便兴高采烈地跟着父亲到合作社的大食堂吃饭。那是一个旧社会地主留下的院子，干净整洁，房屋讲究。在房山墙上，红纸黑字写着大食堂的八大好处，每一个社员在吃饭之前都要学习一遍：吃饭时间统一；解放妇女劳动力；解决了单身汉的困难；减轻了社员负担；有计划地使用粮食；便于发展集体副业；促进了家庭和睦；改善了卫生条件。爷爷还不识字，就跟着大人念，觉得蛮有道理。

　　八月里的一天，中央在北戴河召开政治局会议，做出了全民大炼钢铁的决定。"小群土"是个什么玩意儿，现代人都不知道，就是小作坊、群众、土法大炼钢铁。党和政府急于要让全世界人民都知道社会主义制度的优越性，想急于赶英超美，才想出了这种没有办法的办法。人民公社的干部就挨家挨户督促动员，每一个家庭必须出一个壮劳力到王屋铁山河炼钢铁。我们母亲去世多年，三个孩子还小，就只有父亲是壮劳力，父亲就被派到铁山河，先是到山上砍树，烧成木炭，再用木炭炼钢。

那年我大哥十六岁,去白草坪挖矿石,也是支援国家建设,家里就剩下二哥、我和妹妹。二哥那年九岁,我六岁,妹妹四岁。

我们姊妹三个成为那个时代条件下中国的第一代留守儿童。

也许那个年代中国刚刚获得解放,百姓生活条件极简陋,新中国的第一代留守儿童们并不觉得生活有多么苦。在现代社会里,在咱们中国,如果有哪一家人还看不上电视,那绝对是贫困户。但是在中华人民共和国刚成立那会儿,全中国六亿人都看不上电视,如果那时候有人叫苦看不上电视,肯定会被推上批判台大批特批的。

因此,贫困和痛苦只是一个相对的感觉和概念。

我们那时倒觉得,做留守儿童是很幸福的事情。没有了大人的监督,我们就不去令人讨厌的学堂,再也不用担心完不成作业了,夜里在哪里玩累了就在哪里睡觉,早上只有憋不住尿了才从被窝里爬起。满山坡都是红透的山枣,树上密密麻麻熟透了的柿子掉在地上,蜜蜂也懒得来采蜜。大自然给我们提供了丰富的食品,我们是玩到哪儿吃到哪儿。想换一下口味,就去玉米地里掰几穗玉米放在铁锅里膨玉米花吃,去红薯地里挖一些红薯放在火炭里烤熟了吃,去长泉沙地里偷花生,在黄豆地里摘一些豆角,放在锅里煮着吃。

有一天,干部们在合作社办公室里开会到下午一点,大锅里的咸米饭放冷了,社长大发雷霆,就命令几个妇女做鸡蛋捞面条,还是没吃过瘾,就把我们几个留守儿童叫到一起,给我们下达了一个政治命令,让我们把一头牛犊赶到悬崖边,把牛犊从悬崖边推下去。干部们想吃牛犊肉，他们知道政府不准宰杀耕牛，又想吃鲜嫩牛肉，就想嫁祸于我们。我们哪里知道干部们的险恶用心，光知道好玩，于是我们十几个人把那头牛犊团团围住，往悬崖边赶。折腾了好一会儿，牛犊终于跑不动了，一动也不动站在悬崖边，我们齐呼口号，那头可怜的牛犊就在我们的叫喊声中被推下了悬崖。它没有摔死，但是腿摔断了，不能耕地的牛是允许宰杀的，那头矫健美丽的小牛就成了干部们的碗中餐，而我们留守儿童连牛尿也没有喝上。

留守儿童可怜，可是也很坏。爷爷每每想起这件事，就说留守儿童活该受苦。

爷爷的孙子和孙女写完作业，就钻被窝睡觉了，爷爷急忙换下灯泡，不想浪费电，这时屋里一片黑暗。爷爷又想起来远在天边的儿子和媳妇，不知他们今年能不能回来看看自己的孩子。

钱什么时候才能挣够啊！爷爷对着黑暗深深叹了口气。

二哥

三月里春天说来就来了,手脚不再受冻,可是还脱不下棉袄,想必台湾已经暖融融了吧?我二哥这几天一直咳嗽,打了几天吊针,也不见轻,赴台湾旅游的日子偏偏定下来了,大后天就要出发。要不去呢,4000多元的旅游费就白白扔掉了。在犹豫不定中,我二哥登上了去台湾的飞机。

台湾温暖的天气对二哥的身体也许好些。怀着些许担心,我去干我的事儿,也不是啥要紧的事儿,有更重要的事儿我立刻就会放下正在做的事儿。我们这些世上可有可无的人每天就干些可干可不干的事儿。我一边漫不经心干着我的事儿一边想。飞机在台北机场一落地,迎接我二哥的便是灿烂自由的阳光,二哥就可止住咳嗽。台湾和大陆之间要是架一座桥就好了,免得去台湾要办一大堆手续,我二哥根本看不懂通行证上写的啥,跟着同团的人走就行了。

我二哥十五岁就学会了打铁。20世纪60年代,在我们偏僻的山村里,会打铁的铁匠就我二哥一个,村民们打个镢头修个镰刀,都来求我二哥。我二哥贴煤炭贴铁料贴一身汗水,最想换来的不是一大碗白生生热腾腾的捞面条,我二哥抡着铁锤打了大半天铁,最想换来的是村民们说:咳,这娃儿手艺不错。就是这夸赞的话我二哥也收不下两句,多一句,我二哥就会脸红。我二哥的意思,是想知道村民们对活儿满意不满意。

我二哥向来不吃村民们端来的饭,村民们心里过意不去,让来让去我二哥死活不吃。我二哥取下脖子上的毛巾擦脸上的汗,弄熄炉子里的炭火,把用剩的铁料放回荆筐。有时候村民们会掏出一支纸烟让我二哥吸,我二哥接过纸烟,用火钳夹起还未燃尽的炭粒儿点燃纸烟,吸一口,连连干咳起来。我二哥本不会吸烟,他想领村民们的情。

我最懂二哥的心思,有时真替他着急,他明明饿得饥肠辘辘,就是不肯吃村民们一碗饭。有时村民们让得急了,他就看着我说:要不你吃吧。我二哥出力了我怎么好意思吃?结果我俩都饿着肚子让村民把饭端走。回到家,看着二哥大口吃蒸红薯喝稀米粥,我气不打一处来,揭下红薯皮投到他的脑门上,他也不理我,仍津津有味地吃着饭。

那时候,我上小学六年级,一放学就跑到二哥的铁匠铺,看大人们叮叮咚咚打铁。我有时候帮二哥拉风箱,有时候给二哥打下锤,下锤的锤头很重,我举不起来,没几下就累得满头大汗,二哥心疼地说:"回去吃饭吧。"

有一回,有个村民做的活多,塞给二哥一把零钱,二哥不要,我在一旁看得急了,大声说:"哥哥,我要买作业本!"村民就笑嘻嘻地递给我两毛钱,我抓过钱撒腿就跑。学校旁边有一个供销社,我早就想买几个糖梨糕吃,两毛钱买了六个,我吃了一个,忍不住又吃了一个,最后剩下两个,我舍不得吃了,这是二哥用力气换来的钱，我不能太没良心。晚上放学回去，我把一个糖梨糕塞进二哥的嘴里，二哥一边吸吮一边说，真甜，我把剩下的最后一个又塞进他的嘴里。

我二哥在村里是出了名的憨厚，我父亲曾经叹息着说，我这憨娃们长大了去哪里说媳妇。可是我们长大后并没有让父亲多费事，都结婚生子了，村民们都说，憨人有憨福气。这样又过了十几年，虽平淡无奇，却也相安无事。到了1985年，还是出事了，二哥得了一场病，在医院住了很久，出院后，变得又自私又不讲理，把他小时候的憨厚全赚了回去。他虽然是我的二哥，我有时候得像哄孩子一样哄他，要不然，他会因为一件小事蛮不讲理地和我吵半天。

我和二哥就这样波澜不惊地度过了大半生，如今我们都到了儿孙绕膝的年龄。二哥和妹妹一辈子没坐过飞机，我们就做出决定，让他们往台湾飞一趟。想不到到台湾的第三天，导游就打来长途电话，说我二哥得了肺炎，住在台中市澄清综合医院，问我们是提前飞回来还是就地治疗，我急得竟一时没了主意。

我二哥在家时就感冒了，吃药打针都快好了，想不到竟病倒在台中。我急忙打电话给我台北的朋友，让他去医院关照一下，想必台湾的医疗条件不输大陆，我二哥能健康地回来。天佑我二哥吧，全家人都企盼他平安归来。

黑沟崖是我家

　　我的家在黑沟崖，黑沟崖就住着我们一家。

　　出门往南看，黄河就像一条玉带，束着两岸山的腰。一座座小山包，东倒着，西歪着，就像山妈妈生的一个娃，又一个娃。

　　往北往西看，山峦起伏，烟雾袅袅，不知道远处山和云的交会处，后面隐藏着什么。

　　我小时候放牛坐在山顶上，遥看那云彩叠嶂，座座山头披着云纱，蕴藏了无数个秘密，勾起我无限遐想。在我童年很无望的日子里，那梦幻般的景象给了我足够的勇气，我极想探个究竟弄个明白，才勇敢地活了下来。

　　唉，过往的，没有精彩，尚要去的，有猜不透的悬念。我无数次幻想踏着山的尖尖，踩着云的布幔，去那云深处，和仙人相会，可是我长着凡人的脚。

　　那里该不会住着一个姑娘，领着几个妹妹，还缺几个到黑沟崖下挑水砍柴的山里娃吧？我坐在山上放牛，牛在安静地吃草，蜻蜓在头顶旋转飞舞，风儿止住了呼吸，阳光吸吮着土地。还有一个声音在我耳畔鸣响，我知道，那是山在低唱。

　　这连绵数里的山坡上，只有我和我的牛是属于自然的，又是不属于自然的。天黑了，牛要住进牛棚，反刍一天的收获。我也要睡进我的窑洞，把黑暗裹在我的身上，梦里重温一天中最愉快的章节。

而它们，这自然万物，就袒露在这空旷里，互相做伴，细数一天的变化。

这自然安静，是属于我家黑沟崖的。你可以静默地像那山石，一躺就是万年，你也可以情趣万千地融入它们，和它们做姊妹。

那时候，你也属于自然了。

我看见山枣树腊月里被冻得一身鸡皮疙瘩，三月里先冒出几片嫩叶，四月里生出花蕾，七月里枣屁股泛红，到八月，枣脸儿紫红紫红的。我家的崖边上，密密麻麻长满了山枣树，枣儿压得枝儿弯下了腰。大人们用一根长棍子一阵乱打，枣儿像下雨一样落满我家的院子，我们一边捡一边往嘴里送。大人们说：可不敢吃太多，吃多了肚子胀。我们哪管这些，只顾拣红透了的吃。

我看见野葡萄树长在黑沟崖的崖缝里，把枝蔓搭在麻荆树上。麻荆树是不是暗恋野葡萄？很情愿背负着它们，任它们撒娇缠绵。野葡萄到了八月，通体都是黑紫色，摘一串坐地上吃，蜜一样的汁液顺着嘴角流下来，把白衬衫都染成了斑斑点点的紫红色。

我看见春天里，蝴蝶追着花儿飞，给喇叭花留下个媚眼，给蒲公英送一个吻。飞不动了，就落在花蕊里歇息，屁股颤动着，好像在给花瓣儿挠痒痒。

我看见夏天里，蝉躲在老榆树的树叶下，惬意地你呼我应，唱着一支永恒的歌，不知疲倦。

我看见秋天里，南飞的雁子在我们家的山坡上歇脚，在谷子地里补充营养，在水池边喝水，然后在头雁的号令下冲向天空，整理队形，在云层里消失。

我看见冬天里，一群麻雀落在白皑皑的雪地里整理羽毛。母亲给它们撒了一把小米，它们欢快地啄食，大胆地跳跃到母亲的脚下。

而最令人兴奋的还是夏天。瓢泼大雨一会儿就变成了淅淅沥沥的小雨，我们光着脚，戴上草帽，到山坡上捉水牛（一种昆虫）。水牛有翅膀但是飞不高，我们就满山坡地追，水牛飞不动了，就栽倒到草丛里，我们抓住它，装进草笼里。雨停了，太阳出来了，水牛也不知飞到哪里去了。我们就回家，把水牛倒进铁锅里，撒上盐巴，点燃柴火，不大一会儿，水牛被炒得焦黄，味道美极了。

这就是我的家黑沟崖。异国他乡的胜景，京城都市的繁华，我闯荡了数十年，看遍人间奇景，可是，我的家黑沟崖，在我的脑海里最清晰，最亲切。我对我家黑沟崖的那份感情，是任何浮华都掳不去的。

那一年

一

那一年,中国改朝换代了,毛泽东领导中国共产党彻底打败了蒋介石领导的国民党及其国民政府,黄河南北和长江南北的青天白日旗换成了鲜艳的五星红旗。西南几个省虽然还没有易帜,但是已经处在中国人民解放军几路大军的重重包围之下,蒋介石知道大势已去,任命心腹陈诚为台湾省政府主席,经营自己的后退之路。

那一年的四月,中国人民解放军发起渡江战役,英国军舰"紫石英号"硬充好汉,横立长江头企图阻止解放军的进攻,差点被击沉。自此数十年间,英国老老实实远离中国几千里,不敢有任何觊觎,那时候共产党白手起家打天下,真是天不怕地不怕。

那一年的 10 月 1 日,首都北京三十万军民在天安门广场隆重举行开国大典,毛泽东在天安门城楼宣读《中华人民共和国中央人民政府成立公告》,宣告中华人民共和国成立。

那一年，新中国第一任公安部部长罗瑞卿亲自指挥了在北京消灭妓院的行动。八大胡同，这个北京几百年来的花柳巷，在11月21日的夜里，被几百名公安团团包围。224家妓院被封，454名妓院老板和领家被看管，1290名妓女得到解放。

那一年，中国发生的事情实在多，我后来听大人讲的、在书中看的能记住的就这么几件。那是1949年，我出生在下冶乡原头村，发生这些事情的时候，我还在襁褓之中，虽然那时候老百姓还极度贫困，但共产党的基层政权已经建立，人们已能够安居乐业了，我出生实在是赶上了好时候。那年年末，官方统计我国人口四亿五千万，其中已经包括了我，我的中国公民身份没有任何异议，并且一个新政权的诞生揭示了中国人能够生活在一个没有战乱的和平年代里。

那一年，我才几个月大，不能说中国发生的事情我没有经历过，也不能说我都经历过。天安门是太阳升起的地方，在小学课本里我们无数次朗读过的这个神秘莫测的宫殿，但宫殿里发生的惊天动地的事情我一无所知。解放西南的隆隆炮声远远消失在我的听觉之外，我似乎什么也没有感觉到，只是饿了就哭闹，没有玩过一个玩具，没有穿过一件新衣服，多数时候吃和大人一样的红薯稀饭。母亲和父亲大概不怎么喜欢我吧，竟然忘记了我是哪天出生的，害得我一辈子不能去掐字算卦，不知祸福地硬着头皮往前闯，一生的跌宕起伏真是让人唏嘘不已。停住吧，那一年，我真的知道的不多，不能多说什么。

二

那一年,五亿中国人每天吃同样的大锅饭,菜几乎是没有的,国家号召增加粮食生产,很少种蔬菜。一日三餐,按时开饭。每到开饭的时候,家长都提着打饭的铁饭桶,带领着一家老小,围在生产队的大锅旁。会计手里拿着全村人的花名册,轮到谁家打饭,会计就大声喊出那家人的人口数,掌勺的就抢起大马勺,一口人舀一勺。没有人计较饭的稀稠多少,在绝对平均的状况下,人们的怨言是最少的。

那一年的7月17日,西藏自治区筹备委员会做出决定,对反动的、黑暗的、残酷的、野蛮的封建农奴制度进行民主改革,凡是参加叛乱的领主,留下的土地谁种谁收,牲畜谁牧谁有。政府的深明大义并没有感化反动的领主们,他们的叛乱为中央政府彻底解决西藏问题带来了契机。

那一年的年底,北京大学校长马寅初在各类报刊发表了九篇文章坚持他的新人口论,又在《新建设》杂志刊登了《我的哲学思想和经济理论》,自己把自己推向了受批判的风口浪尖。无论老先生是不是在故意贬低我国的人口质量,也无论他的新人口观后来被事实证明是多么的正确,这老一代知识分子的傲骨,求知辩证的精神,是我们民族不灭的火种和强身的钙片,现代的读书人,是不是需要补补身子啊。

那一年我十岁,上小学三年级。那一年,我常常空着肚子去上学,饿着肚子放学。在课堂上,肚子里咕咕噜噜,总想着去哪儿搞点吃的东西，无论是好的坏的生的熟的变质的发霉的公家的私人的合法的违法的要脸的不要脸的，凡是能搞到嘴的我都毫不含糊，这符合白猫黑猫理论，人都要饿死了还讲究什么体面文明。我才十周岁，五亿中国人排个儿去死也轮不到我，我还没有吃过白面馍猪肉片，没有坐过汽车火车，没有看过打鬼子的战斗片，那一大堆的福气都等着我去享受，我真是不想死，我为什么要去死。我和死斗争，陈胜、吴广大概都是饿极了才去造反的，我骨瘦如柴，拿不动刀枪舞不起棍棒，我不想学陈胜、吴广，只是想搞到吃的。

我偷过生产队的麦子和棉花种，拿到家里用铁锅炒熟了吃。我去玉米地里掰玉米，在红薯地里挖红薯，在花生地里刨花生。星期天，队长让我们跟着大人去种麦子，怕我们偷吃，就把麦种拌上农药，我们照样把麦种偷回家用水洗干净了吃。我曾经爬到柿树上摘又苦又涩的生柿子吃，我曾经在山坡上捋小桃叶吃，中毒后口吐白沫，我曾经厚着脸皮向同学李忠臣要馍吃，不知道他妈从哪儿偷到的粮食。

课堂上，语文老师给我们讲曹冲称象的故事，还让我们背诵课文。我们表面上不敢反抗老师，心里都不服气。曹冲只不过想办法称出了大象的重量，就作为聪明孩子让我们后人学习了几千年，1959年中国孩子们和饥饿做斗争，那出其不意五花八门的刁顽勇敢赖皮使坏，那聪明智慧，岂是曹冲那小子能比的？

三

那一年,美国用飞机侵入中国领海领空,外交部发言人奉命提出第469次严重警告。3月2日,苏联边防军入侵我国珍宝岛,我边防军在忍无可忍的情况下,被迫进行自卫还击。5月5日,具有先进水平的抗生素"庆大霉素"开始生产,近八亿中国人有了自己国家生产的特效药物。5月11日,我国向全世界宣布成为既无内债又无外债的国家。

9月15日,《人民日报》转载《红旗》文章,文章中说:"要把一斤粮食,一把竹笋,一个鸡蛋,卖给谁,卖什么价格,都提到走什么道路的高度来认识。"如果写这篇社论的编辑还活着,一定会为自己的无知感到羞愧。

那一年是1969年,我刚好二十岁。到年底的时候,我已经在一家工厂当了三个月的工人。上班在车间里做工,下班在伙房里吃饭,累了在集体宿舍里睡觉。虽然工厂里发给我的粮票还不够填饱肚子,我没有多余的钱来买一件新背心,但这是我人生的一次重大转折,我终于告别乡下,告别面向黄土背朝天的农村生活,来和机器打交道了。

每天晚上7点,车间主任组织大家坐在大宿舍里学习文件,我们挨着坐在床沿上,不理会主任在念些什么,轻声地互相咬着耳朵说悄悄话,给我们夜间的政治学习增添了太多的浪漫欢乐。那时候没有电视,没有球赛,买不起电影票,好在工厂里还有一个图书阅览室,虽然没有几本好书,但还是给我提供了很多阅读机会。我青春的岁月,我空虚的时光,我对爱情的渴望,我对家乡的思念之苦,我受到打击时的苦闷心情,那沉沦、痛苦、厌烦、乏味、低落、倦怠、忧伤、无聊、孤寂、徘徊犹豫,都是在这里经历的。我懂得了这所有的一切都仅仅是一个过程,虽然它会重来,但我不会再产生愤恨,我会重新把它们打发。布罗茨基说:"现实生活的主要方式,不,其主要风格,就是乏味。"他甚至把我们苍生都比作桌子上要被抹去的尘土。引用德国诗人胡赫尔的诗句说:"请记住我吧。"其实记住与否又有什么关系?留在桌面上被拂去,或者在水中洗去,流进地沟里,都是存在的状态,既然无关紧要,就随它去吧。

"无论遇到什么不开心的事情,这个或那个车站都会一闪而过,列车不会在一个地方停得太久。"布罗茨基最后告诉我们。国家甚至窗外发生的事情似乎与我们的生活没有太多牵连,时间不会去照顾一个人的小情绪。

四

那一年 1 月 1 日,中美两国正式建立外交关系,国务院总理华国锋和美国总统卡特互致贺电。也是在那一天,国防部长徐向前发表关于停止对大金门、小金门、大担、二担等岛屿炮击的声明,指出台湾是我国的一部分,台湾同胞是我们的骨肉兄弟,为方便台、澎、金、马的军民同胞来大陆访亲会友、参观访问和在台湾海峡航行、生产等活动,命令福建前线部队,从即日起停止对大金门、小金门、大担、二担等岛屿的炮击。

那一年 12 月 6 日,针对本年以来北京西单出现的大字报,人称"西单民主墙",北京市政府做出强制规定,大字报张贴者必须在张贴登记处如实登记姓名、单位、住址等,张贴者应对大字报的内容负政治、法律责任。12 月 10 日,台湾发生了"美丽岛"事件。《美丽岛》杂志创办人黄信介、许信良等党外人士以庆祝"国际人权日"为由,在高雄市举行集会游行,游行者高喊"争自由、争民主、争权利""取消戒严令""开放党禁、报禁"等口号,当局出动警察镇压,发生大规模冲突,多人受伤。台湾当局采取行动,逮捕美丽岛杂志社主要人物黄信介等人,查封美丽岛杂志社。民主自由后的台湾是不是变得更好了?细看台湾现今的乱象,也不尽然。

那一年是 1979 年,我到了而立之年,就是说,我已经是一个顶天立地的男子了,我应该担当起我的家庭以及社会责任。家庭的责任责无旁贷,我已经有了两个儿子,一个五岁,一个两岁,由于是农村户口,他们不能入工厂里的幼儿园,这对我是一个很大的打击。吃商品粮长大的和吃农村粮长大的孩子有着天壤之别,其实粮食都是农村地里长出来的,凭什么农村的孩子就不能入幼儿园?有时候社会的制度真是荒唐,五岁以下的儿童就被贴上阶层的标签,受到不平等的待遇,我不敢保证这孩子长大后会热爱这个有着荒谬规定的社会。

也许是我的工资每个月只有三十元,日子过得太紧巴,在我最年轻的十几年中,我没有穿过皮鞋,没有买过一件衬衣,没有喝过一杯酒,没有痛快地吃上一次肉。这不多的薪水,我都做出了合理的开支,这与五六十年代的生活相比,已是天壤之别了。

一两年中,父亲会从老家来看看他的两个孙子,带来一些柿子和红薯,在我这里住上几日,这让我很高兴。以前,我总觉得在生活中感到无依无靠,原来是缺少了父亲。父亲的偶然到来让我很兴奋,中国的家庭结构中,爷爷、父亲、孙子三代,是多么和谐有序啊,少了哪一代都是很大的缺憾。父亲,你能多住几日吗?我知道你种庄稼太忙,可是儿子、孙子是多么留恋你啊!

那一年,我的顶头上司老是给我小鞋穿,我工作很不顺利,做什么都是错的,我很无望,但是我都挺过来了。后来,我做了他的领导,由于饱受穿小鞋之苦,我对他往往是高看一眼。

五

回想自己一生经过的这几个时间节点,无论发生什么重大事件,祖国都有惊无险地走过来了,中华民族如果没有这种韧性,如何能走过五千年? 作为一个平民百姓,生活中的一些曲曲折折又算得了什么? 不过,作为祖国的同龄人,我还是心有慰藉,我知道,我会半路落下,目送祖国前行,但祖国会一直走好,那信念是永恒的。

表妹

对表妹的记忆还停留在她十二三岁的时候，如果自那以后不再见到她，那她到死都不会变样。

那时候，姑妈来我家经常把她带来，或者说她把姑妈带来。不知道为什么，在我的记忆中，她从来没有自个儿来过我家，生来就是姑妈的小跟班，就是到了我家，她也是和姑妈形影不离。有时候，姑妈想跟大人说话，她牵着姑妈的手，拽着姑妈的衣角缠来缠去，姑妈不耐烦地说她："别老缠我，去跟表哥耍吧。"她只是蔑视地瞪我一眼，然后耷拉下眼皮藏到姑妈的身后，透过姑妈的胳膊弯看我的脚。我的那双脚是最不堪入目的，偏偏她要盯着看，这让我很生气。长到十三岁，我从来没记得洗过脚，鞋是父亲从村子里捡来的，早已开帮了。表妹大概是个尖刻的人，她没有用善良来遮掩一个没娘娃的不幸，就像把一个刚结籽的玉米的包衣剥开，把玉米青春的胡须和胸膛裸露出来，摊在她的眼皮底下。人的自尊或者自恋也许是与生俱来的，表妹用眼睛看透我内心最薄弱的地方，似乎我赤身裸体站在她面前什么都被她看见了一样，这让我怨恨了她很久。

十二三岁的男女生单独待在一起大概是人一生中最尴尬、

最难为情的时刻，什么问题都懵懵懂懂的明白，但是什么问题都混混沌沌的不明白，都想装大人，都想看扁对方，都想装得对对方不屑一顾。我心里也不想和她一起玩，就躲到离她远的地方，要知道身后跟着这么一个不大不小的半大女孩，撒泡尿都不方便。她不像农村常见的姑娘一样扎起两根羊角辫，她习惯剪成齐耳短发，时不时把散落在脸前的头发用两手拢在耳后，把自己打扮得像一个初中生，其实她还在上小学六年级。她和我一个属相，都属牛，只是她比我小两个月，应该叫我表哥，但她从来没有叫过。我猜想她把自己装扮得成熟，是想在气势上让我知道，她无论哪方面都比我懂事，这让我心里很不服气，也许那时候，她不想做我的表妹而想做我的表姐，年龄差距太小，让她叫我表哥有点儿不服气。难道她也可怜我这个没娘的孩子，想在我面前呈现出对我大人般的关怀？鬼都不相信她会有那么个菩萨心肠。因此，她随姑妈来我家，我并不是很欢迎，我欢迎的是姑妈，是我姑妈胳膊上挎的竹篮子。姑妈知道我们兄妹几个从小没人照管，常常给我们带好吃的东西，还会给我们兄妹三个带来新鞋和新的旧的衣服，那都是我们最需要的。吃过午饭，大娘和姑妈坐在土院子里，大娘把几双新鞋端在手掌上左看右看，一个劲地夸姑妈的针线好，姑妈只是谦虚地笑，表妹却羞涩地躲在姑妈身后，好像在夸她，她倒不好意思起来。

　　我和表妹见的最后一面是我上初一的那一年。后来我考上了高中，到重点中学读高中了，再后来我又考上了大学，然后参加工作，结婚成家，生儿育女，再也没有机会见到表妹，在我的生活字典里，很难查到表妹的音讯，只是听说她先我结婚了。我心里并没有祝福她一下,更不用说送一份贺礼了,这说明我们的关系疏远了好多。

我偶尔想起姑妈的时候也会想起她,想知道她的一些情况,再怎么说她也是我的亲表妹。可是小时候她偷看我的那双脚,无论是鄙夷还是同情,都让我记恨她。每个人都有不堪的时候和地方,因为我娘死得早,没人给我做新鞋,我才去捡别人家孩子不穿的鞋,她看见了应该装没看见,把最后的一点儿尊严留给我。我无法否认,我的表妹长得很好看,身材匀称,眼睛又大又黑,笑起来一排牙齿又细又白,一笑一颦很像我姑妈。

三十多年以后,我在市里的东区买了一套新房。初搬到一个新的环境,我有点儿陌生,那天晚饭后,我就到河苑街溜达。在靠近北莽河边的一个广场上,有一群男女在跳广场舞。我驻足来看,心里有一种跃跃欲试的感觉,但是那动作我都不会,不敢入场。这时候,一个和我差不多大的女人走到我的身旁上下打量我。

"你是表哥?"

"你是表妹?"

我们几乎同时认出了对方。岁月的沧桑,生活的不易,世事的艰难,把我们都催老了,我再也不是初中一年级的青涩少年,表妹也再不是小学六年级的少女了。我们都一时无语,沿着树林里的一条小道往东走。好久好久,我们没说一句话,夜色掩盖了我们彼此不平静的心情。

"你记得吗?你和姑妈去我家,你盯着我的一双脚,最让我难堪。"

表妹久久没有回答我,我看见她掏出纸巾在拭泪,我后悔几十年不见我竟然老账重提,让表妹生气了,可是我找不到更合适的话安慰她。

　　"我是在看你脚的大小,后来你穿的鞋都是我做的,直到你进城了知道你讲究了我才不给你做。"

　　听了表妹的话,我泪如雨下。我眼前的表妹,还是那个小学六年级的女孩,我知道今后我应该为她做些什么。

　　　　　　　　　　　　　　　　表妹

想她那时模样

    人的记忆有时候着实可恶，曾经在自己的生命中发挥了重要作用的事物，不见得能全记在心里，充其量模糊记得好像发生过又好像没有发生过，这大概是没有引起心灵震撼的缘故。可是有些事情，尽管轻如蝉翼，薄如蝶翅，只在心里轻轻掠过，就那么刻骨铭心地记得。并且带着色彩，带着情节，带着欢乐甜蜜温馨，带着惆怅遗憾伤感，任岁月流逝，却依然清晰。人活着，是要有这带着痛苦和欢乐的记忆，生命才有意义。

    我初中时同班的一位女生，和我数十年没有见面了，她的拘谨、羞涩、腼腆，她的温柔、善良、矜持，她的两只扎着红色或者是黄色头绳的小辫子，她穿的暗红色的对襟小棉袄，她白皙的脸，尖瘦的下巴，她排列整齐的小白牙，她的顺从、不参与，总之，她乖乖的样子，被我永久地印在了脑子里，虽然时隔三十余年，记忆却愈发清晰。说真的，我没有爱过她，在我们封建思想极为严重的小山村里，在我们十二三岁的年纪，还没有到谈情说爱的时候。可是我真真切切记住了她，大概是因为她是一个标准的山里女娃的缘故吧。

    这三十余年来，虽然我知道她会嫁人，会生子，也会慢慢变老，也在养着一个幸福的或者苦难的家，但这一切都是经验判断，都是凭空想象。每每想到她，还会想起三十几年前十二三岁的山妹子，她还是我们同学时的模样。我们学校里有几十个女同学，也有长得比她好看的，我一个都没有记住，唯独记住了她。初中毕业后，我考上县高中，后来上了大学，在城里参加了工作。而她初中毕业后就回家帮助父母种庄稼了，长大成人后，也不知道她嫁到哪里去了。自那以后，我们再也没有见过面，也从来没有联系过，但是她的模样却被我记得清清楚楚。不可否认，她那模样让我愉快、让我提神，也让我有时候心烦意乱。这是我一个人的秘密，不值得一提，假如我这一生没有记住她的模样，我记忆的空间会空虚很多，会不会被其他杂乱无章的事情填满？

有时候我生活不如意了，就非分地偷偷想她，我想让她作为女人，让她长大成熟，让她进入我的生活，这样才能满足我的精神奢望。几十年来，她带给我的，有甜蜜的回忆，有心灵的安慰，也有对她产生的无端的怨怼。我想让她和我的生活发生一些交集，我想在她的生活里有一些担当，我想着她见到我会说：我等你很久很久才不情愿地嫁人。好让我感动万分。可是这一切都没有发生，几十年间，我们两个的关系完全是空白，现实的她和初中时的她怎么也联系不起来。我不知道要去大胆地行动一次，看透这梦一样的现实，还是保持这心灵的守望，继续生活下去。一个美丽的东西，把它拥抱入怀好呢，还是永远地供奉在心灵的圣坛好呢？她是女人，我就有还俗的愿望；她是初中女生，我又有了信徒的圣洁。

她，毫无理由地让我牵挂一生，想起来真是荒唐。说真的，她并不是我生命中的必需，有时候忙起来，几个月都没有把她想起，可是有时候一天里头就想起她好几次。特别是我沮丧时，我伤感时，我生气生病时，我想让她出现在我的面前。我承认我是自私的，我没有投入资本，就想收获什么。人如果都有情窦，那一定是她第一个帮我打开的，正因为如此，我才鬼使神差地把她放在我心灵的扉页，翻开记忆，首先看到的，就是她，岁月弥久，越发清晰。

后来我在城里混得还可以，有房有车，年龄也老大不小了，把人世间的一些事情也看得透彻了，总想着去看看她，看看这个让我无端想念、牵挂、生气、感激了大半生的初中同学，她到底是怎么了得的一个女人，让我魂不守舍自作多情。但我迟迟不敢行动，我怕打破我美好的回忆，我怕见了她四十多岁的模样，见了她满脸的风尘，见了她脸上的皱纹和粗糙的双手，我还会不会对她有那么美好的感觉？用这种粗劣的方式来摧残我心中数十年来最美好的记忆太残忍。

我决定永远不去看她，她在我记忆里还是那个模样，这个山里女娃，是我几十年来最圣洁美丽的心灵守望，我不忍心打破它。

那年我 17 岁

一

那年我十七岁。我清楚记得那天是九月二十七,一个阴沉沉的天气里,我坐在自行车的后座上,怀里抱着一床棉被和网兜装着的生活用品,妈妈用自行车驮着我,向我未来要就读的技工学校奔去。妈妈一路絮絮叨叨的叮咛我一句也没有听进去,倒是这辆老旧的自行车发出的"吱扭"声还是蛮有节奏的,妈妈每蹬一圈,它就欢唱一声,好像在祝贺我就要添福添贵了一样。

对于一个女生来说,十七岁真是个让人又尴尬又无聊的年龄,正像六月末七月初的柿子,青涩味苦,脸上通透着青灰色,三五成群挤在一起,躲在树叶的后面,还不知道怎样自主地生活。这不大不小的年龄,上不着天,下不着地,既要告别少女独有的天真烂漫生活,又要试探着向一个未知的生命领域莽撞开拔,不可探究的东西真是太多。大一点过了十八岁生日的女生们又不怎么喜欢我们,她们几乎垄断了所有的欢乐和志趣,比如说,同样是嗑瓜子吃冰棍,他们男女混杂调情打趣,把随便一个地方渲

065

染得像一个演艺场，可是我们十七岁的女生，就是把一摊子好吃好玩的都拢过来，也还是取不得想要的欢乐。

因此，那一年，我过得百无聊赖。说不上痛苦，也少有病痛折磨，就是感觉无所适从，坐着躺着走着，睡去醒来或者是似睡非睡，都是一样的感觉，都是在熬时光，而时光是那么缓慢而悠长。那一年，无论我走到哪儿，都不见得能引起人们的关注，十七岁真是个容易被人忽略的年龄，谁都要经过可是谁都不重视，让人好无情趣。初三毕业后差不多两年的时间里，我都是这么一天天挨过来的，幸亏技校来我们村里招生，家庭困难的学费可以减半，妈妈就答应我去技校上学。

怀着改变生活状况的理想，我离开地处大平原的家乡，到城里读技校，我根本就没有学习技术的打算。那一览无余的大平原实在是掩藏不住我一丁点的梦想，要么是一眼望不到边的麦子或者玉米，要么是庄稼被收割机撂倒后一地的空旷。而我的家，那老式的灶台，那一口给猪煮食的老铁锅，屋檐下靠在一起的农具，堂屋角落里放着的一台比我年龄都大的黑白电视机，恐怕最能证明我们一家，爸爸妈妈，三个哥哥和我，每年每月每天，都在生活着。租种政府的五亩多耕地，承载着我们一家六口的所有希望，也维系着我们一年的生计，从妈妈十八岁嫁到我们吴家起，这块被反复耕作的土地，已经年复一年几乎没有任何变化地榨取了父母的健康和生命，爸爸和妈妈都老得扛不动一袋玉米了。

二

　　我在技校学生处报过到,被老师领进一间女生宿舍。一间宿舍上下铺共住八个人,其他铺位被先来的同学占满了,我就在靠近门口剩下来的一个上铺安顿下来。住过宿舍的同学都知道靠门口的上铺是整间宿舍最差的床位了,其余的七个同学虽未谋面,但我感觉到,她们都比我优越,无论是长相或者是家庭经济条件。预感让我自省自觉,我一开始就把自己摆在最不重要的位置上,处于守势会让我更有安全感,好在这张靠门口的床铺暂时是我的领地,我把所有的生活用品都摆在床上还绰绰有余。我一米五九的个子,体重不到五十公斤,刚好和美女打了个擦边球,是最不容易招惹是非的女生了吧?我上床和下床时都尽量轻盈,几乎搅动不起宿舍空气的流动,我想如果大家都像我一样,我们的宿舍就是最和平和谐的了。

　　晚饭时间到了,还不见同学们回来,我拿起搪瓷碗,一个人去饭堂打饭吃。一路上我小心地四处张望,三三两两似曾相识的脸从我的眼前滑过,我来不及把他们一一记住,这都是我的同窗吧?我要和他们朝夕相处两到三年的时间。校园倒是绿化得挺美的,道路两旁几年前种下的桂花树都有碗口一样粗了。塔松伟岸挺拔,和三层宿舍楼差不多一样高。饭堂的西边是两个篮球场,有几个男同学在打篮球,他们的呼喊声和篮球撞击篮板的咣当声给学校增添了几分活力。

　　我要了一碗小米粥和一个馒头,共花去七角钱,宿舍里我带有妈妈腌制的黄瓜咸菜。以前妈妈无论做什么饭,我想都能想出饭的味道,因此,吃饭成了我的精神负担。而第一次到学校饭堂打饭,让我心里充满新奇的感觉,极平常的小米粥也别有一番味道。我一边走一边呷了一小口,甜丝丝滑溜溜的直通喉眼,这少有的感动让我一下子爱上了我们的学校。打十七岁这一页倒翻过去,哪怕一丁点的感动我都不曾拥有过。想想看,一日三餐吃妈妈做的饭,奶奶倒是做过几次好吃的,但只让孙子们吃,不让孙女们吃,说是孙女们吃白白糟蹋了粮食;十几年来不曾有过新衣裳,都是哥哥们穿旧了的衣服,经妈妈稍加改动让我穿;跟妈妈去赶了几次庙会,妈妈从来没有舍得给我买一只冰糕或是一个玩具。十七年来,我不记得花过零花钱,若真是买过什么,也是经了妈妈的手。

这一次,这七角钱,是我亲手花出去的,我突然觉得我长大成人了,会花钱了,并且没有出现差错,我给大师傅一元钱,大师傅找我三角,而以前,妈妈一分钱也不让我掌握,妈妈是担心什么呢?妈妈每周只给我五块钱的生活费,这五块钱完全由我支配,这顿晚餐虽然有点儿超支,但我心里还是充满了幸福感,以后我会很有计划地把早中晚三餐规划好,该吃什么不该吃什么我心中有数,不会再超支了。妈妈挣钱很不容易,对于我们家来说,五块钱可不是小数目,都是从那五亩地里刨出来的,我少花一分钱妈妈就少弯一次腰。唉,妈妈呀,我以前只顾抱怨你,我错了,我会更爱你。这一阵感叹,让我心里发热眼眶潮湿,我和妈妈的感情又拉近了许多。妈妈把我拉扯这么大不容易,在来技校之前,我和妈妈生了许多气,责怪妈妈不给我买一身新衣服，上身穿三哥穿旧了的绿色军干装，被妈妈裁去了几寸宽的边，裤子也是哥哥们穿旧的牛仔裤，宽大得几乎能装下两个我。暂时把一切的欠缺都折叠起来，深藏在我心中的闺阁吧，等我将来能挣钱了，去服装店挥霍个够。

夜里 11 点多，我被同宿舍的几个同学吵醒了。我转过身打量她们，果然个个精神饱满神采飞扬，她们大声地讲话，打着饱嗝，宿舍里弥漫起一股啤酒的味道。好一会儿，我才听明白，她们和几个男同学去歌厅唱歌才回来，喝了不少果汁和啤酒，早已超过了学校规定的休息时间，半夜了才疯疯癫癫地回来。她们看见了我，不知谁说了声"这个毛妞是才来的吧"，不等我回答，她们就又说又笑地疯在了一起。大概疯累了，不大一会儿，宿舍里就安静下来，大家都进入了梦乡，唯独把我留在了异常的清醒之中。我和她们，乡下和城里，还有不少的差距，今后三年，我就要和这七个姐妹在一起度过。我不知道以前的生活她们是怎么过来的，但是今后，她们即将和我过着一样的校园生活。我不确定我这个乡下妹能不能合群，况且，她们好像都是训练有素的老手，那么熟练地融入了城市生活，有着自信带来的快乐。今后，我应该如何和她们相处，又该如何对待自己呢？

三

我最怕教我们制图的汪老师来给我们上课。上课的时间到了，汪老师腋下夹着一个很大的木质三角板走进教室，两只深邃的眼睛像探照灯一样环顾一下大家，教室里很快安静下来，大家正襟危坐，都把眼睛藏在竖起的书本后面，我和同学们都一样担心，怕汪老师提问到自己。技工学校不像高中，管理比较松懈，老师讲课爱听不听，布置的作业爱做不做，全靠同学们自觉，老师向来不提问不检查，这倒很符合同学们的心愿，我敢打赌，能够认真听老师讲课的同学寥寥无几，大家虽然坐在教室里，心早已飞到了天边云外。技校不是教学生学技术的地方，倒是训练同学们思想成熟和性格张扬的场所。我们的学校就在市区，是八中的旧校址，同学们每天接收的信息量很大，开始大家对社会上发生的奇闻逸事还比较感兴趣，时间长了也就见怪不怪了。整个班级中，我是年龄最小的一个，要是老师能把十八九岁的男女同学的心思都拴在教室里，那除非老师是故事大王。汪老师偏偏是个一肚子知识却倒不出来的闷葫芦，表面上很严肃，内心和善得像面团，同学们上汪老师的课，有看武打小说的，有传字条的，有窃窃私语的，还有玩游戏的，一点儿也不给汪老师面子。我倒是心里很同情汪老师，觉得同学们玩过了头，可是我只能随波逐流，况且汪老师讲的什么内容我压根也没听进去啊。

周五下午是辅导员李老师给我们上的思想品德课，学校的课程安排对同学们真是一种考验，考验大家的思想意志，要知道这天下午是同学们回家的时间。大家都想让老师快速把课讲完，留下充裕的时间提前做好准备，有个别同学的家长会开车来接，我脑子里第一次有了私家车的概念。处在我们这个华中平原的小城市里，一种茫然若失但又翻天覆地的变化正悄悄向我们袭来。我的三个哥哥都去深圳打工了，村里的年轻人都各奔东西，村里种地的都剩下像我爸妈一样的老年人，我不知道若干年后我会着落到什么地方去。因此李老师谆谆善诱,讲学习的重要性并非师德使然,我们趁此大好年华多学习一些知识确实很有必要。

"你们知道吗,一家大企业的一位注册会计师就有十六家公司争相聘用,除了本职收入外,光是兼职收入每月就有三万多块。"

教室里一片"哇"声。

"因此,取得就业资格证非常重要,现在就是挤奶工上岗也要资格证,有的挤奶工闭住眼睛,十米之外就能分辨出是牛奶还是羊奶。"李老师乘势讲道。

"老师,只要分辨出牛和羊就行了,何必要分出它们的奶?"后排不知哪位男同学冒出这么一句。大家哄堂大笑,男同学吹着口哨给他鼓掌,女同学把作业本撕下来几张揉成纸球向他投去,我的下铺王艳芬红着脸把整个练习本都扔了过去。

"特定情况下是需要有人能够立即分辨出哪杯是牛奶哪杯是羊奶的。"李老师在同学们乱成一团的情况下,喃喃自语地结束了课程。

望着李老师远去的背影,我心里有几分悲凉,是担心同学们的年少轻狂还是怜悯李老师的狼狈处境我不得而知,但有一个谜始终在我心中盘桓:后排那位男同学的提问并不搞笑,同学们为什么会乱成那样呢? 一直到二年级放暑假的时候,我才知道那个男同学是在用暗喻的方式骂王艳芬,因为王艳芬的胸大,被男同学起个绰号叫奶王。从那以后,我对城里人越发没有好感了。

四

我们几位舍友在王艳芬的组织下搞了几次活动我都没有参加，原因我无法告诉别人，因为我没有合适的衣服穿，这真是让我有说不出口的窘迫和苦恼。这次王姐邀请我参加维修班一个富二代同学的生日派对，说好了白吃白喝还有礼物相送。我内心里实在是想去见见世面，生日派对我也听说过，但究竟是什么花样我还真没有体验过。

"喂，毛姐，你可想好了，这么占便宜的事不去可是亏大了。"王姐问我。我支吾半天没有回答。

"是不是来例假了？"王姐又问我。我既没有承认也没有否认。

王姐和同学们走了，我在宿舍里捂着被子哭了好一阵。看着同学们的床头和挨墙的衣架上都挂满了各色各式的衣服，而我这身衣服，挽起的袖口已经开线，裤脚磨损得几乎成了毛边，并且和我瘦弱的身体极不搭配，连脱下来洗换一下都不能，我忍不住又泪水纷纷。

我叫吴小俐，有名有姓，可是从我懂事起到现在，家人和亲戚邻居们都叫我毛姐，没有一个人叫过我的名字，我已经是技校的学生了，同学们还叫我毛姐，我是长不大还是咋的？

在家里，穿什么吃什么和村里人都没有太大差别，我心里也没有抱怨过任何人，为什么到了城里竟有天壤之别，她们轻易拥有的对于我却比登天还难？

我也是爱说爱笑的女孩,可是在学校里我说不出口笑不出声,我变得沉默寡言如孤行侠客了,难道仅仅是因为缺少一身合体的衣服?

衣服,对于一个十七岁的女孩竟是那么重要,几乎能改变她的性格。

我下定决心,一定要有一身合身的衣服。

不知道是一种心理暗示还是在学校这几个月我的生活体悟,我知道今后需要的和改变的,不仅仅是一身衣服,还有很多很多,我得慢慢梳理一下。究竟是什么我还不清楚,但是农村是越来越不重要了,我不想重复爸爸和妈妈的生活,年轻人也绝不会把自己的理想再寄托在农村了,那样等于是站在坑里和人比高低,我不能被动地被裹挟,而应该和王艳芬她们一样,主动去适应这场变化。我的思想是不是突然有点儿伟大?且不管它了。

目前最现实最迫切的,是为我的一身衣服而奋斗,我只能在我的伙食费中把一身衣服省出来,除此之外,我没有任何办法。早饭,我只要半碗粥,再注一些开水还是一碗粥,能够省下两角;午饭,我从来不吃肉,有时候素菜我也不吃;晚饭,我都是到开饭时间快结束时才去,饭卖不完了,一大碗糊涂面条大师傅只收一角钱;星期天我在家里尽量多带馍馍和咸菜,有时候妈妈来城里也会给我带一些吃的东西,我就不去饭堂买饭了。第一个星期,我省下了两元四角,第二个星期我省下了两元八角,距离我的理想是越来越近了,我也越来越有信心了,我心里暗自高兴。

周四快熄灯的时候,王姐宣布了一个也是一场活动安排的决定:同宿舍的孙志红过生日,每人对十元钱,给孙志红买蛋糕,周六中午孙志红请大家吃火锅。

王姐宣布的决定就是决定了,没有人吭气就是表示没有异议。况且过生日是大家轮替的事,傻瓜也想得通这个理。我可是犯难了。

一夜没怎么好好休息,第二天上课的时候我还在想如何给王姐一个交代。下夜自习后,我把王姐叫到操场,说我只有五元二角钱,还是这两周我从伙食费中省出来的,不是我不愿意出,是我实在凑不够十元,哪怕我不去吃火锅都行。

王姐问清楚了我的家庭情况和我省伙食费的缘由后,把我搂在怀里,一边哭一边用拳头捶我的背:"傻毛姐啊,你咋不早说,再省下去会省出病来的!"我也忍不住偎在王姐的怀里泪如雨下,我俩在操场上哭了好久,王姐的怀抱很温暖,让我的心灵得到了极大的安慰。在王姐的怀里,我成了个孩子,十七年来的委屈变成了如溪的泪水,把我的心塘冲刷得一片畅荡。

末了,王姐说,她妹妹个头和我差不多,一年四季穿剩的衣服会打包给我带来,今后无论学校还是同学们组织活动,不让我出钱,但要我积极参加。

"记住,城市的机会还是比农村多,大活人不会被尿憋死,你的脸蛋比我们长得都好看,吸人眼球还靠你呢! 今后我们一边学习一边去挣钱,你妈妈在农村好苦,今后你的生活费一分钱也不让妈妈给了。"夜深人静,王姐的话既清晰有力又温柔可亲。

"姐!"我双手搂住王姐的腰,好久好久不想松开。

王姐说到做到,她把我们组织起来,自费请了一个舞蹈老师,教我们跳爵士舞。一个星期后,我们就能正式演出了,还小有名气,谁家儿女结婚、门店开业、工程奠基,都会请我们去演出,一家婚庆公司也和我们签约了,每次演出每人一百元,遇到慷慨的单位收入还会增加。当我第一次拿到百元大钞时,激动得手都发抖,一夜没合眼,挣钱竟是这样容易,这和妈妈的劳动付出是多么不相称啊。放寒假时,我给妈妈带回去八百元,妈妈睁大眼睛看着我,半天说不出一句话。

渐渐地,我成了王姐的得力助手,班级里组织活动竟让我主持,在学校我也是活动的积极分子,和一年前相比,我判若两人,我知道,我的变化离不开王姐和诸位同学的鼓励和鞭策,还有城市喷薄颤动的气氛也深深影响了我。内因呢,是观念还是态度,我想都有吧。反正我变了,变得成熟、自信了。

啊,明年,我就十八岁了。

十七岁,再见!

搭车

假期到了,我帮家里干活,就是把刚收回来的红薯放到地窖里,再洒上凉水,红薯发出"吱吱"的吸吮声,像口渴痛饮的牛犊。红薯刚刚从地里收回来,热量很大,不洒上水会受热发霉的。这是我们一家人过冬的主要口粮。20世纪60年代,红薯救了很多人的命,小麦、玉米、大豆都上缴国家了,抗美援朝欠了苏联很多外债,中国造不出多余的工业品,就拿农民种的粮食来还。

干完最后一点儿活,我从地窖里爬出来,胡乱擦了把脸,背上背包就往镇上赶。镇上通往县城的最后一班车是下午2点钟,我今天晚上还要上班,跟工友小胡说好了,万一我去晚了,就替我顶会儿岗。沿路两边的农民都在地里忙活,有的收玉米,有的刨红薯,妇女们带着孩子在摘棉花,秋收的季节,到处都忙忙乱乱。时间不早了,我跑得汗流浃背,耳旁呼呼生风。

到底还是没有赶上。开走的公共汽车抛下一溜青烟,消失在拐弯处,让我愣在车站里半天说不出话来。车站里空荡荡的,一群麻雀从远处飞过来落在地上,无数个小脑袋像安了弹簧一样,在一下一下地捡拾客人落在地上的能吃的东西。我不怀好意地狠狠跺了一下脚,那群麻雀"扑棱"一下飞走了,不一会儿又落下来,好像在向我挑衅。

我已经没有心思和它们计较了,反正无论如何我今天得想办法赶到工厂里,车间主任老石是个很严厉的家伙,我得防着他发牛脾气。车站对过是公社大礼堂,好久没有放电影了,礼堂已经破烂不堪。大礼堂的正门口停着一辆运煤的"嘎斯"牌货车,车里装满了煤,上面坐了一个姑娘。我向她望了望,她也向我望了望,看样子她很早就注意到我了。

"和司机认识吗?"我站在车下问她。她很好看,眼睛大而亮。"是我表哥。"她回答我。我心里立刻升起一片希望,赶紧和她套近乎:"给你表哥说一说,让我搭搭他的车,今天晚上还要上班呢。"

"上来吧。"她说。我心里一阵惊喜,急忙爬上车,她帮我递上背包,我脚踩着驾驶室踏板一跃而上,她弯腰把身下的麻袋给我腾出一点,我怀着忐忑的心情坐在她的右边。司机是从左边开门,最好不要让他看见我,我真的怕被司机赶下车,那样我就要误工了,老石师傅的屌脾气我领教过,比吃辣椒还呛得慌。

"谢谢你。"我很感激她。麻袋不够我们两个人坐,因此我有些拘谨。

司机和他的助手这顿饭好像吃得很惬意,走出饭铺根本没有抬头看我们,就径直走向汽车,坐进驾驶室发动引擎,汽车缓慢地离开大礼堂,颠颠簸簸驶向公路,极不情愿地在公路上缓缓前行。汽车爬上大岭,驶过王屋街,又很小心地沿着小鬼坡盘山公路下到谷底,在清虚宫停下来,司机给汽车加满水,停顿片刻,车又开始像老牛一样在封门坡的脊背上艰难爬行。这一路,我俩都没有说话。

"哑巴?"她问我。

"不是。刚才我已经给你证明过。"

"哦,在哪上班?"

"冶炼厂。"

"是个头儿?"

"不是。是镀光工,给机器零件镀镍。"

"很技术吧?"她问我。我不知道她这句话是不是在嘲笑我,就没有回答她。

汽车似乎快要爬不动了,好久才走到河脑。大甸河的河水在深秋的阳光下波光粼粼,像无数条小金鱼在欢快地翻滚跳跃。天空中飞过一群大雁,队伍排列得像"人"字,又像"入"字。多么灵性的物种,等待它们的是数千公里的跋涉,没有坚强的意志和钢铁般的纪律,很难到达温暖的南方。我惊叹大自然的神奇,更佩服大雁的坚强。这么早就要到南方过冬吗?我的孩子还没有过冬的棉衣,我等着下月开工资了给孩子买了托人捎回去。这时一只子雁落伍了,停了一会儿又飞进队伍,也许雁妈妈在前面大声地给自己的孩子鼓劲加油,子雁在妈妈的鼓励下又鼓足勇气奋力向前。凡是有生命的东西,生活的意志都是这样锻炼出来的吧?

"是个头儿?"她又问我。

"是被头儿管的。"我有点儿调侃自己。

"反正你迟早是个头儿。"

"你是算命先生？你怎么知道？"

"反正我能看出来，你跟别人不一样，你身上有人气儿，你念过大学。"

不等我回答，她又自言自语道："唉，俺这一辈子算是这样了，小学没有毕业，找个婆家都没人要。要是俺爸妈还活着，说不定俺也能像你一样上大学呢。爷爷脾气不好，爱喝酒，喝醉了就打我骂我。"我本来对这个姑娘就心存感激，要不是她，说不定我今天还坐不上车呢，刚才她的一席话又引起我极大的共鸣，因为我四岁就没有妈妈了，俺俩真是苦命相连。我问她："你今年多大了？"

"虚岁十八了，你呢？"她反问我。我告诉她，我今年二十四岁了，我还给她撒了个谎，说我还是单身。说完我又后悔了，她小小年纪，我不该骗她，但是我改不过来口了。

她马上对我亲昵起来，一口一个哥哥地叫我，我不自然起来。

"哥哥，把我带走吧，我在家里受够了，带到你们工厂，我给你做饭、洗衣，我什么都会，我在家里真是受够了，你看我身上的伤，都是爷爷喝醉了打的。"她一脸的真诚，眼睛带着渴望，直直地看着我，好像我就是她的救星。

一路上煤灰把我俩弄得没鼻没眼，不知道是她的眼里揉进了沙子还是想起自己的身世有点悲伤，她用手揉了揉潮湿的眼睛，装出很坚强的样子。她的眼皮上被煤灰划出几道弧线，像两朵黑玫瑰的花蒂，那一双黑眼睛非常明亮，那是一双渴求的、充满希望的眼睛。我大错特错了，我不该骗她，让自己狼狈。我人

搭车

生第一次骗人，也第一次尝到了骗人的尴尬和窘迫。我的孩子都两岁多了，她的意思是什么，我已经揣摩出来了，这孩子太需要有人拉她一把。我对她心存好感，但更多的是同情。

"我二十四岁，都老了。"我急忙给自己解围。我想，谁要是没有找对象，她是再合适不过了。

她低下头，弹了弹自己的七分裤脚："我愿意找一个比我大几岁的，知道疼我，我需要关怀。"

我想把我的真实情况告诉她，但是看到她伤心无助的样子，我又有点儿不想再让她受到打击。

"小妹，我只能做你的哥哥，今后我一定会像哥哥一样疼你。"

她抬头看了看我，似乎明白什么了，把头低在两腿之间，肩背一抽一抽的。我知道她哭得很伤心，但是我不知道该如何去安慰她，我对刚才自己没有对她说实话的行为感到非常自责，如果她现在用皮鞭抽打我，抽回我对她内心造成的伤害，我会一动不动任她抽打，那样，我心里会好受一些。

到了县城西关口，司机把车停稳，把头探出车玻璃大声叫道："到了，下车吧。"我俩从车上跳下来，像两个黑人似的，相视干笑了一下，分别了。她往城西的方向走去，肩上扛了一袋胡萝卜，手里提了一个军绿色的布包，头发乱糟糟的，个子不高，腰也很细，还没有她肩上的口袋粗。

我站在西关口，看着她那瘦弱的身影渐渐消失在熙熙攘攘的人群中，消失在深秋暮色的苍茫里，直到看不见她。她走了，永远地走了，留下的，是永远的惆怅，任岁月流逝，我再也忘不掉她好看的脸和单薄的身子。

那一次搭车让我留下终生的缺憾，我无法还她一个忠诚，这个对我有恩的姑娘。

思念

一汪泪水滋蔓着一个企及，
无根无命，芳菲美丽。
九千年能成正果我也修行，
杳无音信，了无归期。

七彩生命聚焦成一束希冀，
无花无果，无怨无悔。
倘要那冰雕女神回眸一笑，
沉疴梦里，竟是甜蜜。

有一天，我和我仰慕已久的女同事在微信上聊天，我对她说：亲，和你在一起能净化我的心灵，无论是近距离接触，还是天各一方想象着你的存在，我都是毫无邪念，你信吗？她不假思索地回答我：信。

她信，因为她太了解我，她相信我是个好男人。每每和她在一起，我都是循规蹈矩，我把一种父爱和一种长兄之爱都给了她。和她在一起，我只想做一个好人，和她聊一阵，我身心愉快。

她的声音像音乐,她的微小动作像曼舞。有一次我和她的丈夫在一起吃火锅,有人由衷地夸赞她丈夫娶了一个好老婆,我心里五味杂陈,但我很快纠正了自己心里微妙的醋意,真心地祝福他们两口幸福。我知道凭着我的修行,是万万不能有任何感情骚动的。她是天仙,不是一般的俗物能够和她般配的。如果知道一个可爱之物用手触摸会玷污了它,还不如在一定的距离之外快意地欣赏它。因为我多少年来都是用这种方式对待她,我们才长久地保持着很亲近的关系,因此,我觉得世界上有她,真是造化,让我活得精彩了许多。我该感谢她的地方太多了。

这样过了一天又一天,我脑子里总是盛装着她的影子。有时候会觉得很苦,但是如果没有这种思念之苦,哪有这许多的甜蜜?好长时间里,我都是在这种矛盾的心态中生活。我想请她吃饭,我想和她一起去爬山,我想和她一起去旅游,如果有机会,我想和她同坐一趟大巴去很远很远的地方,我愿意一路服侍她,如果让我做她的男仆,我一定会很称职,因为我会很殷勤,很知趣,会很好地把握主人和仆人之间的关系。我也是读书之人,我并非在贬低自己,人,如果做自己喜欢的事情,无论从事什么工作,都无所谓,她会付我一份工资,我又能天天看见她的美丽,我愿意,没有什么太大的理由。

这对思念是一种缓解,除此之外,我没有任何办法。并且在今后好长一段时间里,我都会这样。无论别人怎么议论我。我有病吧?

孤独

　　孤独完全是一种心灵的感受，是把自己的心灵滞留在没有信息出口的相对封闭的地方，空气也止住了流动，周围是从亘古世界传来的天籁之音，好像一只知了在永不停息地鸣唱。如果心灵感到孤独，无论身处何地，也无论环境多么喧嚣，多么嘈杂，却仍然感到孑然一身。

　　孤独首先是失去了宣泄自己情感的对象。面对家人、亲戚、朋友，面对同事、老师、同学，你都等距离地分配自己的感情，没有了远疏亲近之分，好像谁走进你的心灵都一样，谁都安抚不了你的心灵。你有了排他性，你想把自己关起来，与世隔绝，你想拥有一处属于自己的生活孤岛，在连一粒尘埃都落不下来的地方，独独地审视自己。你不想把任何有价值的事情告诉别人，哪怕你连着中了五注大奖，也不值得让你高兴起来。这时候，你把你的闺密，你的情人，你的知己，你信任的同伴，都打发在客厅的沙发上就座，而自己迟迟不肯出来待客，你已经不怕冷落大家，连国王走到你身边你都懒得看他一眼。你的礼仪热情，你的应酬能力都被凝冻起来，你的精神惰性完全释放出来，你成了一个会动弹的植物人。你没有任何意愿想和人交流，你面对一百个提问有一百个不想回答，你烦透了大家怎么还不离开，你只想一个人静静地静静地去想，哪怕一个问题也想不下去。

你一个问题也想不下去。你没有了思考的深度，你失去了分析问题的能力，你的智商为零，你奇怪怎么会有人能够发明那么多奇妙的东西，如果是你，连一只板凳都做不出来。你的大脑一片浑浊，像一桶放久了的油漆，像一团失去水分的混凝土。你有过高考中榜的喜悦吗？有过？有过又怎么样，还不是一样走过来，丝毫没有改变你什么。你有过掘金发财的机会吗？有过？你只差一秒就可以抓住，其实抓不住又有什么关系，还不是照样生活下去。我简直不敢相信，像你这样感情迟钝、缺乏激情、不辨色彩、难分美丑的人也曾经有过一段恋情，有谁会那么有耐心来激活你的第六神经，你情感的河流曾经激起一阵浪花，你曾经也有一阵子神魂颠倒，如醉如痴地享受爱情。这曾经有过，并且在你的生命胎记里留下深深印痕的东西怎么就被你忘得一干二净，你像一截没有斧凿印的木头，更像一块没有移动过的顽石，在岁月的长河里经历过那么多惊心动魄的事情，丝毫没有撼动你似乎干涸的思想河床。你是浩大世界上被遗弃很久的物，被裹挟着一日坐行八万里，你存在着仅仅是存在着。

你是存在着，没有人否定你的存在，你有呼吸，会走路吃饭喝水，你也有过很精明的时候，你受到过朋友的夸赞也受到过嘲笑，你的智商虽然不高但也没有拉低国人的平均水平。在你的人生起点，你也曾豪气万丈，你曾经憧憬规划自己的未来，你一路虽然走得磕磕绊绊但还是有惊无险，你挣钱不多但喂饱肚子绰绰有余，你曾经浏览很多书，想从中吸取营养，想发现古人是

孤独

如何度过冥冥千年。在你的耳旁、你的视野之内，每天都发生许多奇妙的事情，有苦难曾经让你潸然泪下，有喜悦曾经让你喜不自禁，有诱惑曾经让你怦然心动，有遗憾曾经让你扼腕长叹，也有悲剧曾经让你唏嘘不止，但影响你、感动你的时空是那么短暂，稍纵即逝。你还是把自己封固在世界的一隅，把肢体的运动、思想的跃动禁锢起来，谁也不知道你想得到什么，其实此刻你什么也不想得到。生命的意义、活着的动机、气候的变化、季节的转换、婚庆的鼓乐、送葬的哀号丝毫没有触动你，你是光秃的山冈，见证了好多可歌可泣的事情，你从来无动于衷，没有发表过任何自己的感想。

你是一个没有了感想的人，任何人都失去了和你交流的意义，你对什么都了无兴趣，你不知道你是在等待什么还是什么在等待你，你没有企图之心，你不会再卷入感情的旋涡，你对什么都超然处之，你没有了感动也不会再去愤恨什么，你完全是随手可弃的垃圾，你已经不再是有血有肉的活体，你失去思想的灵魂是多么可怕，任何电流的击打都没有办法激活你，你是思考的化石，是一具没有生命的僵尸，你存在着又不存在着，你把一切运动都止于你的足下。

孤独，是多么可怕的精神现象。把它灭了吧，你需要不孤独。

孤独人生

　　孤独的人是班级的旁听生,是坐在人生班级的过道、后排、窗外的学生,想做正式生,想挤进人群,想人模人样,可到处都是满员,因此,只能蜗居独处。我和别人一样上班挣钱、吃饭喝酒、运动打球,可是只要闲下来,孤独感就像穿着黑袍的恶魔,把我整个儿笼罩。

　　我有房有车,也有很说得来的朋友,也有女友在时时惦记我的健康,我真的不知道我还需要什么。如此看来,孤独不是物质和精神上的欠缺,孤独是心理作用,就像博物馆陈列了五千年前的古董,在工作人员下了班,锁了门,夜漆黑的时候,那一个个古董,才是一个个孤独,而我是其中一个。

　　我也有快乐的时候,但在更多的时间里,陪伴我的还是孤独。

　　当我睡着的时候,我总是一个人在老家的山沟里跋涉。路并不难走,但是我迈不动步伐,双腿如铅重。我好像要去完成一个使命,并且被限定在一定的时间内,要不然我为什么还要那么认真地艰难跋涉呢?究竟使命是什么,我不清楚。又是谁在监视我的行动,使我不敢停下歇息?那一场梦,使我睡得精疲力竭，醒来时，我浑身都是虚汗。我大口呼吸，下意识发出一声尖叫，划破脑门前的黑团，这时候孤独就像四面埋伏的怪兽，把我团团包围，我瞪大眼睛，想看清狰狞，狰狞也在狰狞地看着我。于是，我屈服地闭上眼睛，泪水从眼中滚落，"扑通"跌在枕上，那是我头脑最清醒的时候。

看着墙上挂着的父亲的遗照，我久久凝视，父亲好像从照片中走下来了，但是父亲并不亲近我。他不拉我的手，不跟我说话，不问我为何缺少欢乐。父亲离开我的时间太久了，我们有了隔膜，父亲不再把他的父爱给我，我也没有给父亲问安。于是我想，当我锁门上班时，当我上床睡觉时，父亲一个人待在我的客厅里，这时候父亲是孤独的。想起父亲的孤独是唯一不变的，我就想分出一些时间陪伴父亲，让父亲享受一下孤独以外的生活。

我不太想提起母亲，是因为我对母亲有着天然的怨恨。母亲把我养到四岁，就撇下我撒手人间。母亲没有给我留下记忆，没有给我留下一张照片。我不知道母亲的模样，不知道她是不是也和张妈李妈王妈一样善良、慈祥。当看到别人家的孩子饿了有馍吃，冷了有衣穿，伤心了有母亲安慰，受冻了有母亲的温暖怀抱时，我落下了泪水，有一半是对母亲的怨恨。后来我长大了，才慢慢懂得，母亲是被病魔夺去了生命。母亲咽气时，拉着我和妹妹的手，不曾松开，眼窝里最后一滴泪水是大娘擦干的。母亲是把她的躯体和她的担心一并带到了墓穴中。自母亲下葬到此刻，她都是孤独的，并且只剩下孤独。

而我的孤独，和父亲、母亲的孤独比起来，有点儿做作。在我的孤独里，有刻意的营造，做了婊子，还想立牌坊。我完全可以走到人群中，和他们嬉戏打闹，我也可以喝醉了酒在大街上疯疯癫癫撒泼，我甚至还可以像其他男人一样，和洗脚小姐调情。我的孤独是一种病态，是心理失调，我需要大把大把吃药，才能医治我的顽疾。

孤独是很重的病，即使门外有震天的鼓乐，有五彩的缤纷，有明媚的阳光，有小鸟婉唱，有美女列队，我都不为所动。孤独是将心囚禁，是杜绝七情六欲，是常常处在傻乎乎的状态。但是孤独也是长久得不到安慰关怀的结果，是一种被遗忘遗弃所留下的创伤，是周围生活的环境太古板单调落下的病灶。如果用一个灵，开启我的心扉，把孤独赶走，我也许能够振作起来，就不会这样神经质了。可是，灵呢？

茫然

心里有千言想对人诉说，可是能够倾听我的，只有电脑，它是我打发时间的快车，坐上它，我便忘乎所以，一路过往的风景就在我的脑畔飞驰。有童年稚子般的情趣，有少年维特般的烦恼，也有中年路遥般的沉重。路遥的一部《平凡的世界》，让我们几乎喘不过气来，原来中国还有很多事情等待我们去完成。祖国已经有几千年文明了，怎么还是这样贫穷？于是我想哭。

我感谢我的电脑，它让我有时间有地方沉湎，沉湎也是一种幸福。我不知道我在今天或者明天会不会得到幸福，但是我清楚地记得，在过往的日子里，虽然有很多刻骨铭心的痛苦，但那都淹没在黑暗里了。我忘记了痛苦的挣狞模样，我早已抚平了伤痕，我变得更坚强了。

在过往的日子里，我也经历过幸福，像夜里天上的星星，虽然遥远，但是清晰明亮，把我的生命点亮。这点点滴滴的幸福，在我的生命里，划出一条七彩的弧线，像苍茫大海里的灯塔，让我在最困难最无助快要挺不住的时候奋力前行，因为，我看到了希望。

我的希望里，有爱情。即便没有默默传情的信鸽，即便把爱的苦果一个人吞咽，即便没有人重视、察觉和接受，我都圆满地享受了爱的幸福。爱是不需要任何回报的，爱是发不出笑声的，爱有时候甚至是压抑沉重、和着泪水迎着苦风的。谁敢说我的爱情不是最纯洁高尚的？爱情的表现形式是多样的，亲吻拥抱已经是古董般的传统了，最高境界的爱情，是不惊扰不走近，是深深埋在心底，是耕地的农夫对天空的仰望，是对月亮梦一般的幻想。

在这寂静的环境里，我为自己铸造爱的巢穴，难道还不幸福吗？

我的希望里，有安逸。就像现在，没有人来打搅，我有书读，读余秀华的《穿过大半个中国去睡你》。我有文思，写出我的烦恼和愉快，我有朋友喝茶聊天，结伴游玩。这还不够，窗外不要有人争吵，不要有人骂街，大家都文明起来，各干各的事。如果现在有人敲门，最好是我想见到的客人；如果有人打来电话，最好让我愉悦的心情锦上添花。可是都没有发生，于是，没有关系，这少有的安逸，让我尽情享受。

在这阴晴不定的天气里，别人都趁着假期到野外郊游了，我拒绝了邀请，得到了安逸，不定谁的这一天是幸福的。

前几天，我工厂里的小白狗被人偷走了，我担心了好长时间，主要是担心它的命运，怕被人烹掉。后来我的侄子又给我捉来一只红毛狗，我又高兴起来。想想我这一生，担心一阵高兴一阵的事太多了。

于是我想，在我的希望里，还应有放下。放下烦恼，享受"孔颜之乐"；放下浮躁，把心安于一隅；放下追求，使我不再苦

茫然

苦挣扎。想想烦恼之事,如夜空繁星,怎么也排除不完,干脆就统统清空。想想浮躁之心,如火烤油煎,坐卧难耐,就把一盆冰水浇下,把一切不安浇灭,使自己归于平静。想想无尽的追求,我们到底得到了什么?就像猴子掰棒子,留下的没有丢下的多。

想通了,就不茫然了,幸福就像快乐的小姑娘,跑过来往你嘴里塞进一根棒棒糖。

我有朋友吗

　　我越来越有一种快要分崩离析的感觉，我是说我的朋友体系，也叫朋友圈。以前我的朋友体系，是通过学习、工作、爱好逐渐建立的，包括同学、工友，他们共同组成了我一生的朋友体系，那是给我提供了很多帮助、很多启迪、很多精神安慰的一个软组织。可是我现在细数，还有几个是"发光"的呢？人的精神退化、感情褪色是多么残酷，比年龄渐长还要恐怖许多。

　　望着从高楼缝隙透过来的阳光，太阳还是那么蓬勃年轻，那么明亮无比。这和我儿时记忆中的光色，和一万年以前的光色是没有什么区别的。太阳从地平线上升起，一览无余地照亮了大地，阳光均匀地分布在一切自然景色之上，太阳给了一切生命之源，人们有理由膜拜太阳，太阳是人类最好的最忠实最永恒的朋友吧？

　　可是人间，人与人之间的朋友关系，是不可能维系那么久的，也不会那么忠诚。岁月不老人易老，特别是人的精神、感情、思想易老，朋友之间的感情是最经不起岁月催的。我最要好的同班同学，从少年时期算起，我们经历了快半个世纪的岁月，一直拥有非常亲密的关系。他从军、结婚、工作、生子，我直接参加工作、结婚生子，我们的朋友关系是无懈可击的，我们几乎没有什么隐瞒对方的，彼此透明得像一张白纸。可是我们现在有几年没有通电话了，他的儿子在北京工作，他去抱孙子了，连一个电话都不给我打。

我还有一个同学，我们工作的地方很近，骑自行车只有十分钟的路程。那时，我们在一起谈话，一谈就是一整天，结束后还意犹未尽，就写信继续交流。我最长的一封信写了近三十页，谈理想，谈工作，谈抱负，那时候我们两个都还是光棍汉，虽然都是二十几岁的大龄了，可是我们从来没有谈过女朋友的事，我们和尼采一样，简直成了女性悲观主义者。究其原因，我那个时候根本没有本钱谈恋爱，家住在山区，家里很穷，人长得也太一般，我不愿意把谈恋爱当作话题是因为心中有隐痛。可是我的同学一表人才，他爸爸是人民医院的内科医生，他是完全可以择优取伴的，之所以我们在一起时不谈及女性，可能他是为了照顾我的情况吧。亲爱的赵同学，你的良苦用心直到很久很久以后我才明白，那时候我已经被生活、被婚姻压得快要喘不过气来了，来不及向你说一声谢谢。

古希腊名妓弗里妮被指控犯下猥亵上神之罪，审判时，律师解开她的内衣，法官们看见她美丽的胸脯，便宣告她无罪。法官是被美丽折服了还是被女人折服了历来是人们争论的话题，这个故事之所以长期被人津津乐道，是因为它太能激发男人的欲望了。

台湾作家席慕蓉说过，身为男人，看女人的眼光不可能完全不含色情。她的话最彻底地击穿了男人的内心世界。我一生也交过比较心仪的女性，可是我从来不敢用眼睛直直地看她们，我正像席慕蓉说的那样，我无法滤尽那含有色情成分的眼光，害怕我投向女性身上的眼光含有色情，那是最不道德的，也是我无法承受之沉重，因此我终生都不敢直接地去看一个女人。大概我交过的女性朋友都太肤浅、太无味吧，我不知道在这个世界上，在我的一生中，谁是我最心仪、最忠诚的女性朋友，如果她们从我身边，从我的感情世界离开，我最不能原谅的是自己而不是她们，这是我人生最悲哀的一出戏剧吧，在滤去色情的过程中把我人生最精彩的华章也滤去了，直到我老眼昏花。

因此在一部很没有看头的电视连续剧的最后一集，我自问自责，我有朋友吗？

距离

　　从我住的小区出西门往北走三百来步,越过马路再往西走二百来步是另一小区,那里就住着她。要说这距离挺近的,步行几分钟就到,这是空间的距离,是可以精确地丈量出来的。如果去那个小区访客,春天可以一边走一边放飞自己的心情,和路边的花草热吻;夏天可以在树下一边走一边听蝉唱,忘记了炎热带来的烦恼;秋天可以一边走一边欣赏路边的风景,让心情更加美丽;冬天可以沿着路一边走一边猜想那林林总总的万物什么时候会从冬眠中醒来。总之,闲着的时候我顺着这再熟悉不过的路走过,怀着极好的心情,无论是好天气还是坏天气,也无论今天是否顺利,都影响不了我。这段路程让我心平气和,让我流连忘返,让我百走不厌,心情不好时走在这路上可以疗治我心灵的创伤,心情好时可以让我更加愉悦飞扬。路径,是用心去走的,你仔细去品味去享受那每一步跨出的快乐,快乐,也是用心去丈量的,你可以把两个人之间的距离缩小到重叠的状态。

　　到了吗?猛然间,看到那路那街那房,那门窗那玻璃那布帘,你会立刻止步,你会在心里如打翻五味瓶,你会百感交集,你会惆怅万分,你会隐隐作痛,你会愤然觉得这世界太不公平,那心情怎一个愁字了得？你悻悻地折返而归，你会漫无目的地沿着河边穿过树林，万念俱灰地胡思乱想，你会用拳头击打那树干，让骨肉的疼痛抵抗心灵的伤感，你会想此刻发一场大水把自己卷入激流中淹没，只不过来世上白白走一回又有何妨，那何尝不是心灵的解脱，只不过和命做一个了断，连一束花都浪费不得。

似我们芸芸众生，想得到一份额外的奖赏都是白日做梦，上帝不会顾怜薄命之徒，因此做顾影自怜状是可悲的。在幸福的温床上，我捡不到任何便宜，那就收拾了我落魄的心情，重整旗鼓，拣人少的地方走回，幸亏夜色掩饰了我糟糕的形态。回到书房，我没有开灯，我常常在这种状态下闭门思过，除了码一堆无用的字以外，我还能做什么？如果我是英雄侠客，我就飞檐走壁把她掠去，供奉在我的心灵圣坛，我会精心地刨土浇水慢慢培育情感。万一捕获不到我想得到的东西也没有关系，我会把她送进幸福之门，让她坐上自由之车，在蝴蝶和花草的陪伴下度过一生。

仔细想想，每个人身上都有很搞笑的地方，你走过一条马路，一定是有目的地走过，你不会在乎那距离的长短，你不必在心里设定一个愁苦然后百感交集地想要那愁苦开出灿烂，好多不快、好多烦恼都是自找的，这叫吃饱了撑的。你何必要计较那使你永远走不到尽头的距离，是谁说过距离产生美？距离产生的是思念，是焦虑，是渴望，哪有美？这是在浮躁的时候得到的答案，如果你把心静下来，仔细地去品味距离之美，还真是存在。那重新轮回的思念、焦虑、渴望，那跌倒了又爬起来的韧劲，那重新出发的勇气,那不变的心境,距离把美放在很远的地方又让你触手可及。美是放在心灵之上的,只有你百倍地珍惜,只有你远远地仰视,它才能在你的心灵里盛开幸福之花。

自责

在和朋友玩扑克时发生了争执,结果闹得很不愉快。这件事过去了很久我还是深深地自责,对女人我不能做到坐怀不乱,对利益我不能做到与世无争,对朋友我不能做到恭良谦让,读书的悟道、先人的告诫、贤达的榜样对我是有很多启示的,但在关键时刻我还是控制不住自己,人之修养的提高是何等艰难,尤其是我。

每当这个时候,我唯一的办法就是坐下来读书,躲在自己家里闭门思过,除此之外,我不知道还有什么办法能够让我减轻自责的痛苦。同样是人,差距为什么就那么大呢?闲暇时,我本应该坐下来读书写字,做一些对社会有益的事,却忍不住寂寞去玩扑克牌从而招惹是非,无端地无意义地消耗自己有限的年华。我的藏书有很多还没有翻过,我似乎还没有认真研读过一本书。在悄然而至的春天,我应该在家乡荒凉的山上植下一棵树,我应该把路边的烟头捡起来以美化我们的环境,总之,需要我做的事情太多了,做什么都比去玩扑克游戏好很多。唉,我对自己很失望。

于是我读书,好像除此之外我一无所能,我会用电脑上网,我会用手机打电话发微信，可是我对电脑、手机的工作原理一概不知，我的科学技术水平还停留在农耕时代。我的思维方式和思想观念都远远落后于时代，我弄不懂为什么现代科技如此发达还是生产不出足够的粮食养活人类，现代生产方式如此高效迅捷还是不能满足人们的需要。是人的欲望无限膨胀了还是有人故意生产出一些不能使用的东西，把简单变得复杂了？我看不懂现在的一切现象，包括政治的经济的社会的，于是我读书想弄明白这些，可是我越读越糊涂。

可是那自责就像一个顽固的弹簧，等我稍微有些空闲就会从我的心底弹出来折磨我，让我无法解脱。于是我想，去看看伟人们在日常生活中有没有一些瑕疵，如果有，那对我是一个安慰，能让我宽恕一下自己。

历史上，即便那些英明的君主，也会犯下幼稚的错误，盖世英雄也有心胸狭窄的时候，这样的例子数不胜数，何况我辈呢。林徽因可以成为女人的顶级楷模，她温美如玉，但也有不贞的时候，要不然，当风流倜傥的清华大学教授金霖岳追求她的时候，她这个有夫之妇也曾经动摇过，要不是她的夫君梁思成的宽容和豁达，她有可能移情别恋。

在20世纪二三十年代，一代文豪之间的相互攻讦也是很厉害的。且不说大诗人郭沫若攻击文学巨匠鲁迅，且不说翻译莎士比亚全集的梁实秋与著名文学家冰心的恩恩怨怨，当这些文化名人在中国的文坛上做出不同凡响的成就时，他们也犯过不少傻。

我们知道写出《寄小读者》的冰心是从写新诗出道的，对这样一个已经在文学上崭露头角的年轻女性作家，梁实秋却批评她的诗是"冷森森的战栗"，这让冰心情何以堪。我们不会知道冰心是如何消化掉这种不堪的，她只是后来再也不写诗了。难道冰心的内心对梁实秋没有一丝怨恨？我们不得而知。巴金也曾经对他恩师般的前辈郑振铎发出过不讲情义的批评或是攻击，这或许是青年才子们经常犯下的毛病，在后来他们垂垂老矣的时候都做过自省式的检讨。我们不必为他们的一些小错而贬低他们伟岸的身影，也不必为他们的少年轻狂打圆场，年轻不轻狂就难有激荡文字出现。这些中国的文坛巨匠，他们的一些缺点和不足恰恰说明他们的可爱，他们原来和普通百姓的距离是那么近在咫尺。

俄国大文豪屠格涅夫写出《父与子》时非常得意，就把稿子拿给同样是大文豪的托尔斯泰看，哪知道托尔斯泰躺在沙发上看得索然无味，竟在沙发上掩书入梦了，这让屠格涅夫非常恼怒，撇下托尔斯泰悻悻而去，十几年间他们俩从没有见过面。但这丝毫无损他们在世界文坛的地位和形象，他们都是世界级的伟大文学家。

作为芸芸众生的我们，何必为自己的一些小错而自责不已呢？想到这里，我稍稍高兴起来。窗外的太阳也明亮起来，空气也渐渐暖和起来，这是初春啊，我应该到郊外去，那里一定是美好的地方。

顿悟

读了冯友兰先生的《中国哲学简史》以后，我有好几天读不进其他的书，那些我以前读得津津有味的书，现在读起来也是味同嚼蜡。冯先生的书知识容量之大令我惊诧，把中国几千年各种学派的学说浓缩在300余页的书里是大家的功夫。冯先生在简要介绍中国几千年浩繁的知识宝库时也阐述了自己的观点，让我们读起来思路清晰，就是说，他用最易懂的方法去解释深奥的道理。

在公园里的一个儿童游乐场中，一群孩子在玩滑滑梯，下面是一堆细沙，孩子们玩得津津有味，他们做这些事是本能驱使吗？如果是一群大人在玩扑克牌，围在一起嬉笑怒骂，喝一场烂醉如泥的酒，闲话家长里短，和那些在公园里玩的孩子是一样的吧？在我过往的人生中，做的这些没趣的事情太多了，消耗掉的不仅仅是时间，我们正是在这无谓的过程中消耗掉了宝贵的生命。多数的人，都是在这种状态下做这些与己与人没有太大意义的事情。冯先生把这类人的人生境界归纳为自然境界。

有一个贪官，在刚开始工作时非常勤奋，只是后来成为贪官了。他知道要改变自己低劣的人生命运只有努力工作，于是他在年轻时,在最基层忘我辛勤地工作,做出了很大的成绩,造福了一方百姓。他的动机虽然是为了自己,是功利主义的,但是也给百姓带来了利益,我们且不说他贪腐的行为,那是我们需要讨论的另一个话题。冯先生认为这样的人的人生境界是功利境界。

还有的人,为了社会的利益做各种事情,按照严格的道德意义约束自己的道德行为,其所做的各种事情都有道德意义,冯先生把这类人的人生境界说成是道德境界。

如果一个人认识到自己不仅仅是社会的一员还是人类整体的一员,他了解他所做的事的意义,自觉他正在做他所做的事,这就为他构成了最高的人生境界,就是天地境界。

道德境界和天地境界是人应该有的境界,是人精神修炼的一个方向和目标;自然境界和功利境界的人,是正在工作休闲坐轮船乘飞机喝茶吃饭打牌的人。冯先生这个近乎圣人的学者,终于让我松了一口气,原来处于自然和功利境界的人,不只我一个人,也不是一部分人,而是现在全部的人。禅宗有人说,"觉"字乃万妙之源。我们绝不能脱离这浑浊的世界,但是要对人生有所顿悟,在自己的心里点亮一支蜡烛。我们不能甩脱掉自己的肉体去做一只不能落地的鸟,那我们就要在这混沌的世俗中把自己的身体站立得直一些。

发呆

发呆是人们精神疲惫时的一种状态,没有慷慨激昂也没有彻底泄气;发呆是一种精神歇息,是思维凝滞、肢体停止运动;发呆是纵情纵欲或者一场盛宴后的空虚。发呆是反思之反思,发呆前以及发呆时人们并没有做错什么。

发呆是人受到挫败后的本能反应吗?时下的青年人普遍感到无望,好像世上的资源、希冀都被人占有了一样,再怎么努力也是枉然,连一个个美女都成了各类精英的二手货,青年人还指望什么呢?

发呆是在实验室一坐十年一无所获然后对自己的慰藉,发呆是累了坐在老屋下看一群碌碌无为的老鸡觅食,发呆是从一堆嬉戏的孩子中寻找自己曾经隐藏在记忆深处的童年,发呆是看送葬的队伍为什么像戏剧散场时一边咀嚼剧情一边漫不经心的人群。

我走过无数的崎岖小路阳关大道,经历了无数的风雨晴暖人生坎坷,我登过领奖台领过荣誉证写过爱情诗追过梦中人,我受过热捧也受过冷遇,曾经张狂疯癫也曾心灰意冷,但我还是坐在书房里、电脑前、山冈上、小河边一阵阵发呆。

我喜欢看一些哲理方面的书，这倒成了我发呆的根由。读鲁西迪的《午夜之子》，作者年轻时长得很英俊，年老时臃肿秃顶。他在书的结尾告诉我们，人活在世上，既不能安静地活着也不能平静地死去，不能不让人发呆。读斯塔夫里阿诺斯的《全球通史》，看人类历史演变的漫长过程被他浓缩在一册书中让我发呆。读约瑟夫·布罗茨基的书，看把他推上诺贝尔领奖台的《悲伤与理智》，他对一首诗的解读能力让我发呆。约瑟夫首先是一位诗人，他用诗的语言告诉我们："这个世界上的任何一次拥抱都将以松手而告终。"他还告诉我们："无论遇到什么不开心的事情，这个或那个车站都会一闪而过，列车不会在一个地方停得太久。"掩卷之后，每个读者都会发呆。

　　我为读不懂一本书看不懂一首诗摸不透官场找不准方向而发呆，约瑟夫最瞧不起散文体，可是到底还是散文把他推向了诺贝尔文学奖的领奖台。余秀华真是拖着自己病歪歪的身体跑了大半个中国去睡自己中意的男人？她的那行"把一匹马的贞洁放进了井里"的诗是故意荒诞不经还是笔误？罗伯特·弗罗斯特"不爱的人缺了这些无法生活在一起，相爱的人有了这些倒无法相守"能给我们什么启示？

　　还有各国政要精英满世界争夺资源，科技都这么发达了，人类为什么还养活不了自己？

　　我还读冯友兰的《中国哲学简史》，他告诉我们，哲学其实是研究人类工作和生活的理论学科，这让我一下子轻松很多，但我还是发呆了许久。哲学，我读得似懂非懂，果真像冯先生说得那么通俗吗？倒是读张岱年和程宜山的《中国文化精神》，让我觉得他俩也和我一样有发呆的时候。

我读书以后常常进入发呆的状态。我格局狭小、智力低下、思想肤浅、品质粗劣，和这些代表人类智慧的大师真是无法相比，再努力也难步他们的后尘，这一度令我很失望。无论哪类杰出人才，都有天才的基因在他们身上，我们应该做好眼下的工作，解决肚皮问题才是。

人类都追求公平公正，可是现实却距离这个目标非常遥远。一千年后，凭借人类所有的智慧能够创造出一个公平合理的社会吗？赫拉利告诉我们，任何理想、信仰、宗教都是人们虚构的故事。如果真像他说的那样，神仙也会发呆，我们活着是多么可悲？还有人嘲笑我们中国人没有信仰，其实是我们弯道超车，跑到其他国家前面了。

那年我父亲去世的时候，我曾经坐在老家的山冈上，望着天边的浮云发呆，父亲也像天上的浮云一样轻松了，而一副做父亲沉重的担子落在我的肩头。父亲晚年多数时间瘫痪在床，但因为有父亲，我总是感觉有依靠，尽管我已经做了父亲，但我还没有真正体会到做父亲的责任和担当。父亲，不仅仅要打拼挣钱，还是一家人的脊梁和精神支柱。在我毫无思想准备的时候，父亲突然离去了，我发呆了好久，仍理不出头绪。

那一年，我因工作受到很大挫折，是继续留下打斗还是退缩离开？我在宿舍里彻夜发呆。

那一年，我受到朋友的误解，我和衣在公园的长凳上躺了一宿不曾入睡，是我没有辩解能力还是没有融合能力？我长久地发呆。

我们可能为失去恋人而发呆，我们可能为工作没有着落而发呆，我们可能为生计而发呆，我们也可能为离群失意而发呆，这些发呆的时刻我都经历过。我也知道"最好的步出方式永远是穿过"，但是我走啊走的，永无尽头充满失望，沿途下来没有一处精彩。我也曾经发出过"请记住我吧，尘土在低语"的感叹，但还是没有人能够记住我，我就像被拂去的一粒尘土。有人说地上有多少沙粒，宇宙就有多少星球，匆匆而过的人呢？几万甚至几十万年来，有多少人生来死去，何必要别人记住自己呢？

　　发呆的过程也是世上万物在脑子里停止运转的过程，一切都浓缩在一面照不出影子的斑锈铜镜里。你不觉得这世界旋转得太快吗？因此，人们在不太顺心的时候，发一阵呆有什么不好呢？

乡关是何处

　　我已经在这个小城里住了很久了,我的关系圈,我的一切生活都在城里,我可以毫无顾忌地对人说我是城里人。可是我并没有因为住在城里久了就脱胎换骨,我还是那么固执地把自己的心留在了穷乡僻壤。偶尔开车回老家,即便那里的孩子投向我的是陌生而不信任的眼光,那山坡上稀稀落落的酸枣树看起来也不再那么亲切,那安静地在地垄边吃草的老牛也不是童年记忆中的那么野蛮强健,但心的根须,还是离不开那口干涸的老井和那一块块像积木一样拼接的土地。像老爹的泪眼,像老娘一声声的叹息,无论我走到天涯海角,无论我在这城里盘桓多久,记忆依然那么清晰,我的心还是没有在这城里安顿下来,还在老家的山间游荡。

　　忘不了我们山里娃第一次怯生生地走进这城里,我是怀着无比崇敬的心情来迎接城里的一切的,城里狗的智慧都曾被我高估,我们山里最凶猛的狗也咬不过城里的小狗吧。那时候,这个小城还刚刚从田地里建造出来,修了水泥路盖起了三层楼房。所谓的城里人只不过比我们早几年丢下锄头,可是他们投到我身上的目光总有一种鄙夷,他们内心把我排斥在城市之外,这深深刺痛了我的心。我想变成一个城里人,和他们没有区别,在以后漫长的岁月里,我没有让自己一刻松懈过,我知道比拼起点我没有优势,唯有比拼决心和毅力。

但是我似乎一直没有取胜,我一直处于守势,我装不出风流倜傥,我缺乏自信,我自惭形秽。无论经济条件如何改善,也无论社会地位如何变化,那心的自卑、收紧和束缚是不容易改变的,我再努力,还是十足的乡下人。我总是和贫瘠落后、鸡鸭牛羊、泥土野草为伴,就是穿上名牌衣服,还是掩饰不住我浑身的俗气。是我的心对乡关的固守?那老榆树老皂荚树,那蝉唱那蝴蝶翻飞,那胆大落在脚下觅食的一群麻雀,还有那恣意奔跑的小黄牛,那多彩的乡间图画,还是胜过城里的风景百倍,让我流连忘返。

我不知道我的身上,是保留了村里人的纯朴还是洗不去乡下人的恶俗,当我只身走进这城里并且不打算再返回的时候,我就下定决心要做城里人,我被家乡的贫苦折磨怕了。我羡慕城市生活,城市的浪漫和现代、便捷和明亮,都很适合我。我渴望另类的哪怕不知道未来答案的生活,即便受到排斥和冷遇,也无法让我做出再回到农村去的决定,那里适合养牛养羊养猪,但不适合养人。

20世纪中期,资讯虽然还不发达,但城市的生活气息还是不时传进我的耳朵,青年人的热情追求,对新生活的向往和梦想,都在城市。而我们乡下,那犁杖镬锄,那织布纺线,那婚丧嫁娶,那一代代传承下来没有丝毫改变的生活方式,对于已经受过初等教育的我来说,不仅仅是感到绝望,还有一种恐怖,我难道也要步爷爷和父辈的足迹走到地老天荒吗？我们真是处在社会变迁的夹缝中，一切决断都要自己做出，而我还没有任何思想准备，也没有人给我指点迷津，我就像一只海鸟一头扎进海面一样大胆地扎进这城里，从不习惯到慢慢适应，我俨然成了一个城里人。

直到今年除夕之夜，当那个上海姑娘跟随男朋友回到江西农村老家，看到家里老人为招待她而准备的一桌饭菜时，她彻底绝望和崩溃了。她只身返回上海，并且把那一桌饭菜的照片发到网上，告诉大家，她的婚变是有充分理由的。我们无法讨论上海姑娘拒婚理由的正当性，也没有必要质疑她对男友的爱，那是她的权利，她有理由做出任何选择。只是，她对乡下人和农村贫穷落后的状况，不应该那么赤裸裸地表示蔑视，那一桌简单粗糙没有水准的饭菜，最起码也代表了广大农村的脸面，打人最不该打脸，揭人最不该揭短。上海姑娘的这一打，又把我这个已经在城里生活了几十年的人重重地打回了农村，我内心的隐痛，我热辣辣地被人打过的脸，情何以堪啊！我也有过和上海姑娘男友一样的经历。

我年轻的时候，曾凭着我的聪明和勤奋赢得一个城里姑娘的芳心，但是在她妈妈的坚决反对下，我们很快分开了。她妈妈到过我的山区老家，她知道我们都住窑洞，不讲卫生，地里不打粮食，孩子不洗手并且穿很破很烂的衣服。她怕她的女儿嫁给我就等于嫁给了贫穷山区，她不听我的解释，她以为我在她姑娘面前的信誓旦旦是在吹牛，她很武断地结束了我俩的恋爱。后来，我的女友还是按照妈妈的意见和我分手了，就像在地摊上看中了一副手套或者是发夹,喜欢但是不一定非要买下。我没有怨恨过她,但是我也没有留下太多的遗憾,她不带痛苦地离开并不值得我付出痛苦,最起码说明我没有优秀得让她不顾一切,一切待价而沽的心态都是带有商业目的的,我痛恨城里人太势利。我是一块未曾雕琢的玉石,不,我是一块顽石,一块分文不值的顽石,那又妨碍了谁?

如今,我拥有城市户口,我有城市住房和城市的生活保障,我有完全合法的城市居住条件,我也有一定的经济基础在城市里混下去,但是如果城市和乡下分列两队,我还是会自觉地站到乡下这一列,因为再怎么变化,也不能忘记乡下生我养我的那一方水土,不能忘记父母那双曾经给我做饭洗衣的粗糙老手。乡关再怎么不堪,我还是要只身扑进去,把我的喜和乐、苦和痛尽情地播撒在乡间的沟沟坎坎。我无以回报老家对我的养育之恩,但是我可以对家乡明志,我的心还是属于家乡的,世人对家乡的贬损和鄙夷,与我又有什么关系呢?

在病中

久违了我的博客,有半年多的时间忙着打理公司,我的博客荒芜得快要长草了。要不是我最近感冒发烧居家治疗,我还是没时间回到我的书房。我的博客对我生疏了,我重新输入密码,它才一眼认出我,以前只要一打开网址,我立马就会有一种久别重逢的亲切感,让我愉悦无比。我愧对生活,读书和写字原来是我的生活不可或缺的一部分,可是这半年多以来,我偏离了我的生活轨迹,要知道挣钱不是我唯一的目的,为什么我一度把挣钱作为唯一的乐趣而流连忘返呢?于是我觉得,今后无论再忙,我还是要把我的博客,我的书本,我的书写,注入我平凡的生活当中,那才是我要的生活。

生病的时候就是我和外界失去联系的时候。我不想打搅任何人,我不想因我的痛苦影响别人的情绪。微信少了,电话少了,以前我的手机充一次电用不了一天,而现在充一次电能用三天。我安静了许多,有时间静下心来思考一下我的人生。

生活还是人生?生活和人生是什么关系?生活是寻常百姓,而人生带有哲学意义。似我们这些劳苦大众,每天为温饱奔命,讨论人生未免虚无,以我的身份和身家来谈论人生是很奢侈的事情。但每一个生命主体，无论贫贱富贵，也无论是怎样一个活法，从呱呱坠地到为自己的生活圈上句号，都是完成了一趟生命旅程，从这个意义上说，一个伟大的政治家和一个以耕种为生的农民在本质上没有什么区别。我认为心理学家李枚谨教授说得对，她说大自然让最聪明的人类生下来的时候最无能，如果不是大人的喂养和照顾，婴儿根本活不下去，最聪明的人类早就灭绝了，而最不聪明的其他动物在刚出生的时候生活能力都很强，会自己寻找食物，会很快站立行走，这是大自然在保持生态平衡时故意留下的一手，才构成了这个美妙无比的大千世界，我们都应该敬畏大自然才是。

我喜欢央视《开讲了》这个栏目。我喜欢听他们讲孔子、庄子、老子，喜欢听国学，喜欢听中医养生，但我极不喜欢励志方面的讲座，我认为那会把青年带入歧途。青年人本应该面对现实，面对工作，面对父母，面对老婆孩子，先解决了生活问题再来听讲座。我最不喜欢那些所谓的成功人士在有房有车有花不完的钞票的时候夸夸其谈，那是在为自己包装，把自己包装成刚生下来就不同凡响的人。他们是在利用这个平台让青年人摸不着北，彰显自己的伟岸而已。一个人的成功除了天赋以外，机遇、命运也很重要，不要以一个特例而驱赶天下青年。每一个人都能做出成就，那社会就是畸形的，我不希望这样的社会出现，实际上也不会出现，那样我就看不到平民嫁女的有趣和热闹了。

我在医院打了针，在家吃了几顿药，感到轻松了许多，但还是浑身无力。我躺在床上休息，有点儿百无聊赖，就试着给一个朋友打电话，他在看篮球比赛；又试着给另一个朋友打电话，他

　　　　　　　　　　　　在病中

在理发;我又试着给几个女友发微信,她们都在线上,看来都没有做很重要的工作。于是我想到两个问题,一是,何谓女友?我和她们算不算朋友?一个哲人说过,男女之间只有爱情而没有友情,我和我所谓的女友谈不上爱情,我们之间也不只是友情关系,但我们的关系相处得很好,超越一般的熟人关系,这又怎么解释?看来有些事情是不能解释的。暧昧,是一朵含苞待放的花,虽不是最美的时候,但让人无限遐想不更好吗?

还有一个问题是,人活在世上不都是在忙碌中,人得腾出大部分的时间来让自己休闲,来休整、放松、发现自己。每一个人都有玩性,一个人不会玩就不会生活,就是一个低能人。人一生中大部分时间应处于玩耍娱乐之中才对。

因此,我还是会和我的女友们继续交往下去,那样我会觉得很愉快,我能借她们身上特有的魅力,来愉快我短暂的人生,只是我无价地享受了她们的慷慨。还有,我要学会游戏人生,既然天生不伟大,也不必做作。

屋外鞭炮声骤响,又是谁家娶媳妇了,看热闹去,那欢乐的气氛是能够感染每一个人的。

生分

突然有这种感觉,午睡醒了之后,我睁开眼睛,头脑非常清醒,说明我刚才的睡眠质量很好,脑子里会形成一个个清晰的思路。如果让我现在去参加高考,我会发挥得很好,考出好的成绩,可是这决定人生命运的大考永远不会在我身上发生了。我是被人生考过来的人了,那顶人生得意的博士帽永远不会戴在我的头上了,荣誉、地位、金钱、美女,甚至那一顿华丽的晚餐,那一套名贵的西装,那一条鳄鱼牌皮带,都和我没有任何关系。我只剩下用最低廉的方式,跟在时间的后面,拖沓前行,一切似乎与我都没有关系。好与坏、战争与和平,母猪生出一头象的新闻,都不会让我有一点儿兴趣。

我曾经非常珍惜的友情,还存在吗?以前咱们在一起可是无话不谈,咱们都敞开心扉,互相触摸彼此的心灵,把各自晒在对方的眼皮下。咱们都心不设防,坦坦荡荡,透明得像一块玻璃,而如今这一切似乎都被私利、薄情、奸诈屏蔽掉了,尽管咱们还互相寒暄,但心是渐行渐远了,我们彼此都生分了。那政治、经济、社会的飓风会顾及我们这微小的存在吗?我们被吹起落下,在天空翻飞,溅落在泥土里,丝毫不能掌控自己,哪怕仅有的一小段爱情。酒肆小饮，山冈上的笛声，黄牛的叫声，都没有在记忆中保留下来，还有，在登山时你扶了我一把。

我不会忘记登山时你曾经用你纤细的手扶了我一把，其实你不扶我，我也不会摔倒，但是你有意识地伸出了你的手，我也是赶紧伸出胳膊让你扶着，咱俩心里都有一种意会，同伴们都不会察觉。那碰触让咱俩既心悸又幸福，心悸的是，心里有一种犯罪感，好像溜进桃园摘了农人的果子，好像看见了闺房中不该看到的东西，好像占有了不该占有的财富，但那犯罪感是轻微短暂的，如果壮起胆子不承认那是犯罪，剩下的就是幸福了。这幸福被我无限放大，也好像你跳动的心，你的不算漂亮的头发，你仍旧纤细的腰，你的轻言细语，你多重可爱的性格，像正在演奏的一组交响曲，让我尽情享受。我在心底大声呼喊：再来一次！可是山无回音，一切不因我心灵的骚动而改变。

你曾经答应旧地重游，可是你迟迟没有践约，我心里有一种怨恨。因为这对于你来说无非是说说而已，你没有必要把这事记在心里，更不必去当成一回事，因为你生活中的盛宴太多，偏心的上帝给了你太多的奖励，你弥足珍贵的东西够多。打开你的回忆之门，一个接一个精彩，你根本想不起来是在南山还是在西山，曾经和一个同伴去游玩了一次。我恨自己放了你一马。

不放我又能做什么？我还不是视你为最可爱的婴儿，就是杀人魔也举不起屠刀；我还不是视你为刚刚绽放的花朵，轻狂的人也不忍心把你采下；我还不是视你为小妹，把剩下的最后一口食物给你留下。后悔过后还是后悔，但我想每一次后悔，对我的心灵、人格、德性都是一次升华，每一次后悔，我都庆幸自己做对了。

　　我做对了，我不曾贸然打开那百宝箱，我总是把享受放在最后，我总是在世俗远离我的时候才会去回味我经历过的那每一个细节。我由衷地想做一个好人，只有这样才有资格去赴一场盛宴，我在生活中谨言慎行。于是，有一个很大的诱惑，我该不该去，犹豫了好一阵子，还是放弃了。

活着

　　我们人类有 70 亿之众,这是几年前联合国给出的数字,尽管现代科技发达,也无法做到统计得丝毫不差。因为我猜想,联合国的工作人员凭借现代科技把全世界 200 多个国家和地区的人口数字统计出来,少则也得一个上午的时间,再经过媒体发布到世界各地最快也得一个下午,这一天又生生死死了多少人啊。

　　这 70 亿之众,是指活在那一刻的人,这当然包括我、我的亲朋好友以及我认识和不认识的人。尽管你活在社会的最底层,你穿一件掉扣子的衬衣或者你今天的晚餐都还没有着落,你的皮鞋开帮了,兜里没钱买新的,你失恋了痛不欲生,你躺在医院的病床上受病痛的折磨,孩子上学你凑不齐学费,都无所谓。

　　而我的状况比这要好许多,我还抱怨什么呢?活着才是最有故事最有意义最幸福的事。不知谁说过,人活着的目的就是享受过程。这是多么哲学的认知,我们千万不能把墓穴当成安然之家。这恰恰与多数人的愿望相反,在仕途之中的人都想得到更高的职位,蜗居的人都想得到一套宽敞的房子,感情破裂的夫妻宁可独处,光棍汉又渴望糟糠之妻。

　　罗大佑说,人活着目的不能太明确。这位著名的音乐人似乎把人间所有美好都尽情享受了,失去了追求的目标,他不想把人活着的下一步看得一目了然,因此才想去做自己想做的事情,才会产生激情和动力,才会创作出更动听的歌曲来。

因此,人活在旅途之中,并且永远是在旅途之中,这"旅途"是被包装了,显得含蓄而富有诗意,让人充满理想而又甘心在现实中跋涉。试想,一个魔术师把一个魔术的过程拆解了给你看,一个哥德巴赫猜想小学生都能破解,把水库的水抽干都没有发现一条鱼,这没有任何悬念的生活谁还愿意过下去呢?记得我小时候听一位老农说过:人过日子就是娶媳妇生娃娃,一代一代往下传。"过日子"和人在旅途是一个意思,只不过表达方式有所区别。

我们人类经过了几十万年的狩猎时代,又经过了几万年的农耕时代,这漫长的人类发展历史对人的智慧、毅力和能力是一个培育过程。可是这几百年现代科技的突飞猛进让人目不暇接无所适从,人人都好像得了不适应症,不知道明天会发生什么。五六十岁的女人有一张青春的脸,因为人脸可以按照需要定制。多少万年以来,我们的祖先可没有现代人的绝活,离开了手机、互联网、电脑、电视,现代人简直活不下去。古人呢,也绝不是过着百无聊赖的生活,现代人的七情六欲古人都有,感官和心理对美好事物的享受比现代人毫不逊色,并且比现代人更真切更长久。

有了微信聊天,我还是向往我的青春岁月,书信往来才能让朋友之间的交流情真意切。那时候思想单纯干净,二十来岁正是生理旺盛情感激扬的年龄,和同学在风雨中的屋檐下,在空荡的篮球场上,在夏季闷热的小河边,在冬天的炉火旁,在春天的原野里,在秋天的老柿树下,我们谈人生谈理想谈工作,一谈就是好几个小时,但是我们从来不谈女人,不谈低级下流的事情,对人间发生的歪门邪道之事,我们羞于启齿。同学赵延争就在附近的一家钢铁厂上班,我给他写了一封20多页的信,还是经过一次畅谈以后意犹未尽的话。那时候感觉青春真好,尽管我们吃不饱肚子没有衣服穿还不会刮胡子修饰自己,工友拿推刀把头发理得乱七八糟。可是前不久在天坛路上见他骑着自行车从我眼前经过,我竟懒得和他打招呼。生活的不易,岁月的摧残,把我们弥足珍贵的友谊都弄丢了。

我从来就没有把谈情说爱看成是多么神圣多么死去活来的事情,看到电视剧电影把人间爱情演绎得那么曲折复杂痛不欲生,我常常嗤之以鼻。当我没有衣服穿没有饭吃,当我生活窘迫寄人篱下,当我工作时常常受到不应有的打击时,生存才是第一要务,挺起身板昂扬做人是人格追求,其他只能牺牲。那时候感觉坚强地活着真好,这大概是中年前后的日子,这个年纪使人变得坚强,经得起风吹雨打,我的责任心就是那时候培育出来的。

我一生不忘的是我四岁时失去了母亲,谁给我一千个安慰和一万个亲吻都不能使我释怀。我们老家在一个几里地不见人烟的荒凉贫瘠的山沟里,黄土地和野草藤蔓陪伴了我整个童年,在一棵老柿树上爬上爬下捉知了,在雨天里的山坡上跑来跑去逮水牛,在崖缝里掏鸟窝都是我童年的乐趣,这都是大自然恩赐我的玩物。除此之外,人类生产的东西如玩具、小人书等一概不属于我。想想那些动物,比如小兔、小牛和小狗,它们生下来也没有受到很好的照顾却照样健壮成长,我的生存本能比它们强多了,我还抱怨什么呢?那时候感觉,野性自由的童年真好,远比现在为柴米油盐、为熙攘拥挤、为百般应酬活着美好得多。

活着,无论处于人生旅程的哪个阶段,我都有滋有味信心满满地活着,活着使我学会了为自己减负,过简单的生活。城里人想吃红薯和野菜是想体味人类原本的生活,何尝不是一种享受,你还要去追求山珍海味吗?女孩子把自己的衣服弄得满身窟窿,莫不是在体验乞丐的生活?男孩子把发型理得奇形怪状,也是在找回剃刀时代的感觉吧?活着真是一个轮回,返璞归真,我们真要放慢脚步慢悠悠地走,不和现代快节奏的生活赛跑。

活着就要使明天的生活保持一点悬念,给你留下无限的遐想和动力去一探究竟,你才会第二天起个早信心百倍地投入新的一天。活着就要感谢造物主恰逢其时地把你投放到这个时代,让你体验光怪陆离的生活,然后发出一阵阵疑问,我们究竟要到哪里去?你不要企图把世上一切美好的东西都享受够,人类的发明可以使你随心所欲,但那是你要的生活吗?

无论时间过得多快,我们都自信地按部就班地活着,吃简单的食物,穿简单的衣服,想简单的事情,干简单的工作,不求给家庭给社会做多大贡献,只求平平安安扶老携幼洒洒脱脱地活着。

夜

都睡去了，我是说这世间的万物，都耐不住一整天的操劳，无论有没有收获，这十几个小时的时间滑过生活的指缝，酣然入睡了。一天的辛苦，换得片刻的宁静，真是值得，郁闷、无聊的一整天，累得酸楚的身体，繁杂僵硬的大脑，此刻得到了恢复。

这世界的信息量太大，传播的手段如此之多，把人累得好苦。严肃的、花边的、悲伤的、幸福的、偶然的新闻实在太多，我们与身边的事情似乎都息息相关，让我们不得不关注，这费了我们许多神思。

灯光只照亮了我简小的书房，室外是一片无边的黑暗，唯有空气无私地陪伴着我。这无处不在的空气为所有生命无代价地服务，谁又夸过空气？人如果都像空气一样大度，这世界肯定少了许多无用的发明，如枪炮之类；也少了许多遐想，如哲学的追问，或许什么都不会发生。

想想这宁静不是我最想要的，宁静里没有爱情和美食，没有激情，没有胡言乱语，没有嬉笑怒骂，也没有高谈阔论、细声轻语。

追求宁静其实是一种躲避，是不负责任的表现，这大概是因为人活得不太舒服。环境宁静不见得心就宁静,这深沉的夜幕,这短暂的无声真能阻挡世事的纷扰?

在这宁静的夜里,想我自己的荒唐,我像一台设计错误的机器,做了一辈子无用功。我也是一个好人,我善良有爱,像诗人林徽因一样有"少一事不如多一事"的人生情怀,也因此给自己带来许多麻烦。我受环境因素的影响很大,也算一个不折不扣的俗人,我过去做过无数个失德失教的事,想得到不属于我的美好,我也曾嫉妒贬低别人,虽然我很少斗胆去付诸行动,但是生命的画面上仍是劣迹斑斑。

想想伟人孙中山爱上宋庆龄,给原配夫人卢慕贞写信要求离婚时,卢慕贞只回了一个"可"字,没有要求孙中山给她一大笔财产,孙先生没有遇到中国式离婚的纠结和麻烦。卢慕贞和孙先生比较起来,谁的人品境界更高呢?想想伟人也偶有些小错,我们凡夫俗子何必要深深自责呢?卢慕贞作为一个旧式的中国女性,首先考虑的是自己的三寸金莲跟不上孙先生的革命步伐,为了中国的革命而决然放弃自己的爱情,这到底是一个女人的可悲还是社会的可悲?

我理解陈独秀提倡的"万恶孝为首",他是在特殊的环境下有感而发的。他应该知道"孝"在中国传统文化中的地位,作为革命者,他首先表达的是对忠于清廷的不满,"万恶忠为先"才对,要知道中国的稳定,"孝"起了很大的作用。回想起我的母亲在我四岁时就离世了,我来不及尽孝,我父亲在晚年有病时我却漂无定所,也没有尽孝,落得"子欲养而亲不待"的懊悔。在这深夜,望着父亲的遗照,我献上自己悔恨的泪水,父亲该原谅我了吧?

　　我读过浪漫诗人徐志摩的佳作,也深为《再别康桥》感动,知道徐先生冒天下之大不韪追求陆小曼的故事,心里一直有个疑问,陆小曼是何等美丽,才让徐先生不顾社会的巨大压力,毅然决然与她结为伉俪。直到最近看到陆小曼年轻时的照片,我才明白,不仅是徐先生,换了其他男人,遇见陆小曼都会倾情与她。这不是徐志摩的错,他如果是皇上,恐怕江山都不要了。

　　"虽说千万年在她掌握中操纵/她不曾遗忘一丝毫发的卑微/难怪她笑永恒是人们造的谎/来抚慰恋爱的消失,死亡的痛/但谁又能参透这幻化的轮回/谁又大胆地爱过这伟大的变幻?"这是才女林徽因《谁爱这不息的变幻》的末尾几句。作为梁启超的儿媳、梁思成的夫人,徐志摩为她倾倒,大师金岳霖终生为她不娶。林徽因说:"死本来也不过是一个新的旅程……死不定就比这生苦,我们不能轻易断定那一边没有阳光与人情的温慰……"

　　夜深了,我应该屏住呼吸,轻敲键盘,让文字变成催眠曲,为睡的人献上一首小诗。人有一颗宁静的心才最好,过去的岁月里,不论有多少错都不要怪罪自己,有一千个善举也不要放大,要知道人都自觉或不自觉地放大自己的价值,我可不要犯下这毛病。把心放归平静,不急不躁不怨不恨不慌不忙不骄不馁不好不坏不紧不慢地活着,像大多在生命旅程中赶路的人一样,"现在我死了/你/我把你再交给他人负担!"——像林徽因一样坦然面对人生人死。

秋

　　望着窗外一大片玉米地，不再是一个月前的郁郁葱葱，叶子已经发黄，生命出现败象，我知道又一个季节的轮回就快要完了。就在几个月前，我眼见黄灿灿的小麦被收割，也眼见玉米子被播下，怎么就又到了成熟的季节呢？按理说，春夏秋冬轮回，那春天的明媚娇艳，夏天的茂密旺盛，秋天的雄壮丰天的银装素裹都很美，我们不能因为活在秋天就说秋色最美。这万千的生命，自从诞生以来，在熬过了冬天之后还会迎来更加蓬勃的春天，已经轮回了多少次。我知道，我已经度过青春青壮，不会再有生命的第二春。大自然知道人类贪生怕死，就不会让人类重生，这自然的法则也已经千年万年，在历史的时空里，我知道我渺小得不该被提起。

　　和我一样不怎么喜欢秋天的还有鲁迅。在《秋夜》里，鲁迅先生笔下的秋色是冷峻的，那不知道叫什么名字的极细小的粉红花，在冷的夜气中，瑟缩地做梦，梦见春的到来，梦见秋的到来，梦见瘦的诗人将眼泪擦在她最末的花瓣上。还有那枣树，也简直落尽了叶子，留下最直最长的几枝，默默地铁似的直刺着奇怪而高的天空。在鲁迅看来，秋夜的天空奇怪而高，几十颗星星是冷眼的,月亮是白色的,枣树是受伤的,邻居家的孩子是淘气的,小虫也是胡飞乱撞的。直到"哇的一声,夜游的恶鸟飞过去了",简直让人毛骨悚然,这秋夜是多么令人生厌。也许鲁迅当时生活和写作的环境非常恶劣,有意用秋夜来隐喻艰困的处境,我想把秋夜写成这样的,恐怕只有鲁迅了。倒是"在我的后园,可以看见墙外有两株树,一株是枣树,还有一株也是枣树"成了经典名句。

庐隐总把秋天涂上凄迷哀凉的色彩,但她把这凄迷哀凉的色彩看成了美的元素,见到落叶萧萧,联想到滚滚长江,再顾盼自己却是昙花一现,不免悲来填膺,愁绪横生了。古往今来的文人墨客咏叹秋天都离不开悲、愁二字,如李白的"坐愁群芳歇",柳永的"动悲秋情绪",周密的"团扇悲秋",可见秋天带给人的惆怅伤感是深刻的。庐隐的秋天是怨艾不爽百愁塞心的,而鲁迅的秋天是冷峻深沉,准备投匕厮杀的,可见两人的精神世界是不一样的,不仅仅是一个女人和一个男人的区别。

"秋天的黄昏,一人独坐在沙发上抽烟,看烟头白灰之下露出红光,微微透露出暖气,心头的情绪便跟着那蓝烟缭绕而上,一样的轻松,一样的自由。"林语堂在他的《秋天的况味》中开篇就这样写道。这个提倡"以自我为中心,以闲适为格调"的自由派作家,大概生活是非常优渥的,不到冬天堂屋里就生起铜火炉了。那时候能抽得起雪茄的没有几个人,一个人悠然自得,吞云吐雾,偎红倚翠温香在抱,尽情享受秋天的况味了。和林语堂同时代的鲁迅却过着苦闷的生活,同样的秋天带给他们不一样的况味,孰是孰非呢?

蒲宁的《在八月》虽然没有明说是秋天,但他肯定是在秋天受到了感情挫折:"我爱的那个姑娘走了,可我还未曾向她倾吐过一句我的爱情,那年我仅二十二岁,因此她的离去使我觉得在茫茫人间就只剩下我孑然一身。"把感情的不幸放在秋天倾诉是最自然不过的,那肃杀的秋景,那落败的颓废,是和人的感情相呼应的。人生一世,有太多的悲欢离合,钦慕一个人却不能相见,等我们大胆地说出"爱"时,那人已经走远,秋天应是营造苦愁的最好季节吧?

窗外那一片玉米是时日不长了,秋天在慢慢走向深处,虽然杨树榆树还有柿树还没有褪去夏日的盛装,可还是收敛了许多。南飞的大雁还没有过来,大概是在收拾行装,我最爱听它们飞过我的头顶时发出的那种古怪的叫声,那叫声能把我带回到很远的地方。那时候牛羊很温驯,人的心灵也很单纯干净,男女混居并没有生出许多乱子。

古人说一叶而天下知秋。晚秋到了,桐树叶已经发黄,枝已经自顾不暇,叶焉能附? 一夜清风,叶纷纷落地,深秋分明是到了,我们还等待什么呢? 望着窗外,我有点儿伤感,那一地落叶,可是我的同命? 朋友说让我写一点秋的感受,我写不出秋的绚丽多彩或秋风的犀利,秋的美是永恒的,只是我颓然不知享受罢了。

心情

在日常生活中,我的心很少有放晴的时候,这大概是我的心有太多雾霾笼罩的缘故。自然界的雾霾可以减少,可是我不知道用什么办法排放掉我心的雾霾。

近日来,低沉的状况愈发严重,这使我很无望,不想去和朋友交流,不想去打理我的工厂,不想再去南山看我喜欢的花草虫鸟,书也懒得看了。就连我曾经读得如醉如痴的小说,让我感动得眼睛发热心跳跃的诗句都读不进了。很多故事都有一个美丽的结局,这是怕读者失望,所以作者艺术地处理了生活。

几十年来我都是无神论者,我不相信宿命,不相信运气,我寄希望于自己的艰苦奋斗,我相信功夫不负有心人,相信苦尽甘来,相信善有善报,相信柳暗花明,相信天道酬勤,可是我迟迟没有等到。我不得不怀疑有一个对我有偏见的神灵在左右着我,他不容忍有人叛逆,去挑战他的神威,于是我就信起宿命来。

首先我要学会放下,这是一个简单的要求,放下就是减掉自己身上的包袱,让自己变成一个轻松清净的人。这包袱不仅仅是财富,更主要的是精神,精神包袱是心情不好的主要因素,是你因为欲望想得到的一切。你需要关闭七情六欲的闸门,让你的心归于清静，把一颗洗涤干净的心内藏于你灰色的袈裟之下，或者用一把火炬，燃尽你所有的邪念。这可是一场艰苦的心灵革命，但你必须坚持到底，唯有如此你才能解脱。坐在寺院里，观千年古柏看香火袅袅听经歌悠扬念苦尽甘来信神灵召唤，那是脱俗超凡的境界，是人的复位和回归。

信佛是消除心之雾霾的有效办法，或许你还不是真正的佛教徒，但没有关系。这虽然有点儿消极，但当你心情不好又没有什么办法的时候，你权且信一下，毕竟你还得返回世俗，面对现实，怎么可能让大家都走进寺院穿起袈裟敲起木鱼闭目念经呢？

人生在世，心情多有不好的时候，因为有太多不顺心的事儿让我们烦恼重重。高考中榜、发财升官、恩爱甜蜜、美酒盛宴的机会在人生的长河中真是少之又少，而夫妻离散、名利羁绊、病魔缠身的事儿层出不穷，我们每天为了应付这些而被折磨得焦头烂额，哪里有什么好心情？

还好，他打来电话让我去小浪底钓鱼，她发来微信让我去南山看槐花，下午作协的几个朋友一同去王屋山采风，晚上还要到河合小吃一条街小酌，明天工友们都约好了去五龙口泡温泉。连春天去海南旅游，夏天到小有河漂流都规划好了，处在如此紧张有序妙趣横生惊喜不断好事连连的生活中，我高兴了好多天还意犹未尽。百姓的小生活也是其乐融融啊。

折磨自己一次

自己活得好好的还怨天尤人，那就折磨自己一次。不要怕残忍，不要怕受到摧残和打击，人有时候真的需要把自己投进苦难的熔炉里再淬炼一次，即便被燃成灰烬，那精神也是可嘉的。我经常感到肉体对精神是一个极大的拖累，真需要减压，让自己涅槃一次。

我有过衣不蔽体食不果腹的经历，但没有留下苦难的记忆，那也许是我最开心最无忧无虑的时光了。因为生命太鲜活，所以抗击打能力特别强大，酷夏和严冬都在乐观中度过了。

夏天，我没有可换的衣服，就光着膀子在空旷的田野里，在羊肠小道上奔跑玩耍。大自然已经让我陶醉，那动听的蝉鸣、美丽的蝴蝶、漂亮的蟋蟀，那青翠的山冈、潺潺的小溪、高大的柿树，那淘气的小狗、常常怀着敌意的猫咪、脖子下挂着铃铛不急不躁的老黄牛，低我一年级的可爱小妹，经常和我比赛摔跤的小伙伴，还有那好多好多充满神秘色彩的景象，都让我投入其中流连忘返，我是大自然最痴情的恋人。

那一年冬天，雪下得特别大，隔着门缝向外张望，院子里的雪越堆越厚，天空中还是纷纷扬扬，远没有停下来的样子。我和哥哥自然是不能到外面玩耍了，就百无聊赖地围着火盆坐着，火盆里的柴火早就燃成灰烬了，屋子里没有一点暖气，大人们就吆喝我们钻进被窝。我和二哥就在被窝里打起了脚仗，他蹬我的屁股，我蹬他的裆，就这样我们度过了几天下大雪的日子。到了后半夜，突然刮起了大风，风猛烈地从门缝里吹进来，呼呼作响，像吹口哨一样，向被窝里直灌凉气，我们都被冻醒了。天亮了，雪停了，风也停了，太阳从东边升起来，把大地照得通亮，昨夜里被风卷起的雪像波涛汹涌的浪潮，在阳光下晃得人睁不开眼睛。我只有一双开帮的单鞋，也没有袜子，试探着在院子里走了一圈，脚立刻被冻麻木了。我急忙回到屋子里，不停地跺脚，才又恢复了知觉，于是又傻傻地看着屋外想，老天爷要是只创造了春天和秋天该有多好。

　　我坚强地长大了，没有感谢什么也没有痛恨什么，大自然对我是公平的，我不会感恩也没有抱怨，就像路边的小草，没有得到宠爱是因为大家都一样，凭什么我要别人高看我一眼呢。要说一声谢谢，我要谢谢生我养我的一方水土，虽然贫瘠，但是让我变得自强自立。也不要轻易去恼恨什么，就像去摘酸枣被枣刺扎了一下，那疼痛都是自己招的。如果得到一份关爱或者是纯粹的爱情，我会百倍珍惜，要知道，我的生命是多么廉价多么不值得得到一份爱啊，我不知道这些想法是从小就有的还是后来在生活中慢慢萌生的，精神世界慢慢复杂起来，瞬间的愉悦会带来漫长的痛苦，就像被枣刺扎了一下，远离是非不更好吗？

　　人生最精彩、最甜蜜、最激越的时候是青春期吧？可我丝毫没有感觉到我青春期那日复一日的生活和在课堂上背古诗有什

　　　　折磨自己一次

么区别。最不值得回忆的是我的青春,没有精彩,没有甜蜜,甚至没有秘密,没有浪漫一下自己的感情世界。要知道恋爱是青春期的主旋律,无论是失败还是成功,无论是痛苦还是幸福,只要经历过,生命就会不同。爱情能使人变得积极向上,能净化人的心灵,能开启人的智慧闸门,能让人学会担当,人生只有经过爱情,才会从苦涩变甜蜜。可惜我没有经历过,我不会正确接受别人送给我的爱情,也不知道如何把我纯真的情感送给别人,因此我不想谈及我的青春生活,让它永远冰冻在心的底层吧,再也不会有阳光把它融化。

当一切都成了过去,我仍然好好地活在世上,我生活无忧,并不担心将来我没有饭吃没有衣穿,在物质层面我似乎都得到了满足,我挣下的钱能够维持我的小康生活,可是我不知道我生活的乐趣在哪里,我更不知道我生活还有什么目的,这样日复一日年复一年地走向人生的归宿。我似心有不甘,但又没有其他办法。那天在南山,我对朋友说我想扔掉手机,和家人告别,不带一分钱,徒步走向大自然,把自己的胡须留到一丈长,彻底地把自己折磨一次,给自己的生命制造一些惊险刺激,看看自己到底能承受多大苦难。她怔怔地看我良久,问道:为什么要折磨自己?我也不知道,但我真的思考了好久,只是还没有让我痛下决心的契机。

想用一种方法折磨自己一次,不是想报复什么,也不是一时赌气,只是觉得我的一生太平淡无奇,我不想做无花之果。

苦辣酸甜

　　苦辣酸甜四味要靠味蕾体验出来,再传递给大脑,人很快就会做出正确的判断。这个复杂的过程是在极短的时间内完成的,没有一个人在吃了黄连或者辣椒好久后才有苦和辣的感觉。

　　在人漫长的生活过程中,苦辣酸甜四味有时是靠心灵体味出来的,并且这四味几乎占据了人整个生命。

　　苦是俯拾皆是的东西,我们的生活充满了苦,并且这苦层出不穷,和人如影随形,任何人,包括富人和穷人,也包括高官和贱民,都躲不开苦的围堵和折磨。有一次,我因支气管炎去医院打点滴,看到一位 75 岁的老人因为哮喘也在打点滴,我问他得病多久了,他哼哼了半天才告诉我他从生下来没满月就得了哮喘,整整 75 年了。哮喘是很折磨人的病,他一直坚持了一生,这是多么大的痛苦啊。我立刻感到自己的病不算什么,心理因素可能是最主要的,人只要坚强起来,苦就会退缩一步。

　　辣是短暂和剧烈的体验,比如不小心被砸了脚或者是刺破了手指,人的一生类似火辣辣的痛这样的体验肯定不止一次发生过,咬咬牙就过去了。

　　酸味大概是一种亚痛苦,是人还能忍受的,有些身外的事物感染了自己,让人感到心酸,比如看到母亲拖着病体还在劳动自然让人心酸,看到别人幸福而自己得不到也会心酸。酸是触景生情,是忍一忍就挺过去的苦,不过也是挺折磨人的东西。

甜味是人心灵的慰问品,如果没有这迟来的慰藉,人活着真是毫无意义了。人忍受了太多的苦辣酸,都在等着甜,哪怕一等十年,哪怕稍纵即逝,哪怕被苦辣酸深埋着,哪怕要翻过无数高山,蹚过无数河流,哪怕在苦辣酸的道路上深一脚浅一脚前行,都阻挡不了人们对甜蜜的追求。

我们

　　我们是谁？是至少两人的小群体，还是依靠智力主宰整个地球的人类？《极简人类史》的作者大卫·克里斯蒂安有意把大约130亿年的宇宙演化史简化到13年，那么人类的出现是在三天前。而三天前我因为咳嗽在医院打了一天点滴，没有读报看书，没有加班挣钱，没有和任何人发生交集，我像一个微生物一样，在某个空间里度过了一瞬，时间上完全可以忽略不计。

　　大约六百万年前，母猿产下两个女儿：一只爱劳动，成了我们所有人类的祖先；一只不爱劳动，成了所有黑猩猩的祖先。黑猩猩是人类的姨妈可不是天方夜谭。

　　开始我们人类也没有什么特别之处。就说200多万年前吧，人类还是一个弱小的物种，老虎和狮子在森林里在河滩上大摇大摆地走着，人类只能远远地躲着它们。狮子捕获了一只长颈鹿，吃饱了舔舔嘴唇满意地走开了，这时候狼和豺围上来吃狮子没有吃干净的肉。最后，人类胆战心惊地走过来，用石器敲开长颈鹿的骨头，吸食骨头里面的骨髓。

　　开始的时候我们人类也是四肢行走，这给采摘食物带来了极大的不便，后来，人类学会了直立行走。可是直立行走也有代价,因为人的大脑发达,所以头骨偏大,直立行走后颈部、腰部受不了,人类只得承受背痛、腰痛和颈椎痛等。

对妇女来说,给她们造成的负担更大。直立行走需要让臀部变窄,于是产道宽度受限,但婴儿的头很大,所以,分娩死亡成了女性死亡的一大风险。如果可以早些生产,婴儿的头部比较小,也比较柔软,这位母亲就有机会渡过难关,未来也可以再生下更多的孩子。于是,自然选择(Natural Selection,又译为"天择"或"自然淘汰")就开始让生产提前。与其他动物相比,人类可以说都是早产儿,许多重要器官的发育还不够完善。看看小马,出生没多久就能跑步;小猫出生不过几周,就能离开母亲自行觅食。相较之下,人类的婴儿只能说无用得很。

读了尤瓦尔·赫拉利的《人类简史》,我知道了人类是如何从动物变成统治世界的上帝的。

有科学家研究表明:大自然可不是自然形成的,那是生命们有意识地为自己建造的家园,并且他们还在不断地改变着居住的环境,这不是荒诞不经的故事,是科学家们经过研究得出的结果。这可给我们辛苦学来的唯物史观打了个大大的叉号,原来老师在讲台上胡说八道。在这场不断改造的过程中,我们人类无疑起到了很关键的作用,这让我倍感骄傲。虽然我只不过是人类中极普通的一员,在这场伟大的运动中并没有什么贡献,每天辛辛苦苦挣的钱仅能顾住嘴,但我是大约100万亿个物种中最有智慧的人类之一,如果派我代表人类去参加物种大会,那百万亿个物种都会被我不屑一顾地踩在脚下。

我们也不要得意忘形地以为这地球就可以任我们人类宰

割,上帝为我们设下了无数的暗器或是足以消灭人类的天敌。还记得吧,自人类诞生以来,费了九牛二虎之力才消灭了一个人类的天敌——天花。在长达几个世纪的岁月中,天花病毒杀死了无数的人,美洲的印第安人,澳大利亚的土著,波利尼西亚和加勒比海诸岛上住着的人几乎灭绝。要不是英国医生爱德华发现了疫苗,现在主宰世界的肯定不是我们人类。1999年6月30日,人类做出决定,把放在美国和俄罗斯实验室的天花病毒彻底销毁,天花病毒算是被人类根除了。

还记得不久前被称为"生命的黑板擦"的埃博拉病毒的故事吧?亿万年来,埃博拉一直沉睡在非洲埃尔贡山奇塔姆洞里,有时候也到非洲的热带森林里散步,那里距离人类居住的地方很远。可是人类一直在贪得无厌地扩展自己的生活空间,法国人莫内偏偏要去奇塔姆洞探险,埃博拉终于忍无可忍,狠狠地吞噬了数千人的生命,至今人类还不知道如何对付它。我们,这骄横惯了的人类,时不时要被惩罚一次,地球像一个严厉的教师,拿着教鞭修理那些不听话的孩子,我们应该学得温顺规矩一些才是。

在人类内部,人类又被分成"我们""你们""他们"三种存在形态。在采集和狩猎时代,我们,有亲缘关系的族群或者部落可以保持凝聚力、熟悉度和信任感,一般不会超过500人,那是人口稀少、居住分散、交通不便、信息传播不畅的缘故。在民族国家概念产生的时候,我们,同种同族血脉相连的民族可以由几十、几百、几千甚至几亿人组成。《同理心文明》的作者杰里米·里夫金预言:到2030年,全世界安装的传感器将超过100万亿,届时,整个人类能够彼此直接开展合作交流,整个人类就像一家人一样。能把整个人类的手机号码都存储在自己的手机里,随时可以和美国总统聊天吗?这也许不是梦想。

我们这芸芸众生不必在人类发展的长河里天真畅想,那样太虚无缥缈了,让我们变得很没信心。我们,或者是夫妻情人,或者是同学战友,或者是父母兄弟,每天都在各自的岗位上打拼,吃各自的食物,分担各自的责任,分享各自的幸福,忍受各自的痛苦。有些微生物在世间存活只不过几秒钟甚至更短,在宇宙演进的过程中,人类和那短命的微生物又有什么区别?把那幸福快乐的因子都吸附在自己的身上,过好当下的每一天吧,时间真是太宝贵了。

尴尬

　　人在生活之中尴尬是常有的,首先是心理反应,再传递到表现上,如脸红、举止不自然、难为情等。我在今年元旦的时候也遇到一些尴尬的事情,让我整个身心处于进退失据的状态,这虽然是小事,也许别人处理起来会很自然恰当,可是我就不行。我是那种优柔寡断、小肚鸡肠的人,如果要我去带兵打仗,我会一次次贻误战机的。

　　那时亲戚送给我一些干果,我吃不了那么多,就有意送给朋友一些,这是我们之间互相传递友情的一种方式吧,我送不起很值钱的东西,送人礼物也不怀任何目的。以前她送给我一包我爱吃的甜饼,我也送给她一些我吃不完的干果,这是多么平常不过的朋友交往啊。我给她打电话,她说她刚好要借元旦小长假去外地旅游,说好了回来和我联系。嗯,我想,我一边看电视一边想,等她回来送给她。

　　可是元旦过去了好多天,她也没有打电话给我,于是我心中涌起无形的尴尬,我不知道下一步该如何去做。唉,她是个年轻的女性,她不给我打电话是表示拒绝还是表示无关紧要,我若再把电话打过去,她用一种很委婉的方式拒绝我怎么办,我会受不了。我是那种死要面子的人，挣钱不多，考虑问题特别复杂，我后悔当初不应该动送她干果的念头，这不值钱的东西让我承受了不值钱的尴尬，并且还将继续，并且我无法把它忘掉，并且我愈加怀疑她会如何看我。

说真的，朗朗上天做证，我没有坏心眼，我压根儿不会在她面前献殷勤，我纯粹是毫无目的性地送她，我总是把她放在我心里探视不到的地方。我在心里默念了千百次，我心里想，庆幸我们同住在一个城市，我们又一起工作过，在一个又一个或晴或暗的天日下，我怀着愉快的心情和她同行，即便这一切都不曾发生，我明明知道这世界上还有她，就足够我享受愉快了，我还要什么？尴尬，像卡在喉咙的鱼刺，让我没落让我寡欢让我愤恨，如果我眼睛中曾经有泪花闪烁，那是自作多情，我必须给自己撒个谎，我没有，我一次都没有，我是条硬汉子，可是，有什么办法，哪怕我付出代价，把这尴尬从我心头抹去，还我如初，如初的心情。

并且我的尴尬没有出口，一直憋在心里。如果你站在我面前，让我脸红一次，让我不自然地笑一声，让我给你表示一下歉意，让我在你面前打个哈哈以此掩盖我内心的窘迫，也许就扯平了。可是没有这个机会，你不给我丝毫机会，于是我恨起你的矜持来，可是你的善良又立刻消灭了我的恨意，我内心的尴尬丝毫没有减弱。

想你的好吧，想你不会那样故意吧，想到这是一个误会吧，想这细碎的事情不会摧残固有的友谊吧，心被正面的事情填满，心情就好许多。太阳出来了，这少有的好天气我应该去充分享受,把心中的尴尬晒掉吧,事情原来不是那么糟糕的呀。拜托了,什么都不曾发生,咱们之间还是那么通畅,没有受到任何影响,有一种无形的距离横在朋友之间也是很美的事情,那样才会产生不尽美好的遐想。莫泊桑《一生》的主人公在回顾自己命运多舛的一生时感叹道:"人的一生既不像想象的那么好,也不像想象的那么坏。"我们之间还算好吧?

尴尬

天气

　　昨夜一阵强风把天地吹了个干净,夜里那呜呜的风声也从耳旁遁去,清晨的阳光清新明亮,尽显本色,无遮无拦地从窗口射进来,把我的书房照得通亮。阳光久违后再到来竟是这样美丽,像清纯少女,虽然日出日落每天经过我的身旁,但今日的阳光是不多见的,那光亮、绚丽,像刚从地中刨出来的一块金子,让我惊喜,让我心中充满感激,自己的心好像刚刚被洗刷过一样。好久没有这样的好天气了,我感叹珍惜这难得的分分秒秒。

　　我们中原的气候硬朗,无论是春夏秋冬,和江南比较起来,真不是一个情致。我以为南方的天气太湿太闷,北方的天气太冷太短,东方的天气太腥太潮,西方的天气太薄太干,唯独中原的天气四季分明,轮回有序,热透了就凉,凉透了就冷,冷透了就暖,暖透了就热,就像人们的生活,热了扇扇子,冷了烤火盆,凉了晒太阳,暖了找阴凉。中原汉子身板结实,女人性情适中,大概和这儿的好气候分不开吧,想当初我们的始祖炎黄二帝选择在黄河中游开荒垦土奠定华夏基业,其富有远见的睿智眼光,穿透了整个民族的历史,照我们一直前行,真让我们惶恐膜拜。而我就生活在始祖的脚下,日日汲取始祖的智慧,真大幸也。

春天到了吗？到了，让我们把冬天叠起来放进记忆里，暂且和它作别。不知怎么，在冬天待得久了有点孤冷，还是软暖的春天让人心存喜欢。桃树开花了梨树开花了，是白色的花，杏树也赶过来争相夺艳，粉红色的花瓣和桃花梨花相映成趣。春天是催发万物的季节，谁也禁不住诱惑，谁也按捺不住燃烧的心灵，争先恐后来献媚，和认识的不认识的开派对。春天是最融合的季节，冰雪融化了，溪水潺潺流动，阳光收回了热烈，只把温暖仁爱撒向人间，小鸟初试歌喉，蚂蚁也从地里钻出来晒太阳，在洞穴附近忙碌。啊，春天淘尽了人们的风情，也把爱的能量储备，轻轻呼喊，轻轻思念，都在心底，却也肆意流淌，只是，我们万分小心，不要把春天的美好轻易打破。

　　是啊，春天让人困顿，感情的米仓不够充盈，我们需要热烈，那就吻别了还在熟睡中的亲人，到夏季里旅游一次吧。麦子金灿灿的，快要开镰收割了，小满会上人山人海，大家都在做收割前的最后准备。阳光毫不吝惜地把热烈洒向大地，小鸟禁不住了，躲在茂密的树叶里打盹，只有知了不知疲倦地破着嗓子鸣唱。几个孩子在浅浅的河水里打水仗，浑身湿漉漉的，头发贴在脑门上，眼睛愈发明亮。蚂蚁是万千生命中最勤劳的吧，趁着好天气忙忙碌碌地在麦田里搬运落在地上的秕糠，它们似乎知道不能侵犯人们的劳动果实，是大自然中最遵纪守法的小家伙。这时候你领着心爱的人到河边，河岸上刚好有一株硕大无比的娑罗树，你和她在那树下温言细语，你把剥开的香蕉递给她，她用手巾拂去你额头的汗珠。河水悄无声息地流过，不忍打扰你们的密会。

夏天热情得让人理不出头绪,潮湿的空气把心肺都浸润得黏糊糊的,你害怕自己失去了理智,那就随着季节的步伐去秋天里吧,那里气候干燥,天高气爽。葡萄也成熟了,密密挤挤挂满枝头,摘下一颗丢进嘴里用牙齿咬破,酸得让你眯起眼睛打了个激灵,还是忍不住那酸的挑逗,再吃进一颗,那酸甜的味道让你鼓起勇气,忍不住又吃进一颗。

深秋可有点不妙。树叶已经变黄了,一阵风就把满树的叶子吹落地上,又把叶子吹卷在一起,那嫩绿的叶子竟落得这样的下场,谁还有心思在肃杀的河岸边谈情说爱?大雁拖儿带女向南方飞去,剩下的田园里一片寂凉,凋零的野花也失去了往日的美好,像坐在院子里晒太阳的一群老太太,只留下那紫色黄色的野菊花,斑斑驳驳散开在山坡上,毫无生气,好像在抱怨气节是这么绝情。

到了这时候,你后悔没有细细地品味春天带给你的幸福了吧。你想回到春天里是吗?那就先走过冬天寒冷的独木桥吧,那是唯一的通路。其实冬天也是很美的季节呀,冬天里,人们的身体挨得最近。夜是长久了些,明天也有些遥远,那有什么关系?想想春天那如怨如泣的风沙,想想夏日那暴戾无度的雷雨,想想秋天那百思不解的云雾,我们还是用热情烘暖冬天的冷清吧。冬天那纷纷扬扬的大雪,把大地盖得严严实实,雪被下的生命都在做着春天绚丽的梦。阳光的气力是小了些,从树梢的缝隙中透过来的光线也不是那么强烈,好像太阳该往火盆里加柴了。

亲爱的,我是说你,你我都生活在美好的四季里,并且更主要的是,你,在我身边。

打开心窗

　　心是有窗的,只是在忙碌时那扇窗是关着的,心有雾霾时那扇窗也是关着的。我就不经常把心之窗打开,因为我的心蒙上灰尘太久了,没有什么颜色了。我视自己为墙角那无用的瓦砾,当热心的朋友发来微信邀请我去南山呼吸洋槐的芬芳时,我拒绝了。当他们一行兴致勃勃地消失在我的视野里时,我的眼中竟含满了泪水。缺少了我,他们肯定是极欢乐极相配的一群,倘若加上我呢,会影响大家游玩的心情吗?望着窗外滚滚的车流,我似乎听到了他们嬉笑打闹的声音,他们把欢笑丢在马路上又带到了南山,感染得那花那草也摇头晃脑变得快乐起来。

　　世间是充满甜蜜的,但此刻我愁绪横生,这甜蜜是属于恋爱中的人罢了。我和常人一样拥有一颗爱怜之心,可是我从来没有得到过恋爱的甜蜜,真让人泄气。我后悔没有和他们一同去南山。也许幸福或痛苦就在一念之间,我不该那么执拗,也不该离群索居,我应该把自己置于快乐的氛围之中,消解我冰冻的心,我应该把我的心扉打开,吸收阳光和快乐。快乐是公共资源,免费供人享受,迎接它的同样是一份灿烂之心,我无数次错过了享受的机会,又没有人怜悯我,原来我渺小得不如一粒沙子。是啊，韶华已谢，君不再来，那一别竟是这样决绝。

春天的南山是年轻美丽的，百花吐芳，虫蝶争宠，蜜蜂在花丛中啜取甜蜜，牛羊在山坡上享受悠闲，那粉红色雪白色的洋槐花正和群芳争艳，香气四溢，招惹了一群群俊男靓女前来，他们不时发出一阵阵尖叫，是呼唤同伴，也是发泄那藏在心中的情爱，使人在南山之上不禁浮想联翩。

可是这一切都被挡在了我的窗外，愁绪弥漫了我的书房，我有点儿记恨他们了。为什么不把我绑去南山呢，他们要是再动员我一次，说不定我就被说动了，要知道我内心也是极想去的呀，只是我没有勇气和他们同行。我身上自小就缺少欢乐的基因，虽然在这城里住了好久，可我还是乡巴佬，城市文化再怎么熏陶，也改变不了我身上的土气。我不会搭配衣服，我从来没有化过妆，如果我跟随在他们的队伍之中，是很不协调的，我知道。

我也想打开我的心窗，和诸君交流，看身外的世界，享受五彩缤纷；我也有一颗跃动的心，想欢跳在原野中，蹦到你的面前又匆匆地躲开；我也极想恋爱一场，织一段人间浪漫故事，可是这一切都在我的犹豫彷徨中失去了。勇气，可以超越人的能力界限，得到你想要的东西，可是在我，勇气是发挥不出它应有的能量的。因此，我也只能一次次失去，机会、幸福、快乐和我是那么无缘。

我无缘人间的美好，我知道这都是我的错，我不能怪罪谁，这是性格使然。在所有人当中，我占据的空间是最小的吧，浪费的资源也是最少的吧，好在我蜗居一隅，不影响别人，这让我得到少许安慰。

也不是所有的时候都这样,有时候我内心也涌动着一股激流,想冲破心窗,去接受快乐,可是,临到那时,我又犹豫了。

　　打开心窗,放飞心情,去迎接阳光,和百鸟合唱,享受生活的韵律。生活,有时候真要往自己的脸上涂一层霜,粉墨登场,即便演一个跑堂的,也是演员啊。

　　　　　　　　　　打开心窗

被拒绝的感觉

　　被拒绝往往是在有求于人的情况下才会发生的,那滋味可不好受,因此,我一生宁可十分窘迫也不愿向别人张口,因为我忍受不了那被拒绝后的羞辱和难堪,那一份沉重压得我信心尽失。我还得从很远很远的地方出发,重新找回自我,那是何等坚韧的跋涉啊。

　　我时常想,母亲给了我生命,可是没有把自信给我。我出生的地方太贫瘠,地里庄稼稀稀落落长不出高产的粮食,山头太高没有水源,牛犊瘦骨嶙峋,猪崽饿得在猪圈里尖叫,母鸡几个月也下不出一个蛋,父亲从来不剃头不刮胡子,眼睛里塞满了忧愁,一切都看不出有转好的迹象。我在那个环境里度过了我的童年、少年,直到我十九岁离开去一家工厂打工。

　　也就是说,我十九岁之前没有洗过一次澡,算是典型的脏孩子;我没有买过一件我可意的衣服一双鞋袜,哪怕是最廉价的,算是典型的穷鬼;我没有见过三层以上的房子没有走过水泥马路,算是典型的乡巴佬;我曾经无意间得到一个橘子,但是我不知道怎么吃,啃一口是那么苦涩,算是典型的没见识;在学堂里,一个女同学见我饿得想哭,塞给我半个馒头,我不敢接受,算是典型的胆小鬼。

在这样的环境里长大的孩子是无论如何也不会有自信的,哪怕这孩子以后有机会升官发财飞黄腾达,但骨子里灵魂里的缺乏自信是无法根治的,并且随着地位提高、条件变好会愈发不自信,任何心理辅导都不会有效果。除非有一场刻骨铭心的爱恋或是摧枯拉朽的改变。信心缺失是可怕的,影响的岂止是一个人的一生,还会株连旁人,会断送一次又一次机会,生命的意义也就失去了。

我就是在这样的心理状态下活了几十年,也算是奇迹吧,幸亏我没有担当过什么重大的社会责任,只是围绕自己的小生活忙碌了一辈子,庆幸没有给社会造成什么危害。由于不自信,我向来不敢求人,因为怕被拒绝。前几年,社会上热了一阵交谊舞,我忍不住诱惑也曾经到舞厅里听那悦耳的舞曲,但是我从来没有勇气伸手邀请舞伴,我怕被拒绝。我有时候拮据得实在没有办法,但是我不敢向人张口借钱,我怕被拒绝。我从来没有向女性求过爱,我怕被拒绝。有时候看电视上男女明星百般展示自己,我心里想,即使我一夜之间爆红,也没有勇气在众目睽睽之下出那个风头,我实在缺乏自信。

好在,由于缺乏自信,我没有自恋情结。我不会张狂,知道收敛自己,我没有给社会做出过贡献,但是我也尽量不给社会带来任何危害。我总是低人三分地和人相处,那样减少了很多口角和矛盾。我学会了忍让和妥协,我常常把自己关在小小的书房里自省,尽量不去占取社会空间和资源,有好的东西尽量让给别人去享受,算是一个说不上好也不坏的人吧。只不过我把感情爆发的出口设置在我的心底,用不自信的巨石压着。

　　　　　被拒绝的感觉

学会相信自己

　　我向来是不自信的,这种不自信是植根于我的生命的。从记事起,我就知道我比同龄的孩子少了许多东西,注定我是个跟班的,输在了起跑线,再也没有赶超的机会,更何况我没有做出任何努力。

　　四岁那年我失去了母亲,在那个年龄阶段,我并没有感觉到失去母亲会使我的生活发生多大的变化,大人的一颗糖就可以止住我的眼泪。在隐约的记忆中,似乎有大人叹着气对我说,你娘走了,不要你了,我于是大哭不止,又有一个大人从他的衣兜里掏出一颗已经磨得光溜溜的糖山楂塞进我的嘴里,那甜味立刻扩散到我的全身。不是那甜味有多浓,实在是我苦涩的生命里太缺少甜的味道,我还不懂得,甜是分秒即可消失的,但是母爱呢,却是永远地失去了,而我选择了前者。你看我的意识、我的感知、我的世界观是多么下贱,当我后来微微知道了那时候绝对错误的选择以后,我就对自己彻底失望了。

　　后来,我用同样的方式验证过我低下的智商。我养的一只母狗下了三只可爱的小崽子,有朋友看中了其中一只,但母狗护卫着不能下手捉,我于是丢给母狗一根火腿肠,母狗衔起火腿肠跑到老远的地方吃起来,等它吃完回来,它的崽子少了一只,它却浑然不知,眼巴巴瞧着我,以为我会投给它第二根火腿肠。那时候我没有嘲笑我的母狗,它的反应和举动与儿时的我极度相似,而我还冠着"人"的伟大称谓呢。

这糟糕透顶的回忆影响了我一辈子,我除了贪婪地吸吮母亲的乳汁,哭闹淘气低能无用以外,我这个做儿子的没有给母亲做过丝毫事情。母亲在离开世间时,肯定是对我非常失望的。是这样吧母亲?我知道你远远地离去,永远不肯再见我一面,是不是我过度地辜负了你的期盼?母亲,儿想向你展示,儿并非那么麻木不仁那么低能无知,儿那时的智慧还在成长中,你要是再耐心一点,再等几年,不需要儿长大,儿就会报答你的养育之恩,你给儿的时间太有限了,以至于让儿留下了终生的悔恨,也使得儿再也没有勇气和别家孩子比高低。

母亲,我知道你是我母亲,我唯一的生我养我疼我的母亲,可是你让我流了太多太多的泪水。为什么想起我的母亲只有泪水相伴?因为那是悔恨交加的记忆。虽然我的母亲在我的记忆里是模糊不清的,但我还是在心里百次千次万次地呼唤母亲,我还是相信母亲会从黄土地里走回来,回到儿的家,坐在儿的客厅里,让儿给母亲端一盆洗脚水,儿的泪水滴滴落在洗脚盆里,抬头望母亲,母亲眼里也含着泪花,我和母亲都会心地一笑,母亲原谅了我,还用赞许的眼光看着我。

我变得自信起来,我的自信是母亲给我的,母亲用鼓励的眼光看着我,母亲似乎说,母亲要的儿子就是你,不是天才,智商中等,善良守信,不需要别人肯定自己,相信自己,最主要的是自己相信自己。

归心

　　从旷野,从云端,从海边,也从女人里、金钱里、荣耀里唤回我的心,收于我的书房。无论外面发生什么纷争,那都是别人的事情。此刻,深夜,除了电脑工作的声音,再也没有什么可以干扰我,我于是得以安宁。我可以静下心来,把我一生的失败做个梳理。这个时候,心灵是一个认真的老师,在批改一个学生的作业,把一道题打了一个叉,又打了一个叉,还做了一个批注:再简单不过的错。

　　是的,我的一生,犯下的简单的错太多了。

　　那年我十九岁,抱着美妙的愿望来到这个城市,我想这大概就是实现我理想的地方。至于理想是什么,虽然还没有一个十分清晰的轮廓,途径也一片模糊,可我心中还是充满希望。年轻气盛,自然就把一切困难简单化,可是后来几年并不如意,我才想,噢,一个小小的坎,逾越也是这么困难。

　　开始是工作不顺心,我受到一个又一个打击。我曾经在很短的时间内,爬上管理层,但是我有点儿水土不服。我的顶头上司是一个心胸很狭隘的人,他看人的标准就是听话或不听话,无论对错。那时候工厂里有势不两立的两大派,两种观点,两条路线,你必须从中选择站队。

　　我原以为,只要友善、团结、勤勉,就可以做好我的本职工作。对待我的工友、师傅、上司,我总是抱着敬慕之心和他们相处,但是如果要我选择靠近哪个领导,我实在不愿意。我不想把我身边再熟悉不过的工友和师傅们一个个都变成敌人,因为他们都是来挣钱养家的,也很质朴单纯。在那一段时间里,我做过一阵子"逍遥派"。"逍遥派"是对革命不积极、政治立场不坚定、不关心国家大事的人一个很负面的称呼,我年纪轻轻就被扣上了这个帽子。最终,还是得罪了我的顶头上司,他有权决定我的命运,把我从管理层的位置上换下来,放在一个生产辅助的岗位,让我去管理一个废料仓库。

　　废料仓库里那一堆乱七八糟的东西,真像我的心境。不要数字,没有账木,在一个空旷的院子里,把废弃的橡胶、塑料、废铜烂铁按品种堆放开就行了。我每天的工作就是上班打开大门,下班锁上大门,于是我就潜在废料仓库的院子里读书。那时候我读了很多书,还订了《人民文学》《文学评论》《小说选刊》《莽原》四本月刊,几乎占了我工资的三分之一。我后来有点文学底子,大概就是那个时候打下来的。和我在一起上过班的女工来废料仓库交废料,看见我,感到很诧异,问我是不是犯了错误被贬职了。我是犯下了错误,但不是贪污受贿腐化堕落,而是犯下了得罪领导的错误,我摔得好重,让我有差不多十年都没有机会翻过身来。

　　仔细想想,这个错误犯得太低级简单,我如果圆融一些,去巴结迎合领导,也许会升迁得更快。人格,我出卖一点就可以换回荣耀,就不会被工友们认为我犯错误了。在人生的关键时刻,

归心

我表现得太吝惜了。慷慨解囊出卖人格的人大都如愿以偿，于是我得出一个经验，平常人，为人下属的人，不必要讲人格，况且人格也不值钱，只需要一张笑脸和躬身曲膝就行了，可是我做不出来，工友们怀疑我议论我，我只有用我涨红的脸回答了。受了那一次挫折，我的后半生都混得不尽如人意，并且类似这种低级错误我还是一边自我提醒一边犯，我无法改变自己，这大概是我性格的弱点。

我十四岁上初二的时候，家里就为我订婚了，这让我很气恼，背了很沉重的思想包袱。我跟父亲谈过这件事，父亲说我从小没娘，缺乏教养，有人给我做媳妇就是上天开恩，还讲究什么。我不讲究什么，父亲也是怕我一辈子打光棍，提早为我安排婚事，并且论家庭条件，论人的长相，我哪一样也比不过人家。可是正因为父亲说不要我讲究什么，让我很受刺激。可是这要过一辈子的婚姻，我做不到不讲究。这件事让我纠结了十来年。迫于父亲的强大压力，我屈服了，我答应父亲不退婚，并且马上和人家结婚。在父亲的意志和我的婚姻面前，我选择了退却，我不能把我的幸福建立在父亲的痛苦之上。我们的婚姻就像一首无奈之歌，唱了快半个世纪。

记得开始时我们是这样唱的：

　　　　如果把石头和金刚组合/金刚说不错不错/石头说已错已错/金刚不流泪，石头泪如飞/一袭破棉袄，藏尽了人间悲欢/一双烂胶鞋，脚趾裸露，演绎人间凄苦/都派上用场，世上最欢庆的日子/虽然发不出笑声，也不会因此再来重复/好多人只能选择一次,更何况我/开场就这么不精彩,还指望什么/从心里,我们早已遁迹/只不过为了大家,我们才继续。

为了大家,我们才继续。大家就是父亲、哥嫂和妻子儿女,我是很爱父亲的,我四岁时母亲就去世了,那时候我懵懂,不知道失去母亲意味着什么,后来长大了,才知道没有母亲的孩子是最苦的。当我心里难过时,当我受到委屈时,我就想对母亲吐诉,我就一个人去母亲的坟上哭,可是母亲从来没有应过我一声。母亲使我懦弱,但是父亲给了我坚强,我知道一个男子汉该做的事情是什么,我知道一旦我做出了选择,便有了一份责任,无论以后的日子多么艰难,我都会勇往直前,并且心无旁骛,直到老死。因此,在我年轻时,我直接过上了没有经过爱情发酵的婚姻生活。到了中年,我的生活异常艰难,争吵是家常便饭。一度我想出家,去一个清静的地方永远躲着,我也有过轻生的念头,但是为了大家,为了让我的儿女们有一个正常的父亲,为了兑现对父亲的承诺,我选择了牺牲自己。啊,这是一个漫长的牺牲,就像杀一只鸡,慢刀下去,让它慢慢死去。

那时候我们是这样唱的:

继续,继续/为了那份承诺那份责任/怎么没有经过春天夏天,就到了暮年的秋天/我心已老,便无所谓,只要大家都好/我已经很努力,创下了一堆财富/尽管我把渴望深深埋在心底/有时候我想哭,但是没有哭的场所/于是我就把滴滴泪水咽下/那是咸涩的味道,自己的泪水/却有一种体

归心

温,也是自己的/于是我想,爱我自己吧,关键的时候/就像猫儿舔自己的尾巴/让自己安慰自己的心灵/一方沉默,就发不出激烈的火花/生活归于平静,我永远地学会了妥协/幸福原来是这么简单。

我在父亲面前尽量装出幸福,我要让他知道,他的决定是正确的,是他给儿子创造了幸福。在我父亲活着的最后几年,经过了数年奋斗,我的状况有了很大的改善,我又从最底层爬了上来,在别人看来,我手里有了钱,也有了一份不错的工作,还有一个温馨幸福的家。可是有谁知道,这一切都是建立在我的痛苦之上的。从年轻的时候起,我就有一个愿望,我想有个倾诉的对象,在我憋闷时,从她那里得到一份安慰,这个愿望一直没有实现。我的奢望是不是太高了,我就像一只笨鸡,想飞到楼顶上看高处的风景。我感觉剩下的路程不多了,我想加紧行动,实现埋藏心底的愿望。

那一个阶段我们唱的是:

我们背靠背/坐在庭院里,山冈上,还有自己的老屋里/为什么没有了狗叫猪嚎,是因为在心里把它们宰杀绝了/况且已老,没有了气力/脸上皱纹多起来,头发白了,步履也蹒跚/别以为会遗憾什么,不会/想尽快完成这一趟使命/等着上帝奖赏我/来生,我把你拥入怀,来生/一场梦,它就会来到,时间不够长,你等待。//我没有羡慕你,还有他和她/我老是在一个地方停留,在电影院的后排座位/看你们精彩绝伦的演出/生命,总会给你燃放火花的机会,趁现在/走了大半生,我虽然没有得到你们拥有的,那有什么/一簇至美的花,也有败的花瓣,那就是我,愿意陪衬你们的美丽/时间不早了,给你们打个招呼/如果有一座掘好的坟墓,我会直接走进去/我的命,不值得大家去铺张/况且我习惯了安静。

在这段时间里,我经历了一场绝望,让我痛不欲生,原以为会给我沉闷无奈的生活增添一个色彩,但是我又错了,那一场感情经历,让我承受了更大的痛苦。

那次,我去酒店吃饭,遇见了我的一位小老乡,她在酒店当服务员,可能是刚从西山老家来到城市里,与人说话时还一脸羞赧,看起来温柔善良,正是我喜欢的那种女孩。我想帮她,给她找了一份不错的工作,在各方面为她提供了不少帮助。可是穷人家的孩子一下子从贫穷的山区来到眼花缭乱的城市,很快迷失了方向,她在感情上连连出轨,让我恼怒万分,可是我也没有什么办法救赎她。也许她得到的太容易了,不去珍惜,她几乎让我乱了方寸。我也总结出那时候我的事业心太重,没有更多地在情感上关心她。我也懂得了要富养女孩,穷人家的孩子比富人家的孩子更容易犯错。对她,我不想说更多的话,站在自由的角度,她也许是对的,我又错了吗?

此时此刻,我要收拢我的心,什么都不去想了,唯一能做的就是检讨自己。如果我的智商是中等水平,我还能够判断对错,我要把我动荡不安的心收紧,将自己的心灵刑拘,慢慢地自省吧,把一个个的错纠正过来。

我的羞愧感

　　为什么我的羞愧感总是比别人强,莫非我总是连连出错?倒霉的事接踵而至,不光彩的事总轮到我。比方说,在公园的树林间惊散了一对恋人,那实在不是我的错,我只是拣人少的地方散步,谁知道冤家路窄,他俩也想躲开人多的地方,我们就不期而遇,撞了个难堪。我每每想起此事就羞愧难耐,因为其中那个男人,我认识他的老婆,他怕遇见熟人,却偏偏让我遇上了。后来,我只要在路上看见他的身影就远远躲开,我不知道和他照面时该如何应对。

　　20世纪80年代,朋友从香港给我带回来一本《查泰莱夫人的情人》,是竖排繁体字,我躲在屋子里偷偷地一口气读完了,那本书让我读得心惊肉跳脸红耳赤。以前,我听说《金瓶梅》被称为黄色书籍,我看完后反倒觉得很平常,比起《查泰莱夫人的情人》,《金瓶梅》根本算不上黄色书籍。那时候我就想,外国人怎么就那么不要脸呢? 把男女情爱描写得那么赤裸,如果父母看见儿女读或者儿女看见父母读这本书时,是多么尴尬啊。我就把那本书藏到不容易找到的地方,后来搬了几次家,那本书不知道弄到哪儿去了。因为读过这本书,我为查泰莱夫人羞愧了好长时间，也为自己最先读过这本书感到羞愧。直到这本书在内地公开发行，我的羞愧感才渐渐减弱。

也许我是一个特别敏感的人，遇见一件事情，传导给我的都是负能量。应该借出去的钱没有借出去，撞到了别人或者被别人撞了一下，挤公共汽车时男男女女紧挨着身体，实在憋不住在树林里撒了一泡尿，等等，我一生遇见诸如此类的难堪羞愧的事情不胜枚举。有些过不了多久就忘了，而有些一辈子都没有忘记。如果对别人来说，这根本不是问题，对我就成了问题，我是不是心理有缺陷？我总跟不上人们行走的节拍，我是慢半拍的人。

我常常做奇怪的梦，或者去洗澡，或者去挖泥塘，我赤身裸体，衣服放在另一个地方，我要穿过人群去穿衣服，可是赤条条的怎么通过人群呢？我蹲在地上，非常窘迫，好像快要集合了，我又不得不去穿衣服，刚赤着身子走了几步，就看见好多人在鄙视地看着我，羞愧把我从梦中唤醒了，我暗自庆幸这是一场梦，但我还是羞愧了好久。我常常想，现实生活中，如果真的发生这样的事，我可怎么面对以后的生活？

在二十五岁之前，因为没有谈过恋爱，我没有机会接触任何一个女人。后来，我有孩子了，但是我不敢在有人的时候抱抱他，那是很害羞的事情。有一次，我家院子里没人了，我刚刚把孩子抱在怀里，就听见院子里有脚步声，我急忙把孩子扔在床上，孩子哇哇大哭，我很心疼，但是我不敢再抱起来。

最让我难堪的一件事发生在 20 世纪 70 年代。有一年夏天，我从广西桂县乘轮船到广州，坐的是三等舱通铺。中午天气闷热,乘客吃了午饭都躺在船舱里睡觉。我旁边有一对年轻的恋人,他俩毫不顾忌满船舱都是乘客,缠绵地紧紧搂在一起。我很不适应,他俩就在我的身边,当然也不能干涉人家,我就把脸倒在另一边。光天化日之下,大庭广众面前,我想都不敢想。要是我,一百年过后,我还是做不出来这样的事。几十年过去了,每每想起这件事,我还是感到很难堪,尽管这件事与我毫不相干。

现在社会开放了,中国人适应能力非常强,外国发生的事情在中国都会发生,还有人呼吁性解放。我想,把自己的老婆解放给别人试试看,我不相信那些呼吁性解放的人士能开放到如此程度。因为我比别人慢半拍,所以,我跟不上事物发展的步伐,这也许是我羞愧感比别人强的原因。

我还缺少什么

作家史铁生身体瘫痪后，在病榻上结束了生命。他有过四肢健全的时光，那时候他并没有为此感到幸福，他有悲愤、忧虑和无限的伤感。后来他下肢瘫痪了，需要坐轮椅，才知道健康的双腿对一个人来说是多么幸福。再后来他全身瘫痪，轮椅也不能坐了，他才知道能坐轮椅也是幸福的。

史铁生有一颗伟大的心脏，相信他对幸福的理解不会偏颇，但是他还是将幸福一节一节错过了。在这一点上，作家和农夫没有任何差别，都是一边辛辛苦苦地去种出幸福，一边大大咧咧地去糟蹋幸福，到头来两手空空。

因此我想，幸福只是一个相对的迟来者，总在咫尺之外，是眼前的一个诱惑，害得人们竞相拼命追逐。如果有谁能够把自己的灵魂安在知足的枇杷树上，不再去和身边的事物比较，攀比会让人浮躁，幸福就被浮躁一点点冲掉了。就是说，谁能够把自己的灵魂安于一隅，不让它冲撞出来，知足常乐，那是需要修炼的，最起码我做不到。

数十年的拼搏，我似乎没有赢，但是只要我不挥霍，吃饭穿衣无须担忧，可是我感觉不到幸福，我内心深处有太多的忧虑。

我工厂里养着的一只小白狗几天不见了,我担心会不会被人捉去烹掉;去年栽下的两棵法桐到现在还没有发芽,我担心会不会死掉。一颗平凡的心,总是去思考一些生活之外的事情,总是塞满了乱七八糟的忧虑,这大概是对幸福一个极大的消解。

在村子里,我时常看到一只狗在追捕一只鸡,狗永远处于兴奋状态,鸡永远是惊恐万状,要不是他们的主人出面干涉,鸡怕是难逃死路。而鸡在啄食小虫时,也异常狰狞凶狠,虫子呢,把叶子咬得残缺。这世间万物,都在幸福的同时被威胁着,看来,每一个生命体,心头都压着一块石头。就像买了一处新居,交了首付,月供会让购房者三十年不能舒心,住上新房的喜悦被月供消磨掉了。

余秀华被问到为什么会选择作诗,余秀华的回答撕破了所有天才的伪装。她说,由于从小脑瘫,每写出一个字,必须用左手按住发抖的右手,才能艰难地写出来,而诗歌是所有文学体裁中最省字的,因此,她选择了诗歌作为自己抒发情怀的手段,别无选择。余秀华是在生活的小路上不敢左顾右盼的人,她艰难爬行,残废的身体,农妇的模样,很难让男人对她产生感觉,无论她的诗写得如何美。余秀华的幸福被她天生的欠缺抵消掉了。

有一天,我读余秀华的诗《面对面》,其中有一句"把一匹马的贞洁放进了井里",我大惑不解,甚至觉得她的诗写得荒诞不经,连遣词造句都有问题。如果我见到余秀华本人,我想和她理论理论。几天中我一直在思考,她的诗在意会什么或者在隐喻什么,到底是她写失败了还是我理解错了。终于有一天,我联系了诗的上句,才恍然大悟,原来她是在用荒诞控告她对面坐着的那个男人的荒诞。这件事让我羞愧了几天，当然事中事后我没有幸福可言，我为自己的浅薄懊悔了好长时间。

因此，如果问我生活中还缺少什么，我恐怕缺少一颗平静的心。最近，有朋友劝我信佛，我真有点儿心动，自己一旦遁入空门，把一切身外之物清空，那时候我应该是幸福的吧？

幸福

比如说，阳光从窗玻璃透进来，书房显得很亮，家里就我一个人，周围出奇地安静，大家都做工去了。我像抽了个上签，工资涨得不多，但总算涨了；做了一单生意，赚得不多，但总算赚了；朋友发来微信约好星期天去王屋玩，虽还未成行，但总算定了。我的心情也难得好起来了。这真是读书的好时光，于是我打开《徐志摩诗文集》，一旁放着《林徽因诗文集》，这两本书是我从书店里一齐买回来的，我闲暇时交替着看。

我想这一对冤家无论如何惺惺相惜，命运之神还是让他们保持了一定距离，如此才保证了两人永恒的情思，如果真实现了二人的心愿，说不定还过不成日子呢。要知道两人都很随性，才情分不出高下，又都出类拔萃，谁去打理生活的细节呢？一个细节接一个细节才串联成生活的呀。

现在的年轻人，都把爱情当成快餐，留下一桌的狼藉，再没有徐林那样典雅的爱了。徐志摩的诗歌成就大于他的散文，而林徽因的散文成就则大于她的诗歌。我这样认为不知道对不对？

在这样的环境下读书是很幸福的吧？偏偏这时候我的头痛

病又犯了，左脑壳隐隐作痛，不是那种火辣辣或者木沉沉的痛，实际上忍一忍就能挺过去了。于是我想，在这惬意的读书时光里，身体的某一部分有些疼痛，这算不算幸福？当有人问作家茅盾最大的愿望是什么时，茅盾说"我最大的愿望就是我的神经衰弱病不再增剧"，多么简单的愿望却不得实现。而实际生活中完全没有疼痛感的时候是没有的，无论多么得意的时刻，都会伴随一些不满足不舒服不痛快不完美，这便是真实的生活。

萨特说过：最大的快感从嫌恶之中产生。快感也是幸福的元素之一，无论是生理上的还是心理上的。通俗一点讲就是，禾苗是从粪土之中生长的，我不知道这样理解对不对，没有丑的陪衬，美就不是美。但是在当今快节奏的生活中，快感的产生也是快餐式的。宋玉在《登徒子好色赋》中描写一位美女时说："增之一分则太长，减之一分则太短；著粉则太白，施朱则太赤。"这样养眼的美女自然是让人产生快感的源泉。既然快感是从嫌恶之中产生，那幸福一定是从痛苦之中产生，在惬意的时候有一点痛感，会更使我们珍惜幸福吧？

杨振宁说，物理学到尽头是哲学，哲学到尽头是宗教。在我们一般人的观念中，物理和哲学绝对扯不上关系，物理是自然科学的范畴，而哲学和宗教是社会科学的范畴，只有看透人生，才会有如此精到的看法。而冯友兰则说，科学每前进一步，宗教便后退一步。他还说"人不一定应当是宗教的，但是他一定应当是哲学的"，因为"他一旦是哲学的，他也就有了正是宗教的洪福"。途殊同归，两位大师对人类归属的看法是一样的吧？人与宇宙的同一是人类的最高成就，我们小老百姓只能在忙忙碌

幸福

碌之中寻求小小的满足和幸福,那些深奥的道理就留给大师们去研究吧。

仔细想来,我这一生还真没有特别嫌恶的东西,最多就是不喜欢或者看不惯而已,我没有资本去嫌恶更多的东西,也因此没有获得快感的土壤。我好像没有认真谈过一场恋爱,有主观的原因,但更主要的是客观原因,因为我不知道谁能把我看上眼。仔细想来,女性们不选择我是对的,从能力从条件来说,我都创造不出幸福。岁月就这么在我的犹豫不定之中滑过去了,年轻时没有勇气谈一场恋爱,也绝不会有一场黄昏恋了。

有位大师说过:"就像走错了路的人的快跑,越跑得快,越错得很。"当我发现我走的路不太对头时,已经来不及纠正了,我发现得太迟了,只能慢下来,让错不能太离谱。

徐志摩说:"不能在我的生命里实现人之所以为人,我对不起自己;在为人的生活里不能实现我之所以为我,我对不起生活。"可是在人世间,有多少人能够做到"为生活而生活",而不是"为生、活而生活"?当人的肉体囚禁着人的灵魂在柴米油盐中讨生、活时,当人们的生活就像美国作家 Henry 说的那样"都被细节浪费掉了"时,人们所获得的快感自然是很有限的。只有温饱问题解决之后才能去享受更高层次的精神生活,幸福,对一个庸常的人来说,就像一个饿汉在地上捡一粒爆米花。

情人节

　　昨天下午1点,北京的一个文友给我发来一条微信,祝我节日快乐。她是个女性,在京城很有名气,小说和散文写得都很好,特别是散文,写得委婉动人,读她的文章很难把她和她的文字联系起来,客观地说,她的长相是输于她的文采的。她也算北漂一族吧,以她的条件,在大北京混出个模样来是很不容易的。但是,她竟然在北京混得可以,全凭她手中的一支笔。

　　收到她微信的时候,我刚刚结束一个宴会躺到床上。志不合者在一起吃饭是很折磨人的,你得装出礼貌的样子听别人废话连篇。这时候的我,像刚刚完成了一场恶劣环境下的劳动,我躺在床上,睡意立刻在我的卧室弥漫开来,吃饭时乱七八糟的不快被瞌睡赶走了。那一刻我很惬意,由于我的睡眠质量太差,进入梦境的过程往往是艰难而缓慢的,但是那一刻我很惬意,一个甜美的睡眠对我来说是奢侈品。这时候她的微信发过来了,我很不情愿地给她回了一条微信:我刚吃完饭,想睡觉。心里想,我的文友大概是发神经,今天不年不节的,祝我节日快乐,是不是按错键了。

　　下午4点多,我的外甥女给我发来一条微信,祝我情人节快乐,我才立刻想起,今天是七夕。我后悔给我北京的文友回复的微信太刻薄了,但是已经没有办法弥补。后来我想,用这样一种方式界定我们之间的关系是很恰当的,我喜欢她的文章,仅此而已,我不想矫情,更不想虚伪,爱屋不会及乌,用革命同志的标准把握我们之间的关系才是伟大纯洁而不含私利的,这恐怕比一般肤浅的情人关系还要挚重一些。

想到我的外甥女给我发微信,祝我情人节快乐有点儿搞笑,这孩子太单纯,单纯得有点儿大胆,大胆得有点儿妄为,妄为得有点儿无遮无拦。我虽然理解外甥女的好意,她知道我生活得很孤独,想帮我打开生活的另一扇窗,可是我生活的那一扇窗已经锈迹斑斑,很难再轻易打开。热恋中的外甥女是很难理解我目前的思想处境的,就像一次长途跋涉,快要到达终点,疲惫得只有大口喘息,那时人生追求是很不值得一提的,一只板凳一张床一碗白开水就是最高享受,身边躺下一个美女也会把她推开。这是在情人节我收到的两个祝福,她们都不是我的情人,只是想象着在情人节这天我会和我的另一半一起喝茶登山,在花前月下幽会,把我的私生活想象得浪漫激情。这怀着良好祝愿的微信,竟使我很感动,我躺在床上,心头掠过一丝久违的春意。我把和我关系不错的女人在心里过滤了一遍,看谁有可能成为我的情人,哪怕我心里认可就行。

于是我想到了 T 君,她是一名医生,绰号小洋人,那时候绝对是工厂里唯一的厂花。我是做办公室工作的,和她交集很多,渐渐就熟悉起来。说实话,有一段时间我们俩走得很近,我见证了她离婚又结婚,她都是在极不情愿的情况下完成的,为了生活。可是我们相处的十几年间，凡是人们能够想象出的男女之间的关系，我们都没有发生。我总是在得到与失去之间徘徊犹豫，在我没有能力让她过得更幸福之前，我不会享受她的美丽。这一徘徊和犹豫竟是十几年，她嫁到另一个城市去了。一直到现在，我们还保持着联系，只是一种人之常情的联系，海水没有枯干，石头也没有烂掉，岁月就这样不紧不慢地把我们的情感稀释掉了。我们，算不算情人关系？

　　我想到了 Y 君，她大学毕业后来到我们公司，在销售部门工作，业务能力很强，很得领导器重，加上她的魅力，是一颗冉冉上升的明星人物，可是因工作中的一次严重失误，她被公司停职了将近一年时间。那时候她很痛苦，我冒着很大的舆论压力把她揽到我的手下，让她做了一名业务员。由于我扛着多数班子成员的压力安排她上班，有些同事的怀疑是有合理成分的，我和她不沾亲带故，又不是我分管的人，为什么我会顶着压力安排她工作，我肯定和她有说不清道不明的关系。可是反过来说，如果我和她有暧昧关系，我也不会有胆量给她安排工作。有一次，我们在一起吃饭时提起这件事，她感概万分地说：哥啊，咱们的关系好得只差没上床了。我知道她是在开玩笑，可是从另一个方面来说，我们的关系也非同一般。我们，算不算情人关系？

　　类似这两个女友的关系，或者说处在这样一种层面上的关系，我还有好几段，但是都不能说是情人关系。有一位哲人说过，男女之间只有爱情而没有友情。一对男女关系非常深，能控制住不越界是很困难的，爱情和友情的界限又在哪里？我为此苦恼了一辈子,因此,我很羡慕有情人的男士,他们比我活得潇洒,可是真要让我拥有一个情人,我还真的没有那个胆量。

这是情人节那天,我倍感寂寞孤独的原因。

离天堂最近的地方

　　呼吸科病区设在医院的最顶层,也许是离天堂最近的地方。从通风窗望去,东边的楼房、马路、树木,似乎刚从脚下踩过,转身就是永恒的告别。西边,阳光隐没在白云中,没精打采的样子,整个天空显得抑郁而愁闷。每个垂危病人躺在担架床上被家属簇拥着推进病房时,喉管里都发出古怪的声音,好像在练习天堂的发音,也好像是愉快地打着口哨去上帝那里报到,有点儿争先恐后,唯恐自己被落在后面。毕竟身后这个世界已经活够了,钱不好挣,空气混浊,人也拥挤,老伴还经常和他吵架,身上的器官也不听使唤而变得痴呆无用了。唉,离开这个生活了几十年的地方还真有点儿恋恋不舍,那熟悉的村舍,邻居家会下崽的黑毛母狗,那一片片瓦房,还有那树林阳光,那曾经爱过而今变得臃肿丑陋的女人,如今都被埋在深沉的记忆中了。总之留在这个世界的时光不多了,走进天堂之门还不知是祸是福,那以前度过的岁月,无论是痛苦还是幸福,此刻回忆起来都有一种甜丝丝的味道。就像走进蛋糕房,连那货架,那叠放在一起的蜡烛,那彩色的蛋糕模具,围着白围裙的服务小姐,都有一种温馨可爱,自己在挑着担儿走过这一切时,怎么就没有留意呢?

想到自己也有过浪漫的爱情生活，尽管潦草、冲动、紧张。他们就是踊跃着要去天堂报到的那几个人，快要到天堂门口了，此刻鼻孔里被插上输氧管，手背上被扎上输液针，任凭医生护士摆弄而不知道疼痛，一切痛苦都稀释在幸福的光晕里，摆在他们眼前的是一条金光大道。由于太过兴奋，他们对过去的生活没有认真总结反思一下，就是对即将到来的生活，也没有准备，没有练习一下礼仪，没有整理一下衣冠，还沉浸在亢奋的回忆中，快到上帝面前了还吊儿郎当，预示着这一群头脑简单不学无术的家伙下一辈子也好过不到哪儿去。机会都是留给有准备的人，这句话到任何一个世界都是真理。

正对着我病床的，刚刚被推出病房的那个七十四号病人，他的家属慌乱地整理着他的遗物，他的枕边还放着氧气袋，药液也不滴了，还做样子给活人看。这几天去西天报到的男性居多，不知道有没有医学根据，大概男人都是做重体力活儿的，吸进肺里的脏空气多的缘故。我们当地的风俗，上了年纪的人死在家里才吉利，医院仅仅是给去世者一个理由充分的说辞。病友和病友的家属们都站在走廊里为他送行，有人不时发出轻轻的叹息：终于轻松了。他原籍是李林那边一个村庄的，行政级别是副处，官至副县长，退休以后住在翡翠花园，今年在医院里抢救了几次，这一次终于走了。

住在十九床的那个病人，听说结过四次婚，最后还是光棍一条，在病房里伺候他的儿女，都不是一个老婆生的，要不是他做生意银行里存了不少钱，同父不同娘的儿女们真是懒得伺候他。他和一般病人不一样，时不时会狡黠地笑出声来，笑过度了，喉咙像拉风箱，一口浓痰把脸憋得通红，这才止住了笑。儿女们都狠狠地看他，与其说伺候，还不如说盼他早死。这在花柳巷风流了一世的男人，一辈子都是用器官而不是用心去爱，想想也真够损人，如今这情债都要一笔勾销了。是啊，就是杀人犯也用不着去蹲班房了，何况作践过几个女人。

去天堂报道的人整个身心都会被洗得一干二净，无论坐拥天下还是一贫如洗，无论作恶多端还是菩萨心肠，上帝都会重新发牌，说不定上帝会奖给你一块种满金子的土地，而给那富甲一方的老板一块黑面包，在天堂里，时来运转也是有可能的。早听说西方一个国家法律规定男人过了七十五岁犯强奸罪不受惩罚，生理功能强大是受法律保护的，在瑞士那个富裕的国家，主人如果每天不给宠物狗两个钟头的散步时间也会触犯法律，人权事业都做到人类之外了。据说天堂的法律更为宽松，想杀人也杀不死，因此想当杀人犯也当不成，打个盹儿几个世纪就过去了，中间省去了多少麻烦。吃饭连碗都不用洗，有天仙美女伺候，尽管享受男女之欢，却不必受生育之苦，都是上帝包办的。

每个病房里的二氧化碳浓度都令人窒息。脚臭气、汗臭气、尿臊气，上下通道排出的脏气，毛巾的霉气，还有人之将死的瘴气晦气，使人想起来有一种调味品叫十三香。病房里都是呼吸道感染的危重病人，需要保持一定温度，医生不让开窗，那味道黏糊得几乎都有物理形状了。怪不得儿女们都不愿意到病房里来伺候老人，不是不愿尽孝，实在是闻不了病房里的味道。那几天我感冒咳嗽，在呼吸科病区打了几天点滴，一直住在走廊里，值班医生几次动员我搬进病房，我坚决不搬，我怕二氧化碳中毒。

　　年轻的护士戴着灰色的大口罩步履轻盈而又急促地推着护理车在病房里进进出出,职业操守的缘故吧,从她们的眼睛里绝对看不出任何感情。她们小小年纪就有幸站在天堂门口打量过往行人,就像排队买沙丁鱼一样面无表情,把人生看得透彻了吧,因此不会因为琐碎小事而去闹离婚。早上九号床的病人走了,他在医院和病魔搏斗了两个月,中午四十五号床的病人也离开了医院,昨天刚被家人送进医院,今天就草草走了。我总结了一下,凡是被家属推走终止治疗的病人,很快就会走进天堂之门。我有点儿埋怨医疗机构,延长的都是大可不必的痛苦,延续的都是没有质量的生命,延误的都是走向幸福之门的时光,人类早晚都要到一个地方,何必苦苦挽留呢?

　　这样恍惚想着,我迷迷糊糊进入了梦乡,好想和他们同路,可是两腿像灌了铅,他们自顾走了,留下我躺在孤独的病床上。夜很深了,护士趴在工作台上打盹,整个病区寂静得像停尸房,我忽然醒过来,两眼望着走廊里幽暗的顶灯,再也睡不着了,我知道,天堂之门暂时还没有为我打开。

留住感动

　　我知道我是依靠了你，还有你的提醒或者鼓励，才能一直前行。你也许不经意间给了我勇气，你也许早已忘却，但是那一次，还有那一次，我一直铭记在心。

　　十九岁那年，我在家里帮父亲干农活，可是我的心早已飞向大山以外。初三那年，作为"文革"中的红卫兵，我借着"大串联"的机会，到过西安、兰州、北京等几个大城市。我知道除了我们的山村以外，还有很多很精彩的地方，我要到外面闯荡，具体要到哪里我不知道，但是我铁了心要走出大山，这一亩三分地早已拴不住我的心。

　　有一年秋天，我在地里干完活，背着锄头回家，刚刚走到我家院门外，不记得是谁喊了一声我的乳名，告诉我县里的一家工厂来我们公社招收工人，在公社卫生院体检身体，他说："你是重点中学毕业，还不赶快去试一试？"

　　我听了他的话，把锄头丢在院子里，撒腿就往公社卫生院跑。那一次，我顺利通过了体检，被那家工厂招走了，一干就是四十年。

　　告诉我这个消息的，肯定是我的邻居或者是我们村里的人，但我记不起究竟是谁了，也许他在告诉我这个消息时，只是随便提醒一下我，但这个提醒却改变了我一生的命运。

那时候我还是厂里的一名冲压工，是挺危险的一个工种，我有好几个工妹的手指都被机器压断了，江燕、玉梅，都是来厂不久的十七八岁的大姑娘，都断了一截手指。那血肉模糊的场景至今让我感到后怕。幸亏没有多久，我就被借调到了厂部，做一些文书工作，都是写一些不过脑子的豆腐块文章，因此，我能够和同时借调来的女工小张一边瞎扯一边写。脑瓜子空得实在编不出来时，我就从报纸上抄几段拼凑在一起也能交差。我的主任是个老革命，识不了几个字，他看文章不看内容，只要我把字写得工整他就高兴。不久，我被正式调到了厂部。

我们工厂橡胶车间从徐州请来了一位姓徐的师傅，来工厂没有几天，他就帮助厂里生产出了支农产品，县里领导非常重视，县委还发了嘉奖令。厂长很高兴，就让我去采访徐师傅，县报还空着版面等着用，我不敢懈怠，就到他工作的地方去。他的工作间就是在厂房的一角辟出的一块地方，刚好能放下一张桌子和几把椅子，是方便和车间领导在一起讨论工作用的。我说明了来意，他配合我很快完成了采访任务，他给我倒了一杯开水，我俩就在他的工作间扯起了闲话。在我告别的时候，他说："我能看得出，你很有潜质，你一定要努力，做个有出息的青年。"

徐师傅的话我记住了。由于种种原因，我不见得按照徐师傅的期望做一个有出息的人，但是我确实按照徐师傅的嘱咐努力了一辈子，我不敢懈怠，不敢懒惰，不敢放松学习。平心而论，我没有达到徐师傅所期望的高度,但徐师傅的话我是记了一辈子。

和我在一起上班的还有一位姓翟的姑娘,我俩在镀光车间三班倒上了两年班。那时候我的粮票不够吃,每天都是饿着肚子上班,她经常把她的粮票借给我,说是借,至今我也没有还她,她也许是有意接济我,她真是一个善良的姑娘。上夜班的时候,她老是从家里拿个白馍馍放在车间的电炉上烤,烤得焦黄焦黄,我垂涎她的馍馍,提醒她馍馍快要烤焦了,她总是说:我不饿,你饿了就吃吧。开始我不好意思吃,后来我只掰一小块吃,再后来我就不客气了。她看我几嘴就把馍吃完了,心里很高兴,斜了我一眼,就去一旁干活了。有一天我俩干完活,没事了就围着电炉取暖,她说:"你的志向不在车间,你一定会离开的。"

"不会的,我舍不得离开这地方,除非你撵我走。"

"看得出来,你是当官的料。"说完她就低下了头,我们的谈话不再继续了。

当时我不知道她为何不高兴,一时也不知道怎么安慰她。毕竟我们在一起上班两年多了,彼此都非常了解,她是个含蓄温顺的姑娘,内心世界很难敞开,但是她的话让我牢牢记住了。这不仅是对我的鼓励,更是期望,她想长期和我搭班,又不想让我一直平庸下去。

我当时笨,我觉得我欠了她一个东西,至于是什么,我说不清。是工友之间的相互体贴吗?是兄妹之间的亲情关爱吗?是男女之间懵懂的初恋吗?我都不敢肯定,我一时的迟疑让我留下了一个永远没有答案的悬念,但我一直把我们的谈话当作一

留住感动

个最有力的鼓励,我暗暗下定决心,我要活出个样子来给她看。为什么要活出个样子给她看?那一定有个后续的答案,这个答案一直很隐约,在我心里隐藏了几十年,虽然没有机会解答,但我无怨无悔,我按照她的要求去践行了。如果,若干年后,如她所言,我不是很差劲,她没有看错人,就是给了她一个满意的回复。想起我们之间的这些细微之处,我一个人的时候,感动得想流泪,一个姑娘对一个男人的期望像无形的鞭策,默默地激励我向前。有好多事情,不需要破釜沉舟地去实现,只要心里去做就行了。

你看,在我人生刚刚起步的时候,在我工作最茫然最需要有人指点的时候,甚至在我的感情世界最荒芜最需要人照料的时候,都有好心人给我提醒,给我指点,给我抚慰,除了让我感动,我还要求什么?我一生运气还算好,全靠了贵人指引、点化。我由衷地谢谢你们。

睡眠

　　睡眠有时候对我来说真是一件痛苦的事,那里从来不会有彩云阳光,不会有心爱的人,小鸟会从头顶飞过但是不会发出婉转的叫声,天永远是灰暗无光,人们总是一副严肃的面孔不苟言笑。我每每从睡眠中醒来,不是头疼得厉害就是被梦境折磨得筋疲力尽。相比较而言,我还是觉得在火车上飞机上更能睡好,虽然有时候由于睡眠姿势不对而脖颈发疼两腿发麻,但那是真真切切地入睡了。

　　说真的,每当我洗漱完毕躺到床上时,我是极不情愿的,我对床榻怀有一种敌意,它并不能让我舒展筋骨消解困倦,我得找几篇冗长乏味的文章帮我产生困意。这糟糕的睡眠让我担心第二天会不会醒来,因为我承诺过有好多事情需要去做,我答应和朋友去一趟海南,我盼望春天来的时候去南山看洋槐花,帮助工友写一份法律文书。可是一旦脱下衣服鞋袜躺在床上时,我有一种许多愿望都要落空的恐惧,如果纯粹是我自己的事情倒还罢了,但是答应别人的事情呢,人最不能原谅的就是不兑现对别人的承诺。

　　人在睡眠中猝死也是有的,这概率虽然很低,但意味着在每一个人的睡眠中都可能发生,就像坐飞机是安全的,但是总有发生危险的可能,况且夜晚捉摸不定的事情太多了,很多稀奇古怪的事情都发生在夜晚。人们睡着了就好像到了另一个世界,常常和死去的亲人比如父母在一起互动。梦境中的那一刻恍若死去了,待第二天早上睁开眼,发现自己还活着,真是个奇迹。这种体验每一个人一生都会经历千万次,最终那一次,那脱在床边的拖鞋是再也不会穿到脚上了。

健康正常的睡眠使人的所有器官都处在休眠状态,只不过对我来说是很奢侈的。我的睡眠总带有一种肢体的搏斗,醒来时常常感到筋疲力尽,有洗澡出来找不见衣服的窘迫,有被人追赶得上气不接下气的疲惫不堪,有参加高考不会答题的害怕,还有拼死拼活得不到的失意,很少有快乐的事儿。我不知道为什么乱七八糟的事情都在睡眠中发生,好像在放映自己过去生活的幻灯片,那一景景一幕幕显现的都是过去最糟糕最失败的经历,重复地毫无意义地放映出来,让人无比懊丧。宇宙要是没有夜晚,人一直活在白天该有多好,不仅生命被延长了一倍,而且那该死的睡眠大家都不要经历。

南希说"睡眠是一种植物生长般的运作",是"被那些在睡眠中休息的器官所从事的其他新陈代谢贯穿",这是对睡眠医学的诗意解读,人体能的恢复,精神的重振,新陈代谢的完成,也许都要通过睡眠来实现,凡是思想者,都难以完成南希所说的完美的睡眠过程。当然,正像一滴水难以承载阳光之重,我无法解读人类睡眠究竟是怎么一回事,好在南希对睡眠的见解是个体的体验,达到那个最佳的睡眠状态是很难的。我还是很欣赏美国诗人毕肖普对睡眠的精妙描述,她说睡眠是对"正睁着眼的熟睡者或无法安眠的死者播放一帧帧流动的画彩",有谁能够进入睡眠的理想状态?毕肖普不能,因为她是人类灵魂智慧的探索者和发现者,就代表了多数人的睡眠是不理想的,想通过睡眠重新演绎自己过去所有悲伤和欢喜的经验,人有比猪发达复杂的大脑,就不能像猪一样睡得那么香甜。

我说的睡眠是我发觉能把古今中外任何一个场景都搬到睡梦中来,但必须是你在过往的生活中直接或间接地体验过。有一次,我到日本旅游,住在东京的一家酒店里,梦见了我已故多年的父亲,父亲用不舍的眼光目送我离他而去,好像要对我叮嘱什么,但嘴唇似乎没有动,我醒来时泪流满面,懊悔父亲想说的话竟没有说出口,这成了我好久好久的遗憾。在异国他乡为什么能梦见父亲,这让我惊奇无比,这大概就是睡眠的暗力量吧。

让我们一起来读一读毕肖普的《野草》吧,未免凄冷:

我梦见那死者,冥思着/我躺在坟茔或床上/(至少是某间寒冷而密闭的闺房)/在寒冷的心中,它最后的思想/冰封伫立,画得巨硕又清晰/僵硬闲散一如那儿的我/而我们并肩保持不动/一整年,一分钟,一小时。

这是毕肖普《野草》开头的一节。和她并肩躺着睡眠的是谁?是爱她而她不爱的人吧?真让人心酸。

无题

　　那是一段很柔美的旅程,从出发到回程,仅仅用了一个下午的时间。

　　我不忍心用一个随意,一个无法恰如其分形容出来的美,把它消化掉,就像我突然得到一块奶糖,我想用它来甜蜜我的一生,生怕它坚持的时间不够长,就像一束花无法收揽整个春天,一筐果不能容纳整个秋天,我当然不能用一个章节来描述我无边的收获。多么像广漠的沙漠中那仅有的一点绿色,仅有的,并且很快就会干枯。我知道,在我的心中,本来就没有绿色,那感人的舍施,并不是我有资格享受的,只是大慈大悲的佛来拯救我,因为黑暗苦旅使我迷失,我不知道如何走出沼泽迎来坦途,走出阴暗迎来光明。

　　有时候我叹息,都说好人有好报,我不曾作恶,一生用善意对待世界,因此我想得到一份奖赏,可是也许有比我做得更好的吧,在我前面有长长的等待领奖的队伍,我害怕今生自己没有希望,但是我还是苦苦等待。有梦想总比没有梦想好吧,如果不是想着明天会到来,我还有什么勇气活过今天? 我还会在品格的修道院里继续修行,心里还存有一片希望,尽管虚无缥缈,如海市蜃楼,我还是要用足够的耐心坚持下去。因为,我有缘和我一生的渴望近在咫尺,在她没有注意时,我是那么近距离地欣赏她,小心翼翼地看她的脸色,听她轻轻的喘气声,闻她特有的芬芳。我用冷静的外衣来掩饰我惊慌的心,我知道我的心跳加快,但是我还是用一层坚硬的空气来阻断我和她之间的距离,后来我感谢我做得对极了,只有珍惜,我才会有更加美好的追想。

有一个朋友给我发来微信,说假期里没有地方玩耍,我给她回复说,只要有好心情什么地方都是好玩的地方。不是吗,还是那不起眼的小山岗,那不讲究模样的碎石块,那有着紫色花的野荆、沧桑的黄蒿草、散落的十月菊,还有那形单影只的蝴蝶、忙着储备过冬的虫蚁,再怎么给它添色也还是一样。可是,你像一个美丽的梦境,使万物都进入幻想;你像一只自由翻飞的蝴蝶,招惹得大家心花怒放;你用一个你,让一棵小草一块顽石一簇灌木都变得十分美丽。你是如此慷慨,把你的美与大家分享。

你对我十分信任吗,你和我讨论了你还要不要再生一个孩子的问题。这是你很私密的问题呀,我觉得你率真得有点儿傻。我嘴上说你可以评估一下,只要身体状况允许当然可以,心里想一个美丽再生出一个美丽,那真是人间绝唱。你单纯得像一个布娃娃,透明得像一块无色玻璃,自然得像孩子笔下的图画,你没有目的不会算计像干净的水清澈见底。你无须添枝加叶泼墨写意,你永远是现在的你,永远不要有一丝改变。

你心地善良,这是美丽的首要条件;你温顺柔韧,天生不会怒对别人,把最大的委屈最大的误解咽进肚里,用善良化解别人

　　　　　　　　　　无题

的过错。你认为一只蚂蚁一朵鲜花一棵小草都有生命的尊严,你常常为苦难潜然泪下,为不幸悲天悯人,我知道这不仅仅是后天教育还有天赋使然。

我很庆幸认识了你,你给我灰色的生命加进了欢快的元素,使我看见了生命的曙光,我变得愉悦,觉得自己必须健康地活下去,还有谁比我活得更精彩?我变得自信安静沉着,生活原来是那样有滋有味,我信心十足,我不再需要什么了。

我庆幸和你是朋友,因为我感觉尽一份朋友的责任我还有能力,若是要我承担更大的责任,我恐怕会辜负你的美丽。你美丽得恰到好处,迫使我也表现得恰到好处,你是鲜花我是野草,就这么优劣搭配相处到老。

爸爸和妈妈的婚礼

一

农历五月二十八,也就是下个月的第一个周末,是爸爸和那个女人结婚的日子。看来我得为爸爸做些什么,毕竟这是爸爸的终身大事,要不然大家都会说我不懂事,我都是十二岁的女孩了,不能再那么任性。于是,我硬着头皮跟我妹妹,就是那个女人带来的女儿商量商量。平心而论,她是个很乖很温顺的女孩,有几次我故意找碴向她发火,但无论我如何发难挑衅,都很难让她上火,和我干一次架。也许是她和妈妈来我家生活,站在我家屋檐下的缘故,她什么都让着我,但我还是把她和她妈妈置于我的情感防线以外。我似乎担心她俩挤占我妈妈在我心中的位置,我知道她们的任何努力都是徒劳的,妈妈是我唯一的妈妈,虽然现在我要向她们做一些妥协,那是为了爸爸,爸爸又上班又做饭洗衣,真是不容易,需要一个女人来操持这个乱七八糟的家,但充其量那是爸爸的女人,任何人不能妄想顶替我妈妈在我心中的位置。

三年前我正在上语文课，被老师叫出了教室，爸爸就在门外等我。看见爸爸红肿的双眼，我预感到有一种极大的不幸向我袭来，我只是紧紧地握着爸爸的手，紧紧地依偎着爸爸向家里走去。几天前，妈妈得了急性脑瘤，从市人民医院转到省医院又转到上海医院，现在什么样了？我想问爸爸，但是又不敢开口，此刻我不想急于让爸爸回答我，我想故意把数学题做错，我想延长从学校到我家的路程，此刻任何一个最小的愿望我都不想去实现，我怕分散了对妈妈的祝福，我的愿望已经降到了最低点，我只想得到一个虽然不太好但是又不会让我彻底绝望的答案。快到我家门口的时候，爸爸停下来，把我搂在怀里说："女儿，你都大了，我知道你能够承受你妈妈离开你的事实。"

　　那几天我不知道自己是怎么挺过来的，无论我如何哭地骂天，妈妈是永远离开我了。每当我想妈妈的时候，只能放学后到村西头妈妈的新坟前默默地流泪，而爸爸每次都悄悄地跟在我的身后，他怕我害怕，可是只要和妈妈在一起，我就什么都不怕。妈妈只不过是累了，躺在新坟里休息。我坐在妈妈的新坟前，把脚下的黄土一把一把掬到妈妈的坟上。妈妈，你在做什么？你就那么狠心撇下女儿独自一个人躲清闲吗？你知道女儿是多么想你？每次上课我都坐在教室里发呆，老师讲了些什么我根本没有听进去。妈妈，你知道吗？每次吃饭我都难以下咽，奶奶心疼得流泪，可是一口汤我也咽不下。妈妈，我跟你顶过嘴，我在你面前淘气过任性过，可是我知道你是我妈妈，再怎么你也舍不得拍打一下我的肩头。妈妈，现在天就要黑了，我不得不暂时和你分别，你睁开眼看看你的女儿，你坐起身来抱一抱你的女儿，你再亲吻一次你女儿的额头,你再把女儿搂在你怀里,给女儿梳梳头发扎扎辫子。过去你无数次给女儿做这些的时候,女儿总是漫不经心地去享受这一切,因为妈妈给女儿的疼爱就像那永远挖掘不尽的宝藏,女儿没有一点儿一点儿去享受珍惜。妈妈,再给女儿一次机会吧,女儿只要一次,绝不贪多。

泪水像大水漫堤淹没了我的思念,我的泪像黑色的雨滴,飘落在妈妈的坟头。天色暗下来了,夜色像硕大的布幔,把爸爸和我笼罩在妈妈的坟前,世间万物都隐没在褐色苍茫中。爸爸就在我的身后等我,他上了一天班还没有吃晚饭,我得和妈妈告别陪爸爸回家,我站起身,牵着爸爸的手一步步往家走。一路上谁也没有安慰谁,爸爸和我一样清楚明白,任何想安抚对方的语言都令人讨厌。

二

爸爸不知道从哪里找来的那个女人就和他一起住在我家的上房里,已经过去半年多了,这让我愈发不能接受。没有经过我的同意,甚至没有和我商量一下,她就住进来了。要知道我们家除了爸爸之外,我就是第二个重要的人。自从妈妈去世以后,我的防范之心像大人一样,我感到有一种替妈妈守护什么的责任,情感?位置?角色?我不得而知,反正我是从心里不能接受她。为了不难为爸爸,我暂且叫她阿姨,除非万不得已,十天半月我都懒得叫她一次。

说心里话,她把我照顾得简直无可挑剔。每次放学回家,我

爸爸和妈妈的婚礼

把书包往沙发上一扔,她就笑嘻嘻地把饭菜端到桌子上了。我想四处找碴,可是她没有给我机会,她好像知道我的心理活动,我所需要的她就及时地摆在我的面前,我想发一顿脾气的由头都被她化解在发作之前,她要是我的妈妈,肯定会把我宠坏的。但是我心里明白,她对我无微不至的照顾里包含有一种企图,她想换取我的妥协,我知道我给全家出了一道难题,奶奶都抹着泪水给我说几次好话了,但我的心就像钢铁般没有被他们软化。

有一次,我正在写作业,她不打招呼就进来了,我气愤地把作业扔了一地,她急忙给我赔不是,把我的作业从地上一本本捡起来,然后知趣地轻轻走了出去。她知道我的脾气不好,从来不敢碰我一下,在家里,我就像难以伺候的皇上,而她则扮演一个小心翼翼的丫头,这让我心里挺舒服。我想用什么法子报复她一下,可是没有机会,她很有韧性,一切矛盾都被她消解掉了。自从她来以后,我们家一直风平浪静,爸爸脸上露出了少有的笑容,家里也被整理得井井有条,作为一个女人,这是难能可贵的,但是我仅仅勉强叫她阿姨,还是看在我爸爸的面子上。

进我家门半年多以来,她已经给我买了好几件衣服,都被她叠得整整齐齐放在我的床头。说实话,她给我买的衣服质地款式都不错,要是我妈妈还舍不得花这么多钱,但是我从来没有想穿的念头。有一次我放学回来,她拿出刚从街上买来的一件外套在我面前抖开,想让我穿上看合适不合适,我不屑一顾地走到一旁,我把女孩子对新衣服的欲望隐藏得很深。她自知没趣,讪讪地走进堂屋,妹妹在一旁看不下去了,第一次责怪我:"我妈妈好心好意给你买了新衣服,从来不给我买,老让我穿你穿旧的,你还不领情,还惹我妈妈生气。"说完,她泪水模糊地走进堂屋,走到她妈妈面前。我往堂屋瞟了一眼,她陪妈妈一起哭,她妈妈的肩头一抖一抖的,好像哭得很伤心,我第一次发觉我做得太过分了。

唉,无论从性格还是品行上说,她都是一个好妈妈。自从她到我家后,为了这个家,她没少操心,那好看的瓜子脸,那细腻白皙的皮肤,都变得有些苍老粗糙了。但是,让她做我的妈妈,我能够接受吗?我应该接受她吗?我很纠结,心里很矛盾,我承认我的心开始慢慢动摇了,她用一点一滴的爱渐渐感化了我,我躲在房里,趴在床上伤心地哭起来。我太任性,我太随意糟蹋她对我的疼爱,我第一次觉得我对不起阿姨,想跪在她的面前叫一声妈妈,那是我发自肺腑的,愧疚开始在我心头弥漫。有什么感情能够替代女儿和妈妈之间的感情呢?人世间原来并非亲生的才是妈妈,阿姨就是我的好妈妈,我的心足够宽大,能容得下两个好妈妈的爱。

三

妹妹今年八岁,和我在一个小学,她上二年级。她两岁的时候爸爸就去世了,因此她对她爸爸的感情不是那么深,爸爸离开的痛苦早已被她忘得一干二净,这是她能够很快融合在我爸爸情感里的原因。我爸爸很喜欢她,她也很喜欢我爸爸,莫非爸爸爱屋及乌?有时候看见她在我爸爸面前撒娇的样子让我很嫉妒,她真的大有兔子占窝的野心,这也是我对她反感的原因。我爸爸对我的爱，不是她玩几个小把戏就能剥夺的，我心里非常自信，我懂我的爸爸，自从妈妈走了以后，爸爸对我的爱是无以复加的，也无法动摇，在爸爸眼里，我永远是第一，她充其量是老二。

开始爸爸让我和她睡一张床，在我的坚决抗议下，爸爸应我的要求给我们买了一张高低床，喜欢睡在上层或者下层由我决定，而她每次都顺从我。这让我有一种实现统治欲的快感，这种一边倒的权利归属是我们俩长期没有发生矛盾的必要条件，因此我不能像对待她妈妈那样胡乱找碴，因为她比我小四岁，我是大姐姐了，况且每天有一个小伙伴给我做伴让我不再那么寂寞。有一次她发烧，她妈妈把她带走在上房住了两天，我一个人住着还真感到孤独。时间长了她还真成了我生活和学习的好帮手，比如我写作业的时候不小心把铅笔或者文具盒碰到地上了，不用我吩咐，她就会马上给我捡起来。

我只听说过她爸爸是因为一次车祸而离开她们娘俩的，那时候她才两岁，还不到记事的年龄，这对她的打击或许会小些。有一天夜里，我俩写完作业了，都还没有睡着，我问她记不记得爸爸的模样？她说不记得了。我问她想爸爸不想？她说不想。我又问她为什么喜欢我爸爸？她说我爸爸脾气挺好的。我再问她我爸爸和她妈妈哪个她更喜欢？她老实说妈妈。和她聊天虽然没有什么意思，但是她很诚实，简单得像一张白纸，她对人世间的喜怒哀乐感受得还不是很深刻，还没有学会深沉。八岁和十二岁，二年级和六年级，到底是年龄还是知识阅历的差异？她真的比我单纯许多。

有一次我爸爸生日，我们一家四口去广东菜馆吃饭，我预先给爸爸准备了一份礼物，想给爸爸一个惊喜。开席的时候，我拿出一盒彩蝶牌香烟和一只漂亮的打火机，我反对爸爸吸烟，但是自从妈妈去世后，爸爸吸烟吸得很厉害，一时还断不了烟瘾。在爸爸生日的时候，我有意让爸爸放纵一次。一共花了十二块钱，这钱都是阿姨给的零花钱，平时我舍不得花，攒下这么多。就在大家开始吃饭的时候，妹妹从怀里掏出一张折叠的纸，打开一看，是她画的全家福，爸爸和阿姨并排坐在一张椅子上，我和妹妹并列两旁。不知她是有意还是无意，她把我画得很大，而她却矮矮地依偎在爸爸身旁，这是任何人看了都心酸动容的一张画。不知道爸爸和阿姨心里是怎么想的，我看过后心里顿时增加许多对她的疼爱，这张画真实地反映出她在我家的地位。这不是坐标或者排序，而是心理层面上的位置，是不是平常我太强势，给她心灵带来了阴影，让她长期形成一种心理压抑？我开始深刻检讨自己，用什么方法来补偿我对她造成的伤害呢？我心里很快闪出一个念头，今天是爸爸的生日，我要给爸爸、阿姨，也给妹妹一个更大的惊喜。我端起一杯茶走到阿姨面前，郑重地说："爸爸和妹妹都听着，从今天开始，我要对阿姨喊妈妈。妈妈，请用茶！"

妈妈先是惊呆了，随后泪水哗哗往下流，爸爸也感动得泪流满面，妹妹"哇"的一声扑在妈妈怀里，我们一家人都哭成一团，邻座都惊奇地看着我们一家人，不知道发生了什么。

我们一家人的心都被泪水紧紧地裹在一起，从此不再分离。今天是我们一家人最幸福心灵距离最近的一天，或许因为我的执拗而让这种幸福迟到了很久,但我是十二岁的大姑娘了,我知道应该用什么方法敬爱我的妈妈,也知道如何带好我面前的妹妹。从爸爸生日的那天起,我得用骨肉亲情作为原料,打造我们和谐安康的小船,让我们家度过一切艰难,驶向幸福的港湾。

四

我们一家的和解很快传到爷爷奶奶的耳朵里了,老两口很高兴。晚上,奶奶把我拉到一旁告诉了我一个秘密:妈妈怀上宝宝了,是一个妹妹,都四个月大了。这让我很惊喜。这还未出生的妹妹对我们家真是个福音,我们家的关系会因为她的到来而变得更融洽,两股亲情也会因为她而变成一股。未出生的妹妹,你的两个姐姐都热切地希望你在妈妈的肚里住够十个月,然后顺利降生,爸爸妈妈和姐姐们,都把爱倾于你一身。

看来妈妈要怀着身孕举行婚礼了,这让我格外紧张。爸爸说准备让婚庆公司来主持,我告诉爸爸由我和妹妹来主持,爸爸开始不放心,后来同意了。当然,会场的布置还有音响道具由婚庆公司提供,我和妹妹负责整个流程的进行。大人们都为我俩担心,怕我们怯场,而我和妹妹都信心满满,我俩有决心把爸爸和妈妈的婚礼办得完美、独特。

节目和歌曲的选择都是在秘密的情况下进行的,我和妹妹约好,任何人都不准透露风声,并且都不准耽误功课。剧情只有在充满悬念的情况下才好看,我们虽然不懂编剧,但是我俩知道如何营造出他们最幸福的时刻,爸爸和妈妈的婚礼会因为两个女儿的主持而精彩。如果没有爸爸和妈妈的付出,没有我们一家人的共同努力,没有亲情的长久浸润,我们家不会有幸福的今天。

爸爸和妈妈大喜的日子终于到了,亲朋好友坐了满满当当二十几桌,整个大厅里响起美妙的音乐。上午10时整,爸爸和妈妈的婚礼正式开始了,我和妹妹穿着漂亮的连衣裙登上舞台。爸爸今天穿了一身蓝色西装,显得英俊潇洒,妈妈穿着拖地的白色婚纱,显得美丽动人,他俩手牵手站在我们的身后,大厅立刻安静下来,大家的目光都投向我们,他们肯定都在心里感叹这场奇特的婚礼。我和妹妹一起深深地向大家鞠了一躬,感谢大家的到来。

"今天,我们一家五口和各位亲友一起,共同庆贺这个大喜的日子。"我故意卖了个关子,"可能有人会问,台上明明是四口,为什么说是五口呢?告诉大家,还有一口就是我俩的妹妹,在我妈妈的肚子里,今天也来参加爸爸和妈妈的婚礼了!"

台下掌声雷动,我看见好多叔叔阿姨爷爷奶奶眼中都闪着激动的泪花。最后,我和妹妹合唱了一首《亲情》:

不要鲜花,不要掌声/只要亲情像溪水涓涓流动/妈妈的爱,爸爸的情/浇筑在我们幼小可爱的心灵/天地长久,岁月悠悠/亲情和日月辉映同在同行/爸爸妈妈,妈妈爸爸/有什么能够摧毁我们坚如磐石的亲情?

最后,我哽咽着唱不下去了,我和妹妹扑到爸爸妈妈的怀里。我把耳朵对准母亲的肚子,似乎听见妹妹踢打母亲的肚子。她是不是和着两个姐姐的歌声,在欢快地伴舞呢?

手术

一

今天是 4 月 23 日,周六的天气尚好,温暖的阳光把洛阳古城照得古香古色,满城的孩子们难得放下书包在公园里玩耍,可是崔央昕已经在洛阳正骨医院躺了三天了。这三天来,崔央昕表现得很坚强,尽管他的体温已升到了 39 摄氏度,几天来只喝了少许的米粥,五天了解不下大便,伤口的疼痛让他不时皱起眉头,但他还是忍着不让眼泪落下来,他怕妈妈担心。三天前的下午,幼儿园放学后,他骑着童车在小区里玩耍,不小心摔断了胳膊,爷爷和妈妈急忙把他送到市人民医院,骨科的医生看了片子说要做手术:"这孩子摔得严重,手术后可能会留下后遗症,你们家长决定做还是不做。"

我们很快做出了决定,立刻把崔央昕送到了洛阳正骨医院。

上午 11 点 58 分,崔央昕躺在绿色的手术车上,从病房里被推进了手术室,爷爷奶奶、外公外婆、爸爸妈妈、姑姑姨姨都紧紧跟在手术车后面为他鼓劲,大家都在心里为崔央昕祈祷,盼望他能够一切顺利。

三楼手术室，一扇厚重的铝合金自动门缓缓打开，崔央昕被护士推进了手术室，自动门又缓缓关闭，崔央昕就消失在大家万分疼爱的目光中。他一个人进了静穆、神秘又恐怖的手术室，一种莫名的担忧向亲人们的心头袭来。在手术室外焦急等待的病人家属坐在连椅上，又不时站起来来回走动，显得焦急又无奈。这是一家大型的三甲骨科专科医院，负责为崔央昕做手术的是儿科的万主任，他仔细地检查了崔央昕的骨折情况，很自信地安慰大家："请家属放心，这孩子手术后百分之百没有任何后遗症。"万主任的话让我们很感动，一颗揪紧的心终于放了下来。

在崔央昕被推进手术室的那一刻，我有点心酸，眼角潮湿了。作为爷爷，我和崔央昕的感情最深。我俩每天都要通一次电话，他在放学回家的路上往往第一时间就给我打电话，告诉我他今天又受到了老师的表扬，又得了两朵小红花，还把发生在他学校的一些事告诉我，这几乎成了我俩之间的一种默契。幼儿园对孩子们的奖励实行积分制，他已经积三百多分了，可以在幼儿园兑换一只他喜爱的玩具或者是一盒七彩的铅笔，可是他一直没有舍得去兑换。他的目标是积到五百分，可以兑换一个漂亮的书包，为妈妈省下一笔钱。

崔央昕是在我的眼皮底下一天天长大的，我懂得他的心思，有时候他尽量装出大人的模样。现在他在东街幼儿园读学前班，非常讨老师和同学们的喜欢，今年九月就要读小学了。

望着手术室冷冰冰的铝合金大门，我心里一阵阵紧张。从崔央昕被推进手术室的那一刻，我就知道一场严峻的考验摆在了崔央昕面前,要知道他还是一个六岁的孩子。手术室里是另一个世界,是外科医生和病人用手术刀和意志做健康交换的地方。而里面的某一个手术间,躺着一个六岁的孩子,他听话、品学兼优,那就是崔央昕。此刻在无影灯下,医护人员正在忙碌,锋利的手术刀在强烈的灯光下发出骇人的寒光,它可以用来矫正残缺、拯救生命。一会儿,崔央昕右胳膊肘的关节处稚嫩的皮肤,就要被这锋利的手术刀拉开,他的手术从这里开始。就像要割去我的心头之肉,我的心一阵疼痛,我真想和崔央昕换一换位置,我去躺在手术台上,替崔央昕受罪,替崔央昕流第一滴血,可是手术室无情的大门把我和崔央昕隔开,连多看他一眼的机会都没有。外科医生都很冷峻果断,我担心崔央昕忍受不了外科医生的严肃,更担心那雪白的手术间让崔央昕难以忍受,但是做手术是要有几分残忍的,凡是受伤的病人都得忍受这种残忍。今天,这种残忍毫不留情地落在了崔央昕身上,想到这里,我眼睛有点模糊,怕别人看见,就扭过身子用纸巾拭去。

　　麻醉师为崔央昕注射麻醉剂了吧?这六岁的孩子,这幼小的心灵,这稚嫩的意志,这弱小的身体,这懵懂的认知,这娇嫩的肌肤,这一刻不离关爱的生命,这在家人一天天呵护中长大的孩子,能够承受一场不算小的手术吗?那每一处伤口,每一个疼痛,每一声呻吟,都牵动着一家人的心。大家都在盼想着,一分钟后手术室的大门被打开的那个瞬间,被推出来的是崔央昕,他安详地躺在手术车上,深深地熟睡了。好像经过了一次长时间的玩耍后,他累极了,在梦中做了一个绚丽多彩的梦,梦见一束束祝福的鲜花,簇拥在他的病床前,有爷爷奶奶送来的,外婆外公送来的,爸爸妈妈送来的,姑姑姨姨送来的,还有幼儿园的小朋友送来的,崔央昕终于睁开了眼,感激地看着大家,脸上露出许久不见的笑容。哎呀,这个漂亮的小男娃,表现得真够顽强和勇敢,大家都深深被崔央昕感动了。

突然,手术室的门打开了,我们一家人急忙围过去,可是不是崔央昕,是一个三十多岁的年轻人,腿部做了手术,被他的家属推去病房了,大家感到很失望。仔细想想,崔央昕才被推进手术室十几分钟,不可能这么快的,大家太替崔央昕揪心了。我趁手术室大门被打开的一瞬间向手术室里望了望,只见长长的走廊两旁都是手术间,不知道崔央昕究竟在哪一个手术间里,不免更加替他担心。此刻,崔央昕在做什么或者要被做什么?如果他此刻还没有被注射麻醉剂,头脑清醒,他一定很惊恐,这个时候,如果有一个亲人,无论是爸爸妈妈还是爷爷奶奶,只要有一个亲人给崔央昕做伴就好了,他就不会那么孤独无依,就不会一个人去承担那巨大的痛苦,那幼小的心灵就会得到一份安稳,就会有人替他擦去眼角的泪水,就会有人替他壮胆,就会有人安慰他说:"毛毛不怕,一会儿就好了。"可是此刻没有人在崔央昕身边,整个手术,以及手术中发生的一切,都由崔央昕一个人默默承受,这与他幼小的身心是多么不相称啊。人的成长和成熟,大概都要经过几番身体和心灵的历练才行吧。

二

崔央昕学会走路是在他第十三个月的时候吧,一家人都很惊喜,爷爷更是额外兴奋。这十三个月来,爷爷几乎是把他捧在手掌里,一天天看着他的变化。如果仔细观察,会发现崔央昕每一天都有变化,他想急于成长为大人吧,尽管在他没有出生前,爷爷已经为他起好了名字,可是那时候一家人都叫他毛毛。毛毛,这个很多人都用的名字,在我们家里,在称呼崔央昕时,被注入了更多的感情。毛毛,那一声声呼唤,那一次次默想,那一句句嘱托,那一个个期盼,包含了一家人多少关爱啊。还记得爷爷每每用手掌托起毛毛时,在哄毛毛入睡时,经常唱起的爷爷自编的歌谣吗?"毛毛,可爱的娃,漂亮的娃,聪明的娃,健康的娃",这是歌谣的开头,下面,才是歌谣的正文:

> 毛毛,吃饭饭,长高高,背书包,上学校。上小学,上初中,上高中,上大学。毛毛,读学士,读硕士,读博士。坐汽车,坐火车,坐飞机,去留学。毛毛,科学家,为祖国,为人民,做贡献。毛毛,好样的,真是棒,了不起。

开始,毛毛瞪着又圆又大的眼睛望着爷爷,好像字字不漏地听懂了爷爷的歌谣,渐渐地合上眼睛进入了梦乡。有好几个月,毛毛和爷爷似乎有了一个约定,养成了习惯,每天中午喂过奶后,非爷爷不要,都是在爷爷的歌谣中安静地入睡的。

毛毛就在爷爷的歌谣中长到了一岁又一个月,学会蹒跚走路了,尽管他走起路来有点儿摇摇晃晃东倒西歪,但是毛毛毕竟是独立从一个地方走到另一个地方的,这是告别婴儿期、走向自立自强的关键一步。毛毛能一个人完成这一切,真是一个巨大的进步,这生命的节点尽管人人都要经过,但是毛毛似乎比别的孩子进入这个阶段要快一些。

那天下午下班回家,爷爷就从妈妈的怀里把他接过来,抱着他在小区里转悠,只要有人经过,都会夸上毛毛几句。毛毛已经是一个大孩子了,不喜欢大人们更多的呵护,他挣脱爷爷的怀抱,一个人到地面上玩,可是刚刚走了几步,或许是脚下绊到了什么,一个趔趄就摔倒在地上,额头刚好碰在一块石头上,把头磕破了,鲜血流了出来。爷爷吓坏了,急忙把毛毛从地上抱起来,可是一切于事无补,毛毛这一摔可是不轻。

唉,毛毛学会走路的第一天就摔成这样,真让一家人心疼,可是毛毛表现出少有的坚强,哭了几声,就对着奶瓶大口地喝奶,似乎正用一种无所谓的样子来安慰爷爷。打那以后,毛毛连续发烧几天,一个多月都没敢下地走路,他还没有从摔伤的恐惧中走出来。后来他下地走路时就格外小心,那次摔倒的经历让他学会了选择路径,会躲避危险了,这小家伙真是聪明绝顶。

我回忆起毛毛学会走路的第一天就摔伤的事是在洛阳正骨医院手术室外的走廊上,时间是 4 月 23 日 14 时 10 分,一家人在手术室外焦急地等待着。其间,又有几个伤者被推进手术室,也有几个做好了手术被推出来的,但是崔央昕手术进行得怎么样了却不知道,大家不免更加心急。我想起崔央昕被推进手术室时还是比较镇静的,他是在安慰大家吧?崔央昕有时候的思想可真不敢低估,他能猜度出大人们在想什么,并且委婉地表达出理解和善意,这种高层次的思想沟通可不仅仅是大人们之间的事。我不是有意地夸自己的孙子,这真有点儿超出他的年龄了,我知道他的镇静是故意装出来的,他是反过来安慰大家,这是一般的孩子做不出来的。

每每想起崔央昕学会走路的第一天就摔伤的事,我就有说不出的难受。是因为我太不操心才导致崔央昕摔伤的,几年来,我总觉得欠崔央昕一些什么,我想弥补。一个孩子刚刚学会走路,就受到那么大的打击,实在太过严重,不知道他在以后的成长中会不会受到影响,比如说胆量、决心、意志和毅力。但是我知道,除了无尽的内疚以外,我什么也做不了。这件事崔央昕也许根本不会记得,十三个月大的孩子还产生不了深刻的记忆,这丝毫没有影响我俩之间的关系,爷爷和孙子,这一对莫逆之交,真是不打不相识了。

三

手术室外的病人家属渐渐少了,做完手术的都送进病房了,剩下我们一家人和几位亲戚,这越发让我焦急。我抬腕看了看表,14点10分,崔央昕进手术室已经两个小时又十二分钟了,这真是一个漫长又难熬的过程。在崔央昕没有做手术之前,我反复问过医生做手术大概需要多长时间,医生或许是安慰我,说根据崔央昕拍的片子看,最多就是个把小时。可是崔央昕进手术室已经两个多小时了还没有出来,这增加了我们的顾虑:是不是崔央昕的情况比想象得更严重?

崔央昕除了刚学会走路那天摔了一次以外,在三岁那年还摔过一次,额头被缝了四针,他姐姐崔央其有一次和他较劲,嘲笑他长大了不能当飞行员了,这让崔央昕听了很气馁,他疑虑重重地问我:"爷爷,我长大了真的不能当飞行员了吗?"我不懂医学,不知道崔央其是从哪里听到的,还是故意逗崔央昕,就安慰他说:"别听你姐姐胡说,将来科学发达了,什么人都可以当飞行员。"崔央昕听了半信半疑,但是自那以后,凡是提到开飞机的事,崔央昕都是默不作声,大概还是在思考他姐姐的话是真是假。

我最害怕看崔央昕在医院做手术时的惨景,凡是这个时候,我都躲在一旁,任凭医生把崔央昕按在手术台上,让人按住他的胳膊和双腿,用镊子把伤口剥开,用药水清洗伤口,用医用钩针把伤口缝合住,无论崔央昕如何惨叫,医生都置之不理。那一刻如同割我的心肺,可是我不能帮崔央昕任何忙,所有的疼痛和恐惧都由他一人承受。

最让我撕心裂肺的是崔央昕误吞了樟脑丸的那一次,医生说如果肠胃不清洗干净,等孩子长大了会留下严重的后遗症,那次硬是往崔央昕的肠胃里灌了十来公升的自来水。崔央昕在手术室里一声又一声地惨叫:"爷爷,快来救我!"那一声声呼唤让我撕心裂肺泪如雨下,可是我爱莫能助,任凭崔央昕被折腾了一个多小时。

为什么崔央昕小小年纪就遭受几次磨难?莫非天将降大任于是人也,必先苦其心志劳其筋骨?我不希望崔央昕长大以后给国家和社会做多大贡献,我只希望崔央昕平平安安安分守己,完成他应该完成的人生使命。他小小年纪就受到这几次磨难太让我心疼,我不止一次在心里为他祷告,让上天给他赐福。崔央昕自小受了几次罪,今后等待他的,是一个又一个平安健康。我愿在上帝面前伏惟尚飨,把崔央昕未尽的罪都加在我的身上,让我去承受一切,这幼小的生命需要特别的关爱,这不是我自私,而是要苍天大地公平。

15点7分,就在我站在手术室的走廊里为崔央昕过去几次受伤感到愤愤不平时,手术室的大门打开了。"崔央昕的家属过来!"护士大声喊道。我们十几个人急忙簇拥过去,只见崔央昕脸色苍白,眼睛紧闭,静静地躺在手术车上,大家都轻轻地呼唤崔央昕的名字,爸爸提着输液袋,妈妈在前面小心翼翼地扶着手术车往病房走去。看看医生和护士自信的脸色,我们才慢慢放下心来。崔央昕终于躲过了一场劫难,这小生命凭着坚强和毅力,在三个小时零九分的手术中,在没有人为他助力的情况下,一个人承受了手术的巨大压力,使手术完成得很顺利。

下午崔央昕清醒过来,我问他:"毛毛,你告诉我,手术为什么做这么长时间?"崔央昕仔细地回忆了一会儿告诉我:"开始给我打麻药针,后来我睡着了就什么都不知道了,再后来迷迷糊糊听医生说,麻醉药没过去,我还没有醒来,不让我出来。"

"你为什么知道?"

"开始我感到像打针一样疼,听见给我开刀的医生对护士阿姨说的。"

崔央昕告诉我这些话时,完全像一个大人在诉说手术的过程,显得轻松而又平静。这就是我六岁的孙子,和平常百姓家的孩子没有什么两样,但是他的坚强和勇敢,是独一无二的。这或许和他前几次受伤不无关系,而最主要的是人向好的本性没有受到任何污染,崔央昕用自己的方式向他的亲人们表达了一个放大的爱,那就是"乖"!

再有一个星期崔央昕就要出院了。虽然崔央昕摔伤以来,我心疼不已,但是崔央昕最疼痛难忍的时候已经过去了。我相信崔央昕经过这次磨难会更加勇敢坚强。此刻,我邀请所有和自然共和共生的万物,为崔央昕的早日康复祝福吧,未来的幸福和快乐都是属于你们的,也是属于我的乖孙子崔央昕的。

泪水

　　我是一个男人，我不记得这一生为什么事情流过眼泪，特别是在面对自己的艰难和痛苦时，我真的没有掉过一滴眼泪，我知道眼泪不能改变命运，我只相信靠打拼去改变人生。可是最近，我发现自己的眼泪多了起来，读书我掉眼泪，看电影电视我掉眼泪，看新闻我掉眼泪，在街头遇见不幸的事情我也掉眼泪，一些微小的痛苦都能引起我心灵巨大的震颤，那廉价的表现形式就是眼泪了。我是一个心很软的男人吗？这几乎颠覆了我对自己的看法，我常常为自己的心硬而骄傲，一个抗打击能力强的男人是不会常常流泪的，男儿有泪不轻弹嘛。

　　是我的感情变得脆弱了吗？以前自己的情感主要放在了赖以养家的事业上，生活让我没有更多的精力顾及其他，因此对待其他情感，对待世事的艰难，我都是模糊处理，没有专注过什么，漠视周围的一切，我深知一个鼠辈改变不了什么。但我深信，泪水是由善良所生的，当遇到人间苦难时，由善引起同情，由同情引起共助，人类才相互搀扶着走到了今天。我发现，在我的内心深处，仍然埋藏着善，它使我良心不泯。

　　去年，我在读一份小报时无意中发现有几个考上大学的孩子凑不齐学费，我就瞒着家人，从不多的收入中拿出一万块钱交给团市委，赞助了三个女孩子上大学。团市委的工作人员问我为什么要赞助女孩子，我说女孩子相对能力要弱一些。我真是这样想的，后来我发现其中一个女孩子的家境更苦，我知道了她的家庭状况以后，真的为她流过眼泪，下决心要供养她到大学毕业。可是后来我觉得做了好事不能张扬，特别是赞助了女孩子更不能张扬，否则好像我怀有不良企图似的。但是我不埋怨任何人，这是我自己做的决定。

今年暑假，美国、俄罗斯、斯里兰卡等九个国家的在华留学生参加了亲密接触中国活动，他们到贵州偏远山区的留守儿童家庭中，亲身体验留守儿童的生活。让我感动流泪的不是那些留守儿童的生活有多么苦，而是他们面对那些出身富裕的洋学生所流露出来的诚实、敦厚的人性。人，无论多大年龄，也无论处于什么社会地位，如果始终保持了深藏在心里的那一份真诚，那这世界会变得多么美好。可惜我们永远回不去了，这充满尔虞我诈的社会，人性都变了，人们都得互相提防着过日子。

我想，眼泪这东西，也是人类真诚的表现，一个常常为人类社会的痛苦和不幸流泪的人，最起码他还有一颗善良的心，因此社会无论如何不会沉沦下去。

　　　　　　　　　　泪水

不被污染的心灵

　　在接崔央昕回家的车上，我俩谁也没有说话。这家伙从小就爱一个人静静地思考，有时候钻到阳台上鼓捣他的战车或者是机器人，一个上午都不出来。此刻他装出很高傲的样子，好像他是我的领导，而我是他的司机。我在前面开车，车速在20迈以下。现在是下班时间，车辆在灰蒙蒙的傍晚缓慢前行，有的路口需要等几个绿灯才能过去。

　　在汤帝街路口，我足足等了十几分钟，前面的车一动不动，大概是一辆车抢道，和另一辆车发生了刮蹭，交警正在处理。看来一时走不了了，我干脆熄了火，打开车上的音响，听一个火辣辣的嗓音唱《火辣辣的姑娘》。我只管听歌，向来不问是谁唱的，起初我以为自己是在蹭别人的天籁之音，后来才知道我买了他的碟子就已经买了他的歌声了，这种廉价的分享在一百多年前就有了吧？开车累的时候听听歌是很提神的。崔央昕不理睬我，我就想我自己的事。

　　后排还是悄无声息，我忍不住回头望了望崔央昕，只见他歪头枕着两只胳膊，望着窗外。他坐在车里，脑袋刚好超过座椅靠背，一头毛茸茸的黑发，像蜷缩着的一只小猫。这时车厢里已经暗了下来,崔央昕一动也不动,像夜色中儿童服装店的模特。

"崔央昕!"我大声叫他,怕他睡着了。

他坐直了身子,懒洋洋地伸了一下腰,看样子真的快要睡过去了。

以前崔央昕可不是这样的。以前只要我把他领出幼儿园,他就蹦蹦跳跳一会儿也不得安生。上了车,就嚷嚷着让我给他讲故事,或者一个接一个给我提问题,没完没了。有时候我一边开车一边给他讲,遇到状况我精力集中,故事一中断,他就紧催我:"然后呢?"

"小花狗奋不顾身地冲上前去,把狐狸按倒在地,狐狸只好松开口,大公鸡得救了。"

"然后呢?"

"大公鸡受伤很重,脖子上鲜血直流,两只眼睛紧闭着,一动也不动。"

"然后呢?"

"小花狗急忙打120,大家七手八脚把大公鸡抬上救护车,送往人民医院。"

"然后呢?"

"外科大夫很及时地给大公鸡做了手术。手术完毕,大公鸡被推进了病房,输上液,这时候大公鸡醒来了,大家都长长出了口气。"

"然后呢?"

"过了几天,大公鸡伤口好了,就蹦蹦跳跳地背上书包,和小朋友们一起上幼儿园去了。"

　　　　　　　不被污染的心灵

"然后呢?"

故事到这里应该结束了,可是崔央昕还一个接一个地"然后",刨根问底,问得我张口结舌。

不知道是谁教会崔央昕"然后"这个词的,打两岁起,他就用"然后"和我肚子里的故事较量,看谁输在最后。有时候真让我搜肠刮肚,故事讲得很不精彩了,他还是缠着我,一个接一个的"然后"。

看样子我得用故事把他的瞌睡赶跑。一听说讲故事,崔央昕立刻来了精神,把头从前排两个座椅中间探过来,而我还真没想好给他讲什么。

"开始。"他催促我。

"很久很久以前,日本鬼子动员三个师团大举进攻咱们解放区,彭德怀大将军奉命去抵抗日本鬼子的进攻。"我发觉这个故事不好讲,但是来不及改了。

"然后呢?"

"彭德怀大将军率领八路军悄悄埋伏在公路两旁,等到日本鬼子进了埋伏圈,就命令一齐开火,日本鬼子被打得哭爹叫娘,立刻倒下一大片。"

"哈哈。然后呢?"

"日本鬼子恼羞成怒,就调遣更多的日本鬼子打八路军。"

"然后呢?"

"由于寡不敌众,彭德怀大将军就率领八路军撤退了。"

"唉。然后呢?"

我知道按照崔央昕的想法,八路军只有取得胜利才过瘾,但是我还是要客观一些。

"然后,八路军躲到大山里了,日本鬼子怎么也找不到。"

"八路军是谁? 然后呢?"

"八路军是解放军的哥哥。"

"解放军怎么不上? 然后呢?"

"妈妈还没有把他生出来。"

"他妈妈是谁? 然后呢?"

"解放军的妈妈吗?"

"告诉我,解放军的妈妈是谁。然后呢?"

故事真的不好再讲下去,可是崔央昕穷追猛打。

"快些告诉我,解放军的妈妈是谁。然后呢?"

"解放军的妈妈是咱们共产党。"

这时候到小区门口了,崔央昕的妈妈在门口等他,给我解了围,打那以后,这类故事我再也不敢给崔央昕讲了。

　　　　　　　不被污染的心灵

孙子的味道

2010年农历七月十六，那天对我们家来说是个欢天喜地的日子，我的孙子毛毛来这个世界报到了。现代科技使我们预先知道了即将来到我们家的小生命是个男孩儿，他的两个天使般的姐姐已经先后来到了我们家，让我们全家紧张了好几年，也高兴了好几年。生活太井然有序，有时候真的需要一些乱七八糟，两个孙女又哭又闹的同时又唱又跳，使得家里越来越离不开她们了。再有几个月，毛毛的妹妹妞妞也要出生了，毛毛真不愧是个男子汉有担当，提前来为妹妹探路。眼下的中国是个养不起孩子的社会，但是我们家丛林般的人口结构，真的需要有小树新枝，大家节约一点儿还是能多养一个孩子的，于是就决定要毛毛和妞妞了。今天，全家人早早来到人民医院，先欢迎毛毛的到来。

人民医院四楼是妇科产房。我们一家人出了电梯来到四楼走廊，手术室外面已经有好几对老夫妻在焦急地等待他们的宝贝出生。原来我们的孙子毛毛在来这个世界的路上一点儿也不寂寞，在他之前已经有两个姐姐和一个哥哥进了产房。等一会儿护士又抱出来一个，不是毛毛，又抱出来一个还不是毛毛，我不免有些着急。

我看了看手表,是上午 9 点钟,手术室月白色的门紧闭着,我不安地在走廊里踱来踱去,心想毛毛不是在和爷爷捉迷藏吧?只要手术室的门打开一次,我都会屏住呼吸,紧张得心跳加速,我几乎快要闻到了毛毛的味道。直到别人从护士怀里接过孩子,亲亲地轻轻地做出亲吻的动作,满怀喜悦地走开,我才又开始踱步。

手术室外面等候的人越来越少了,大家都有了满意的结果,唯独我们一家人还在焦急地等待。大家一脸严肃,想的是同一个问题,都替毛毛担心。毛毛,你看咱们一家人是多么真心实意地欢迎你,小抱被小褥垫小衣帽小鞋袜,还有你的奶瓶、铃铛,甚至知道你不守规矩,还给你准备了尿不湿。你的第一顿餐当然是温温的白开水,你第一次来到这干燥的环境里,一定口渴;第二顿餐才给你调 30 毫升的奶,浓度当然不能太高,你的肠胃要有一个适应过程。你这个可爱的宝宝啊,从怀你的那一刻起,你妈妈每一顿饭都是为你设计的,你长出一个什么模样来,才对得起一家人的辛苦付出?

手术室的门又一次打开了,手术室外面立刻弥漫出一股温馨的味道,腥腥的臊臊的奶奶的甜甜的,把医院消毒液的气味都给改变了。护士最后抱出一个婴儿,我们一家人都围过去,毛毛的奶奶从护士手中接过毛毛,先是骂毛毛来迟了,然后又夸毛毛来的时辰真是好。

等到妇女们在病房里一团糟地忙过了,才有人喊我去看毛毛。之前我无数次猜想过毛毛的模样,但仅仅是猜想,我立刻就

　　　　　　　孙子的味道

要见到真真切切的毛毛了,心里被高兴整得乱糟糟的。我把一个爷爷对孙子的所有情感都带进了病房,谁知道毛毛根本无视我的精心准备,他眉宇间舒平,小肚一起一伏,正酣然大睡。毛毛的奶奶撩起小盖被,证明了毛毛是个千真万确的男子汉。

我知道我应该知趣地离开病房,说真心话,我真的想多陪一会毛毛,我一点也不计较毛毛的粗心和无礼。毛毛从一个世界来到另一个世界,这是多么大的跨越啊。因此,开始的几个月,毛毛每天都睡十七八个小时,才慢慢恢复了元气。

不带任何偏见地说,毛毛是一个漂亮的男孩子,我由衷地感谢造物主。

家

我在这城市里住了四十年,从宿舍楼搬到出租屋,从出租屋搬到新房,从城西搬到城东,这城市应该算是我的家了,但是我总觉得这城市还不是我的家。我依然对这城市感到陌生,我依然是这个城市的漂泊客,我心的根系,我生活的凭依,我对城市的认知和情感,也随着城市急剧的变化和发展不断调整着。我是一个过客,只是在这城市里换了几家客栈,这城市只不过是我穿越生命隧道时的一段风景,我稍稍驻足,在这里小憩,我还得继续前行,去找直达我心岸的家。

首先这家必须是安全的。安全感是你过马路时不必东张西望小心翼翼,不必担心被车流卷去,是在一口老井里打水吃不怕水不清洁,是放心地吃自家种的老豆角老南瓜不怕中毒,是让孩子在干净的老窑洞里上课不怕网络侵蚀了他们幼小的心灵。在这城市里,我总感觉到一种不安全感,我常常担心我会受到一种莫名的骚扰和惊吓。在城市构筑的家,纵然四周高楼林立马路纵横,我还是感到我只是在屋顶上筑了一个小巢,勉强可以栖身,但那绝不是我所要的稳定的家。风一吹,我就感到飘摇;雨一下,我就感到要塌陷;一串礼花炸响,我就感到地动山摇。

那一条街,是这城市中最为繁华的地方,是城市的兴奋点和晴雨表,城市的精神面貌、幸福指数和消费水平,以及发展的速度,都是要通过那条街去表现。虽然我几乎所有的生活用品都从那条街上而来,但我还是和那条街建立不起感情。起初,那条街有很多庭院式的老房子,蓝砖蓝瓦,木梁立柱,能把你的思绪带到很远的地方去。站在老房的屋角望去,你能看到清朝的长袍马褂;透过那砖块瓦砾,你能想象出大明的酒坊饭馆;通过老房子门前磨得明光的上马石,你能感觉到宋王朝的辞赋文化;甚至,你可以打一壶老酒,一边小饮,一边看盛唐时李白的狂荡诗篇和杜甫含着泪写下的人间苦难。但是现在,推土机把这一切都碾平了,我所看到的,只是琳琅满目的货物下面那钢筋水泥砌筑的格子房。住在这样的家里,你浑身不舒服,真的想要逃开,你不会和一头脏兮兮的猪发生任何情感,即便你得了感情饥渴症。

我所要的家,人心不要这么叵测,人情不要这么无常,年长者都有称呼,年幼者都视同己出。五更天有鸡打鸣,牛圈里有铃声叮当,树梢上有喜鹊报喜,树叶下有蝉鸣唱。天明了抹把脸出去干活,肚饿了配着大葱啃馍馍,口渴了拿瓢去水缸里舀水喝,天黑了上床睡觉。

我所要的家,站在屋前能看见山坡上的牛羊,放眼能看见倒悬的黄河,雾霭中遥望新安县的农户在生火做饭,还有一条小渡船在黄河激流中飘摇。春天里田垄上开满了喇叭花,夏天里在滂沱大雨中逮水牛,秋天里爬到老柿树上摘柿子吃,冬天里在院子里堆雪人。

我不是逆城市化者，更不是复古派，我喜欢社会发展给人们生活带来的便利，也喜欢网络的传播给人们打开了窥视世界精彩的窗，我更是看惯了现代人赤裸裸示爱的方式，也不反对大家都勇敢地表达自己的想法，我只是企望，透过密林般的楼房，能感觉到乡愁，留下一个风口，能吹进一阵乡村淳朴的风，在水泥覆盖之旁能露出一片黄土。全世界的人都在追求功利，那一百年后，三百年后，人们会不会重新回到原点？

　　我去过政治中心北京，去过繁华喧闹的上海，也去过休闲舒适的成都，还去过四季如春的昆明，但那里都不是我的家。在那些地方，我惶惶如丢魂落魄的乞丐或是睡错了床的第三者，我总想早早逃离。我的性情，我的习惯，我的生活方式，我的思想情感，都和它们融合不到一起，不管现代都市有多深的文化内涵，都甭想让我有丝毫感染。我总是在那快速运动着的城市里发呆，人们所追求的生活原本应该是这样的吗？我总觉得，人们有一天最终会把他们亲手建设的一个社会拆除，人们终究会重新走在泥石铺就的乡间小路上。

　　我朝思暮想、一生眷顾的家，就在下冶镇原头村黑沟崖。那里的四孔土窑洞，还有那十三亩旱耕地才是我的家。我的家，有母亲屋里屋外忙碌的碎碎的脚步声，有父亲在院子里收拾犁杖汗透的健壮身影，有一堆挤在院子里你追我赶啄食的鸡，有一大一小在猪圈里不停哼唧的猪，还有一头在慢吞吞地反刍的老黄牛。这张图，才完整真实地勾勒出了我的家。

感情

感情究竟是什么，恐怕没人能给出一个准确的答案，而我是真切地感受到了感情，但我无法用一个词一句话一段语言把它描绘出来，因为我觉得任何语言都无法描述感情的深度，就像用一把卷尺是无法丈量出大海的深度和宽度的。感情这东西，只有和感情的拥有者发生了深刻的关联后才有可能获得，当然，这里说的是一种刻骨铭心的感情，像一艘不知目的在太空航行的飞船，不知道结果，充满风险，孤独无依，可仍旧无法停止，感情是驱使人们冒险的原动力。

感情也是一个物件，可以被人拿来把玩吗？对感情有着深切体验的人是不会作假的，尽管有时可以得到一时的感官享受，但过后，惆怅和空虚的深井会更加无底，带给人更多的失望。

感情靠执着获得，靠珍惜维持，靠真诚加深。感情是神圣不容亵渎的，感情是真挚不能欺骗的，感情是细腻不能放任的，感情是坚强弥久的也是易折易碎的，只有倍加用心维护才可以健康长存。感情很难和你白头偕老，但你必须用心对待，因为感情往往是和生命、信念、人品交织在一起的，损伤了哪一个都会有连心的疼痛。

在我的生命中,我曾经拥有过各式各样的感情,给我的生命画上了色彩,让我在贫困、孤独、颓废的时候顽强地走了过来。有些感情或许被我深深地埋在心底,有些感情或许给我留下了遗憾,但那都是甜蜜的,弥足珍贵的。我心里充满感激,似我这般碌碌无为的庸人,还有那么多人曾经给我示爱,我应该深深地感谢大家。

感情

不忍你老去

　　朋友在国家牡丹园给我发来一组牡丹花的图片,并且附了一句话:"花期短,上周开得正好,今天来好多花都败了。"看得出她是在很紧的时间里给我发的,这让我很感动。在匆忙之中,她传递给我的不仅是牡丹花色,更是一种亲近和关心,她知道我最近太孤独,这一组图片带给我无限的暖意,有一种热量在我的心底奔涌,但还是被我压了下去。知心是体现在最细处的,一个细节就能够把整颗心感动,或许我一生受感动的时候太少,在我口渴时有人给我递过来半杯水我都很看重。

　　我看了图片许久,想从中读出什么,不忍心那美好的东西即刻就在我的眼前滑过。我一生不曾收到过一束表示爱意或者祝贺的鲜花。其实我并不太喜欢牡丹花,她的美丽和我距离太远,她开放在温暖快意的春季,而我老是停留在暮色沉沉的秋季,像田野里随秋风卷起的残叶。距离太过悬殊也能产生恨意吗? 我有点儿恨那牡丹花的妖艳了。

　　看得出朋友有一种隐约的惋惜。这个时候是很伤感的,往往触及人的感情,一草一木都有灵性,需要配合人的情绪时也会渲染悲凉的气氛。好在这世界不是人类独占的,人的悲欢离合如果没有万物的陪伴,那是多么无趣和孤单。小的时候,我肚子饿了,实在找不来食物,就躲在山背处哭,刚好有一只花色的鸟儿飞过来,在我的脑门前嘲笑我,于是我就不好意思哭了,抓起一块石头投它,它飞远了我又后悔不已。它的美丽在我的心里停留了几十年,我忘掉的东西很多,偏偏记住了它。啊!你呢?为什么偏偏记住了你,曾经嘲笑过我的一只花色的小鸟?我不肯承认我后来很努力是受了小花鸟的激励,那样我算什么东西,但是我实在很想念那只或许早已死去的它。

牡丹花期很短暂,把自己一生的能量拼在一时展现,太要强了吧?我不知道朋友的感触和我是不是一样的,我也不知道朋友看那牡丹花时是不是曾经联想到人生。女人的思想是很细腻的,像一筐刚刚抽出来的细丝线,我大娘在把蚕茧按一道道工序抽出丝线时,会有一种幽幽的蚕茧香散发出来,那一盘盘洁白光滑的细丝线让人不忍心触摸。我母亲会不会像我大娘一样,也把刚刚收获的蚕茧抽成丝线?我无从知道,因为我四岁时母亲就去世了,这个时候提起我母亲,是因为她离我太远又太近,让我想起她就想哭,就心有不平。朋友在看牡丹花时,绝对不会想起我母亲,因为那是我的母亲,和她无任何瓜葛,但是,母亲的称呼又把所有的母亲重合在一起。我祝福朋友的母亲生活幸福,因为她有一个很好的女儿,这就够了。

不要埋怨牡丹花期太短,如果一年四季遍地都是,那价值还不如满地的大白菜。牡丹花开过之后,牡丹的根系都还在健康茁壮地生长着,仔细想想,如果没有牡丹根系漫长的养精蓄锐,哪有牡丹花艳世的美丽?最可贵最值得敬仰的是那默默无闻贡献营养的根系了，把露脸的事儿都送给同伴。

其实我们人的一生也和牡丹花一样短暂。想起我的朋友，她年轻的生命承载了她的温柔善良，因此她才变得更美丽，但如果她也像牡丹花一样有开败的时候，那年迈的生命能不能承载起她的温柔善良？要知道温柔善良是女人天性的美，就像四月初开放的艳丽的牡丹花一样。温柔有着舒服的温感和柔软，善良是对任何事情和任何人都表达出善意。温柔善良也许不需要后天的培养，那是天性天成，我想，朋友的温柔善良不会随着年龄的增长而消失，那是永恒存在的，这永恒的温柔善良才铸成了她的美丽。

但我还是不愿你老去。

不要去改变自己

不要刻意去改变自己，你就是你，别人生不成你那样，这里说的不仅仅是你的外表，更重要的是你的内涵。你以为你的一些美中不足让你很苦恼，可是变成了另一个你，苦恼或许会更多。你说你的性格有些温暾，需要时往往不能及时敏捷地表达，可是那含蓄、善意、温情的矜持，是很美很美的东西，那需要一个女人付出多少修炼啊！

唉，你善良，你不忍心看到一切不幸的东西，你想拥有更多的财富然后再分给有需要的人，你想让路边一只受伤的流浪狗得到很好的医治，你常常为世间发生的一个个苦难而潸然泪下。这时候你会感到无助、无望、无能，你恨自己没有回天之力，可你纵有气吞山河的力量又有什么用？其实你够强大了，在这污浊的社会中生活已久，你仍然保持了一颗干净善良的心，已经很伟大了。

我就时常想做坏事，想用一种方式，一种非暴力的方式，一种阴毒的方式去报复一下这泥沙俱下的社会。我只有一颗不够善良的心，因此我内心没有你强大，我知道我的心是善与恶的复合体，有善的时候，比如，我也曾和你一样常常为痛苦而流泪，可是痛苦之后会有一种恶念产生，而你是绝对不会有的。因此我的善是世故的,是被恶侵蚀的,而你的善是纯粹的、单一的、不因任何条件而改变的。你堪称有一颗伟大的善良之心。

我有阴毒之心你没有。尽管我把它藏在善良之下,不让它随便出笼,尽管时至今日,我还不曾使用过最阴险毒辣的一招,因为我不会让自己受伤。而你,就常常让自己受伤,因为你把自己赤裸裸地放在善良的窗口下,完全没有防备,不要说去进攻,就连保护自己的招数都没有,好在你一次一次地忍受下来。我可不会这样忍辱负重地受人摆布,我不愿做一只任人宰割的羔羊,兔子在动物界是弱势,但兔子在情急之下也会咬人,可是你在人群中是一只不会咬人的兔子啊,你有抽一个流氓耳光的勇气吗?要知道女人的武器不仅仅是眼泪,但你却不会使用的。

善良是人类共有之美,可惜社会的发展带来了太多的负能量,善良在和恶毒做着顽强的斗争。你有什么纠结的啊,这社会正是因为有了你和你的善良才这么美好,难道你没有看见大家是多么爱你吗,那花草那飞燕那日出那星空都在称赞你。你不是孤独者,簇拥你的人太多;你不是贫穷者,整个天下的美好都有你一份。

你说每一个人的身体里都住着好与坏两个精灵,只是很多时候其中一个在沉睡而已。你说的当然对极了,只是你把好任意地放出去,把坏用篱笆牢牢地圈起来,你怕坏肆意妄为。我认为你在认识好与坏时有点形而上,许多时候好与坏是相互渗透的,在刻意地分离好与坏时,有一方总是发出疼痛的喊声。你可以佯装不见,你想让浪漫丰富你的人生,你想把你的心灵之窗打开,看看外面的精彩,你想偷偷享受一下坏的滋味,但是你的一切想法都胎死腹中，你被好包围得太久了，你肯定感到了疼痛，这是你有时郁闷的原因，你想在生活中穿插一些更精彩的东西，只是你没有办法把坏纯粹地过滤出来，那不是用科技手段就能解决的问题，所以你只好放弃。

我说你是生命中的恰好，本身就是一部上乘之作，这可不是有意歌颂你，我没有必要赞颂你，甚至想把你贬损一些，那样咱们就是一个阶层，我就不必仰望你了。我不知道你有时候内心深处的不快是如何产生的，你是那么隐忍的女性，你的韧劲、你化解不快的能力是超常的，既然连你也无法再忍受下去，肯定是受到了很大的委屈。你叹息你的能力不足，无法达到心灵向往的彼岸，其实屏风之后不一定有你想要的东西，也许是更大的失望。就在你所处的环境之中，只要你学会营造愉快的氛围，用一个个有趣的故事来串联你的生活，你就是幸福的。

不要企图去改变不能改变的东西，但是你可以学会去躲闪你不喜欢的东西，我们每天都要不停地前行，总是不能被生活落下。大家都坐在地球这个疯转的马车上，谁也不能够跳下车，那我们就嘻嘻哈哈往前走，你碰了我的头我撞了你的腰都不要计较，把无意的故意的，善意的恶意的都理解成真善，潇潇洒洒走一回，我们就少了许多烦恼。

我不是能让你宽心的大夫，我不知道如何排解你心中的郁闷，只能送给你一个良好的祝愿，在这阴暗沉闷的天气里，真是压抑得让人喘不过气来，再给自己心中添烦，如何了得？我希望你立刻愉快起来，心中尽是甜润，让我们一起去感悟这不易但有趣的生活吧。

看着你老去

看着你老去,一天天地老,一天天地去,真是一件很残酷的事情。

我爱你的青春,就像在春花下闻你青春的胴体,谁能解出其中爱的奥秘?但世间万物都不能青春永驻。

我叹息你红颜渐退,中年的纹线在你的脸上悄悄布局,叫醒了青春的酣睡,但依然不失美丽,我依然爱你。谁能解出爱的发酵是一个什么样的结局?

你终于渐渐老了,皱纹布满了你的全身,时光像恶魔一样吸干了你身上的汁液,你的身体开始萎缩,皮肤松弛,像一位风烛残年的老妪,委顿地坐在我的面前。投向你的,不再是赞美的眼光,因为人们追逐美丽,比如以前的你。

告诉大家吧,你是一只苹果。

你已经不再是曾经魅力四射的你,而以前,你和我,以及我的同桌一样,也还在有些青涩的年龄。我的同桌也是一个女孩,我俩正在上高三,我们还有点儿懵懂,正在迈向十八岁。到了十八岁,我们才结束疯长,造物主才给我们举行成人礼。于是,我长成我的模样,她长成她的模样。我俩在一起,从来不比谁长得好看,因为我们都不想得到答案,刚步入成年,我们都需要自信。不过,从那些男同学的眼里,我能读懂他们追慕的眼色。还有那些年轻的老师,总爱提问我,看我结结巴巴,看我满脸通红,让我好心烦。

你长得也很美丽呀,怎么就没有招来这么多的是非?那天我和同桌在超市里一眼就发现了你。你和你的同伴们扎着堆儿,都默默不语,在担心你们的未来吧?到了这个地方,你们会遭到灭顶之灾。你并不在最显眼的地方,确切地说,你在边儿上待着。你故意躲在一边吧,害怕人们一把抓住你。我俩真怕你滚落在地上,摔破了你的脸皮,那样对你的美丽是要命的一击。但你处在什么地方并不重要,因为你很抢眼。

几乎同时,我俩的眼光被你吸引过去。妈妈把她美丽的纹路披挂在你的身上,也把她红色、黄色、青色的脂膏细心地施在你的脸上。你通体丰盈,有着庄重的红色,透出成熟诱惑的黄色,又有洋溢着青春活力的青色。

我和同桌太爱惜你的美丽,把你带回学校,安顿在我俩课桌的中间。同学们围过来看你,都由衷地赞美你,有个男同学把你拿在手里"哇"的一口佯装要咬你,吓得我出了一身冷汗,原来是在和我开玩笑。是啊,同样的土地,同样的阳光、空气和水分,大自然为什么偏爱了你,让你长得如此出众?你很符合人们的审美情趣,再大一点,略显松弛,再小一点,又显袖珍。我两只手掌合围,把你抱住,放在我的胸前。我的同桌抢过你,把你放在鼻尖通身闻了个够,我又从她手里抢过来,放在掌心,望着你的脸,你的脸上似乎也长着一双眼睛,在望着我。有一段时间,我

　　　　看着你老去

都没有好好听课,只关注了你的美丽。老师在讲台上敲着讲桌说:S 同学,你思想开小差了。我才醒过神来。

可是才短短三个月,你就成了如此模样,让人唏嘘不已。早知道结果如此残酷,我们万万不会把你带回我们的教室,看着你从美丽变得丑陋,从青春变得苍老。又过了几天,你耗尽了身上仅有的营养,变成了一个灰色的空壳,一个生命经过孕育,从诞生到长大、老死,这过程让我们惊骇:我们,还有芸芸众生,都要有如此的经历吧?

我们一时不知如何处置你。

后来,我们把你隆重地埋葬在小河边,插上柳枝,以此寄托我们的哀思。这是我们人生中第一次埋葬死亡,埋葬曾经的美丽。

致妙言

妙言,论年龄,你要称呼我叔叔,不是吗?你爸爸如果不是那年因矿难死在矿洞里,也该和我一样子孙绕膝了。那年你四岁吧,正是懵懂记事的年龄。这对你是很残酷的,如果你再小一岁,就不会记住你爸爸血肉模糊的模样,就不知道没有爸爸的家庭和有爸爸的家庭有什么不同。虽然你爸爸的突然离去给你和你妈妈带来巨大的不幸,使你的家庭你的生活更加艰辛,但是至少对你心灵的创伤是轻微的。在不记事的年龄,虽然你没有记住爸爸把你抱在怀里轻吻你额头的幸福,没记住在街上的小店里给你买糖葫芦的甜蜜,但也没有在心里留下痛苦的印记。两三岁的年龄真好,脑子里静如止水,生活中只要有小鸡、小鸭陪伴,偶尔吃上一只棒棒糖就会欢天喜地,遇到不顺心的事儿哭一阵子,得到妈妈一句安慰就什么都忘记了。

可是那年你偏偏是四周岁,是什么事情都记不清但是都能记得住的年龄。你记住了爸爸的音容笑貌,他算不上美男子,但是不黑不白不胖不瘦不高不低不急不躁正好是你喜欢的爸爸的样子。别人的爸爸很快就能给自己的孩子凑齐学费,而你只好向妈妈要,不敢撒娇,感到理不直气不壮。当邻居家的小男孩欺负你了，你就躲在里屋，把头埋在被子里，哭够了还要自己出来打理自己。四五岁的女孩，脆如蝉翼，弱如鸡崽，没有强壮刚毅的爸爸护着，成长的每一步都很艰难，这养成了你不张扬的性格。你会笑，甜蜜的笑、羞怯的笑，但是你不会开怀一笑。你会哭，偷偷地哭、掩面地哭，你从来不会号啕大哭。凡是令人羡慕的美，都要经过苦难的锤炼吗？就像金子是从炙热的火炉里提炼出来的一样，美也是从苦难中历练出来的。

看来，当初你爸爸那样爱你，是很有理由的，知女儿者莫如父亲。你这一辈子，只要利用好爸爸留给你的美丽的遗产，你就会拥有极致的幸福，你不必进行艰辛的劳动，你不必在路上常年奔波，你该有的，都会不期而至。

但是你不是精准的算命师，你的未来并不风和日丽，你播种了但并不意味着就有收获，你过了温暖的春天，就有寒冬在等着你。你太年轻，人生有很多意想不到的事情，让你有时感到一筹莫展。怪不得你常常拿出爸爸老得发黄的照片，淌着热泪质问爸爸：爸爸，你为什么不教女儿如何生活？当妈妈上班了，当弟弟妹妹上学了，你一个人待在家里，那是你心情最顺畅的时候。你会整理一下你乱糟糟的思绪，在梳妆台前稍稍梳理一下自己好久没有打理的黑发，回忆一下自己的少女情怀，那是距离自己并不遥远的时刻。你用了"时刻"一词，是因为那个时间距离你太近太近。仿佛昨天，仿佛午睡前。但是短暂，一觉醒来，那充满幻想的生命阶段，不经意地从自己的指缝里溜过去了。岁月蹉跎，白驹过隙，一切梦想如月光泻地，再怎么努力，都挽不回来了。

如果度过了青春，紧接着是幸福，就不会太留恋旧时的生活。那是因为一个灿烂过去，会迎来更加灿烂的明天。我只是臆测你现在过得并不如意，你也许一步踏错了幸福之门。但是你不必太沮丧，这是人生常有的事，有时候豪门千金也躲不过这一劫呢，何况你不谙世事，滑了一跤，站起来重新出发就是了。

我从你抑郁的眼神中读到了你的不快。那一天，你牵着妈妈的手在桥头散步，好长时间没有离去，还有一天，你来看你妈妈，在屋里一整天都没有出来。你生活的志趣呢，你的快乐呢，你可爱动人的笑靥呢，妈妈成了你唯一的伴侣了。人生不该这样，特别是像你这样的年纪，你应和歌声、舞步、欢笑、小饮联系在一起。你一个人在生活的旅途中踽踽独行，少了许多愉快。

看那街上人流如织，大家都各奔生活，无论有钱没钱，并不把痛苦带在脸上。偶尔看见一对小两口生气，一会儿就和好如初，大家都把幸福愉快当作唯一可以自由利用的宝贵资源，挥霍享受，你为什么事儿而想不开呢？

妙言啊，有时候看见你和妈妈在一起亲昵的样子，我简直有几分嫉妒。你四岁失去了爸爸，失去了人生的靠山，而我也是四岁失去了母亲，失去了心灵的抚慰。我不知道母爱是什么滋味，我不知道母亲是什么模样，我不知道人走累了还可以在母亲的怀里歇歇脚。有时候我简直有点歇斯底里，痛恨这个世界，人人都应像我一样没有母亲才平等，后来我知道自己错了，我不能把自己的痛苦强加于人，人活在世界上，要学会宽容，不要把自己的痛苦传给别人。学会在不幸的条件下让自己活出精彩。我想

致妙言

你也是这样的。

妙言,有朋友要我去吃饭了,暂且和你聊到这里吧,我真希望你快乐起来,不要白白度过每一天。

致佳客

　　佳客,自从我淡出朋友圈后,我的电话骤然少了,这使我感到一阵恐慌。要知道凡夫俗子的日子是要用别人的无聊来打发自己的无聊的。以前在我们这个小城市,几个爱习文弄墨的朋友凑到一起瞎侃,现在叫群聊吧,反正说正经事儿的不多。到后来我就烦了,码文字的应该清高才对,怎么就那么俗不可耐呢? 可是一旦退出,我就只剩下寂寞了。幸亏这世界上还有你,这立刻就使我兴致盎然起来。我知道,在你我之间,横亘着一座山岳,这山岳就是用严肃、庄重、不可僭越堆砌而成。在你面前,我感到我有一点儿伟大,我克服了人性很多劣根性的东西,变得道貌岸然起来。在我的潜意识里,我能按捺住我浮躁的心,如果是演戏,我是一个正面人物。如果你去过泰国或是南亚几个国家,进了寺庙,你立刻就会有种灵魂升华的感觉,那是佛家浓重的氛围使你就范了,即便强盗也会立地成佛,在你面前,你也像一尊佛一样感化着我,使我的灵魂干净,清心寡欲。我就像一头老牛,除了吃草,就帮助农夫耕地,别无他念了。

　　你是我一眼眼看着长大的孩子,因为咱们住一个院子。我看着你在大人面前跳从幼儿园学来的橡皮筋。我看着你背着书包蹦蹦跳跳读完了小学。我看着你骑着自行车去初中上学。孩提时代你还没有独立的思想，你是在妈妈的千万叮咛中长大的。那一个生命阶段你懵懵懂懂傻傻乎乎草草率率如丸走坂地就度过来了。人的一生，上帝替我们安排得真好，小时候我们不懂得享受诸如爱情、权欲、荣耀带来的甜美和满足，但是我们尽情享受了单纯、专注、无邪的时光，像山间向阳处泉眼旁的桃花，只顾吸吮着成长着。到后来我们长大成人了，我们为了得到瞬间的幸福却要付出漫长的痛苦，但是那瞬间的幸福是我们人生最精彩最浪漫最闪光的地方，我们每一个人都拼命地去追逐，谁也不甘落后。再到后来，我们白发苍苍了，上帝就打发我们到安静的地方去静思、去回忆我们的一生有多么荒唐可笑。然后上帝就让我们钻进棺材里，去孵化成另一个灵魂来世转生。究竟有没有来世？人死了还会不会转生？还是人们为了聊以自慰？看穿了说明白了就没有自信了。反正每一个人最终都是朝着一个地方去的。

总之，你天真无邪的童年一瞬间就溜过来了。因为没有爸爸陪你，没有爸爸给你买新书包，没有爸爸给你壮胆，你的心灵中好像缺失了什么。你最怕狗哪怕是一只宠物狗，你都怕得要命。其实那满街跑的狗是不咬人的，只有潜伏在主人家门后边的狗才最凶恶。在你的身边始终缺少一个像你爸爸一样的大男人呵护着，你因此变得很胆怯。一直到你上了初中你听见狗叫还心有余悸，其实怕狗只是一个表象，整个世界你都是怯生生地看着。父爱像一座大山，父爱是心灵的靠山，父爱是强筋壮骨的营养，失去父爱的女孩就像雏鸡下水一样没有自信。好在你妈妈是一个很坚强的女人,她改变了以前的自己,在你面前故意地大声讲话,那是在锻炼你的胆量;有时候用冷峻的目光瞅你,那是要你自强自立;有时候你摔倒了故意不立刻扶起你,那是要你坚强。说实话,要不是你妈妈在你小时候刻意地驯化你,你真的担当不起后来的生活。

　　这都是你童年时期的生活,被动地被别人记录下来了。小时候的生活是被动式的、没有自主的、需要大人搀扶的,升到初中二年级以后就不一样了。那时候你有了思考思辨的能力,你会像大人一样思考问题了。有时候上课你思想会开小差,老师讲了什么你都没有听进去,因此成绩落下不少。在初中三年,你学习成绩总是跟不上去,这让你无限苦恼。初中一毕业,你干脆就不上学了,你做这个决定大胆而又坚决。你知道吗?学业上的戛然止步,会让你失去太多太多。

　　一直到现在,你都不肯承认,初中时你成绩不好,是受了别人的影响。女孩子的十三四岁,是情窦初开、遐思飞扬的年龄,收不住情思驰骋的缰绳,会把少春之梦摔得粉碎。这是你长到这么大,第一次遇到这人生的难解之题。你肯定错了,彻底地错了,这一错,几乎改变了你人生的弧线,想折回重走都很困难。

致晨风

好久没有见到你了。时间像发霉的饼干，都被我一口口吞咽下去，如今，是第三个月了，你还在那边吗？我记得你是在东边一个工厂上班，要经过北海路，再右拐到外环路，你开着你白色的爱车，一直往东北方向驶去。那里竖着几个大烟囱，飘着淡淡的青烟，像刚刚走出浴室的淑女后背飘起的软发。你告诉过我，你就在烟囱下那一排平房里上班，和你在一起的，还有你的几个姐妹。

而如今，我还待在原来的地方，没有一点儿变化，也没有一点儿进步。岁月似乎把我忘记了，大家都飞快地前行，独独把我留下，我，还是三个月前的我。我的思想，一直停留在那个时候，任凭躯体如何挣扎，想要赶上你们的队伍，但是思想被一颗钉子牢牢地钉在那个地方。那一个发光的亮处，那一个燕子般轻盈的影子，和绿色的树林、潺潺的河水、西斜的阳光连在了一起，其中，最耀眼的，当然是你。

我们那破落的小区，有能耐的人都搬出去了。又换了一茬住户，大部分都是从我们老家西山搬过来的，在从农民蜕变成市民的过程中，他们还是保留了许多乡下的生活习惯。像吆喝牲畜一样大着嗓门说话,仰八叉坐在房檐下晒太阳,下水道时常被大裤衩堵死,对着门道骂娘,小区真像一个乡下的场院。你就时常到这个大杂院来看你妈。你真像一个精雕细刻的玉件来到了一堆乱石之中,很容易被一眼认出。

你没有注意你很精致的美丽吧?我说你精致,是因为你像被艺术家艺术地处理过一样,不能添也不能减。你的衣着和匀称的身体浑然一体,那么典雅,那衣服就是专门为你设计的吗?

我迟来几步,就总是落在你们的后面,在宇宙中跑了千年万年,总是赶不上你们。那最后面的忽明忽暗的一颗星就是我吧,都快要走不动了,却永远不放弃追赶,因为你的引力是那么强大,把我生命中所有的能量都发掘出来,让我欲罢不能。你不时转过身来,眼睛明亮,窈窕轻笑,是在笑我的痴吧?

那天我开着车,漫无目的地在大街上钻来钻去。不知道我要去哪里,也不知道我要和谁约会,我想碰见一个熟人,然后就停下车和他寒暄,可是跑了几个街道都没有遇见一个熟人。路过超市,时代广场,我都没有停下来,因为我没有丝毫购物欲望。我思想空虚得想和别人的车发生剐蹭,那样我的脑子就会被紧张填满,真的需要这种方式吗?就在我极度绝望时,眼前突然一亮:我看见了你的车,白色的车身,熟悉的车牌照,你的侧脸。我急忙掉转车头,可是你已经消失在红绿灯的那端,好不让人惆怅。可我还是兴奋了好久。

有一次朋友约我去吃饭,本来那天我有重要的活动,就回绝了朋友的盛情。朋友在电话里大声喊道:她要来,难道你不想见见她?我心为之一振,就答应了。当我早早来到酒店左等右等时,竟然得知你临时有事情来不了了。那一顿饭我不知道是如何吃下去的,我懊恼了好久。朋友看出我的不快,就安慰我说,等下次吧。可是从那次以后,却再也没有下次了。

我想以长辈的身份呵护你,那样你就会知道我没有觊觎之心;我想在拐角处蓦然看见你,把思想和你撞个满怀。可是什么都没有发生,你还是在那边,我在这边,我创造不出任何见你的机会。就像鸡和凤永远不能住在一个窝里,太没有缘分了。罢了吧! 晨风,此刻,你好吧?

致杜宇

杜宇,今年是马年,属牛的与属马的相克,因此,我这个属牛的今年过得不太顺利。先是咳嗽很长时间不见好,无奈就住进了医院,再后来因为做鼻炎手术又住进了医院。这一年我觉得自己一下子变老了许多,首先是精神上的、情绪上的,意志力也受到了很大的打击,不再那么坚强了。许久,我没有写过一个字,没有看过一页书,脑子变得迟钝了许多。想起来就感到无限的悲哀,人要是变得只会吃饭喝水,还有活下去的意义吗?不知道为什么,我勒令自己要振作起来,最起码,我还能做些事情,去利于家人、朋友、社会。当然也还有一个说不出来的原因,能说给你听吗?

索达吉堪布上师的《残酷才是青春》你看过吗?起先我不太在意这本书,那一天我在办公室里,想小憩一会儿,却怎么也睡不着,就无意中翻开了这本书,一下子就被书的内容吸引住了,人一生有好多道理想不明白,上师索达吉堪布都告诉我们了。我即刻心情就开朗了许多,一些让我烦恼了好久的事情很快就得到了答案。这本书很厚,但是看起来很轻松,浅显易懂,上师用很明了的方法和年轻人沟通。我郑重地推荐给你看看,我敢打赌,你看了这本书,会愉快许多,高兴许多。人活着,不就是图个愉快高兴吗?上师告诉我们,人要有最好的希望,也要有最坏的打算。上师告诉我们,不沉浸于过去,不焦灼于现在,不妄想未来。上师告诉我们,欲望越大,幸福越小。上师告诉我们,宁与直士结怨仇,不与狡者交亲友。总之,上师告诉了我们很多道理,像黑暗里的一支蜡烛,把我们的生命之路照亮了。

我给你说读书的事情,你恐怕兴趣索然,但是我真的希望你看看这本书,因为我知道你现在也处在不太舒心的状态中。你少言寡语,你拒人于千里之外,你能粉饰得了你内心的痛苦吗?既然如此,何不敞开心扉,把你的幸福和痛苦与朋友分享呢?说真的,痛苦这东西,说给朋友们听,大家纷纷给你减压,给你拂去让你苦不堪言的东西,你就会很快忘掉那一切让你不快的事情。

上师说,我们造了善业,绝对会感召快乐。上师的开示是多么正确啊,我们凡夫俗子,都照着上师的嘱托,尽自己所能,去为社会行善,把心中的善意毫无保留地奉献出来,那争斗就会减少许多,我们生活在一个平静安详的社会中,那该有多好啊。因此,爱别人就要无私,就要不说妄语;爱自己就要知道因果回报,就要使自己谨言慎行,佛陀自然就会分配幸福给我们。

人生在世,果真有因果报应吗?我们所做的一切,佛陀都在看着吗?真让我有几分担心。如果说因果丝毫不爽,那么,仔细检讨起来,我做过的错事真是太多了,看似天不知地不觉,其实都实实在在地被佛陀记录下来了,我会一一地去赎我的罪。

因此,杜宇,如果按照佛家的因果回轮说,我们都要乐善好施,才会积德,使自己得到幸福。这样说来,你暂时的挫折、不幸又有何妨？只要按照佛的教导，去把你内心的善意发扬光大，即便弱小，也会照亮世界。你真的要勇敢地站出来，加入众人的行列，浩浩荡荡地去清除一切污垢，让我们的社会飘扬起道德的大旗。

那样，我们的孩子无论走到哪里，我们都会很放心，他们不会变坏。这时候是上午八点钟，一轮清明的太阳从东方冉冉升起，在寒冬大地上，虽然有几分寒意，但谁又能说太阳不是温暖的呢？

　　　　　　致杜宇

致焦明

焦明,我一直觉得我比你们慢了一个月,你们日日向前,而我把自己的躯体放在座椅上,把思想停顿在灰暗里,足足有一个月。

是谁把我的时间冻结了?让指针停摆,定格在那傍晚的朦胧中?于是就那么一片暗,掩盖了寂寞。书架上虽然摆满了书,但好像是做样子给人看,我从来就没有翻过。我发觉,书脊上已经落满了灰尘,那是好久没有人翻看的原因,但是心呢?也落满了灰尘,好久没有人扫除,还是一个月前傍晚那个心境。因此我说,世间忙忙碌碌的一个月,用一个"搞笑"形容,是再贴切不过了。

我这样说太玩世不恭。一位科学家计算太阳系有 45 亿年的寿命,我们不必为失去阳光而惊慌。时间才向前走了一个月,世界上就发生了许许多多惊天动地的或者奇怪的事情来。这世界快速变化得让人晕眩,这样说来,世界上发生的事,都和我没有太大关联,我躲在书房里,只要不发生地震,还是安全的。

我明白,不能因为个人恩怨就恨世界,也不会因为一个人的裹足不前,就拖住时间前行的尾巴。你们快速地在前面奔跑,去山野里采摘快乐,去 K 歌房里捕捉笑声,那都不属于我。属于我的是孤独,我就像一头失去了耕种能力的老牛,躺卧在牛圈里,慢慢反刍粗劣的草料,好像在追忆过去的年华。

那时候我也像你们一样,浑身有使不完的劲儿,脸上洋溢着青春的朝气。还暗恋过我的工妹,只不过我从来没有让她发觉,后来她嫁人了,留给我一片失落。我知道我的想法很大胆,但是胆子很小,因此,我错过了一个又一个机会。和我一起入职的老乡,把局长的女儿娶回家了,我一边咀嚼他的喜糖一边想,唉,只是我犹豫迟缓了一步。

焦明,我一生犯下的错太多了,我讲给你听,不是要抱怨什么。机会都是擦肩而过的,有时候机遇就像一只美丽的蝴蝶,伸手一抓就可以拥有,但是实在不忍心弄破她华丽的翅膀,才会让别人抓去。

就像那晚,窗外远处的灯光闪闪烁烁,肯定有太多的快乐和幸福在里头,我也在窗户里头享受我少有的愉快。这时候一个正在参加会议的朋友,委托我给你打一个电话,让你,还有小芳,七点钟,我们一起去清粥小镇吃饭。你说"没空",电话就挂断了。

一个"没空",简直就像一把钢刀,在我的心脏里横搅了一下,让我满心羞愧。如果是血,我会一口一口舔回,可那是羞,像水银泻地无法收回。你大概都是用这种冷淡的拒绝打发那些无聊的男人,你肯定把我也列入那无聊之辈中了。一个月以来,在我的书房里,在我的书柜上,在电脑桌上以及我的窗幔上,都沾满了羞辱,像有一团火把我烧得赤裸裸,也像无数根钢针,扎刺

　　　　　　　　　致焦明

着我的心肺,让我好痛好痛。

这本来不是我约你,说实话,我根本没有勇气去约一个对我印象一般的女性,即使你不方便去或者不愿意去,都和我没有太大的关系。可是,你一个"没空",分明是冲着我来的,你拒绝的,不是一顿晚餐,而是一个人的尊严,你把一个人的尊严看成了嬉皮、无聊或者其他可恶可恨的东西,断然地扔在门外。可是,这哪里是我的错?

慢慢地,时间把羞辱变成了难堪,这难堪是所有难堪里最不能忍受的,它像一块巨石,压在我的心底,我想把它移去,可是徒劳,因为太沉重了。因此,这难堪就一直折磨着我。

我真想有一个机会,当面跟你讲清楚,我哪里有那么大的脸面去约你? 我因为怕被拒绝,把生活中所有的邀请,都放在最保险处,我是一个思想胆怯的穷人。

这事情发生整整一个月了,我实在不想让这个难堪的事情再折磨我,可是我不知道如何把我内心的难堪排解掉,因此,我向你发出请求,你只要说一声那是个误会,或者说那不是冲着我来的,我就不再难堪了。那难堪时间长了,慢慢发酵成了怨恨,我埋怨整个世界,没有一个人给我一个解释,就这么让我一直处在羞愧难当之中。

焦明,让我解脱心灵重负的,只有你了。我的难堪需要你的温柔善良来化解,就像仙姑采来的灵芝,你只需把一枝一叶舍施给我就够了。

致芦莺

　　芦莺,春节后诸事烦恼,我拒绝了所有邀请,每天在书房里码字。我不知道敲出的是一堆垃圾还是别的什么,反正还是挺用心的。好几次我都想拨通你的电话,可是考虑再三,我还是放弃了。理智告诉我应该放弃我的一些想法和追求,但是感觉又告诉我,我不可能完全把它埋掉。人有时候真是矛盾,让自己也无所适从。

　　我清楚地知道我和你是从什么时候开始交往的,但是我不知道我和你的关系到什么时候结束,因为咱们最近争吵得很厉害。在情感方面我有洁癖,我容不得半点沙子,在少年、青年,甚至整个中年时期,我都恪守了一条准则,那就是忠诚守信。在我的情感旅程中,是没有浪漫色彩的,是发不出笑声的,是一个压抑的过程。那是我们整整一代人的悲哀。

　　在一个政治浸淫到爱情中的年代里,我们都无条件地让爱情服从政治,人性也会被改变,我们活着就是为政治服务。在这样的环境下,我们所有的情感冲动都是在巨大的压力和严肃的情况下完成的。虽然看起来有点不可思议,但是我们真的就是那样走过来的,并且不觉得受到了什么伤害,因此我们这一代人是没有爱情故事的一代。

初三时,我有一个姓晋的同学,他和我们班一个女同学恋爱了,这件事情被年轻的老师知道了,老师严厉地惩罚了这两名同学,还在班会上让他俩站起来做检讨。晋同学是老老实实做了检讨。出于对组织的忠诚,他承认跟女同学眉来眼去,还扯过女同学的衣襟。可是那个女同学死活就是不肯检讨,只一个劲地耸着肩膀哭。我不知道他们之间到底发生了什么事,严重到什么程度,晋同学的检讨是不是彻底、老实。同学们围在一起吃饭的时候,有同学很有经验地说,和晋同学恋爱的女同学肚子会大起来。我们听了都很吃惊,都一边嚼着粗糙的饭食,一边想那个女同学肚子大起来的原因和过程,大家都是十四五岁的孩子,都是懵懵懂懂地想那个事情。

想想看,在那个很封闭的年代,在一个山区的中学里,在一群娃娃之间,发生了这样严重的事,立刻轰动了全校,那个女同学成了同学们中间的异类,吸引了全校的眼球,还有的同学专门跑到我们班来看那个女同学,她的肚子究竟是不是大了起来成了哥德巴赫猜想。由于冬天里穿着棉衣,那个女同学的肚子确实有点鼓鼓的,或者是里边的毛衣撑着,但是我们都相信女同学的肚子是被晋同学搞大的。晋同学为什么要这样做呢?他是留级生,比我们大两岁,也许他身体的某一个部位有病。早上起床以后,晋同学老是侧着身子上厕所,好像有难言之苦不让我们看见。等到后来我们都长到十七岁,遇到和晋同学一样的状况时,我们才知道,随着年龄的增长,男人都有一种难以抑制的渴望。

后来那个女同学就辍学了,再后来又听说那个女同学有病死了,我们心里都很惋惜,如果她和晋同学真的经过了一场恋爱,也不枉来世上一次,但也许仅仅是一场误会。

那个乌龙事件像一个咒,整整影响了我一生,每当我和女性接触时都有一种犯罪感,因此就与她们保持了一个无法逾越的距离,就像数学中的两条平行线无法交叉,后来结婚生子也是奉父母之命。严格来说,我,以及和我同时代的人们,多数没有经过一场认真的恋爱。

芦莺,你说你不信,一个大活人怎么会不知道恋爱,那是人的本能,不是什么制度和环境能够禁锢住的。我知道我这样说,现在的年轻人都不会相信,如果在辩论场,我一定会输掉,但我确确实实被耽搁了,好像时间在我正青春旺盛时打了一个盹,醒过来时,就永远地错过了。

现在的年轻人恋爱的方式也是我和你争论的焦点。婚前同居,打情骂俏,都是我不能接受的,我常常为此生气。在二十五岁之前,我没有碰过一个女孩子,我自认为我的爱情观是很伟大的。你听了我的诉说后莞尔一笑,你根本不把我的伟大放在眼里,你说我是一个老古董,都什么年代了还抱残守缺。爱情也应该像一件衣服,穿旧了想扔就扔掉,只有不断地修剪旧枝,新枝才能发芽生长,才能保持感情的常青树,你还说感情也要与时俱进。我坚决不同意你对爱情的曲解,与时俱进是用在政治上的词语,不能与爱情混为一谈。

好几天咱俩都没有说话了,总不能就这样僵持下去吧,咱俩都后退一步,我把我的思想解放一些,你也把你的思想收敛一下,把咱们之间的代沟填平,我们就不会再无休止地争论下去。这有点儿哲学的东西,何必为此伤我们的和气呢?

致芦莺

致陇客

　　陇客,我因事去春城昆明小住了几天,我想到了气候宜人的地方,烦恼会减轻一些。飞机在长水机场落地,我的心情立刻就像云贵高原的天空一样变得晴朗起来,起码换了个环境。

　　昆明的气候确实很好,即便有一阵风吹来,你也感觉不到力度。站在太阳地里,光线柔和地照射在身上,你会感到温情脉脉的,很惬意。你想把春城当作一个舒服的枕头,就在草坪上、花丛里、水果摊旁美美地睡上一觉。你会感到春城是一个安静的、不会发脾气的小姑娘,在细心地照顾着南来北往的人们。

　　像我这样只身一人来到春城的旅者还真不多。在去石林的大巴上,我认识了一个从福建来的人,他和我一样也是一个人来的,我立刻就想,他为什么会一个人来云南? 和太太生气了? 和朋友闹翻了? 做生意赔钱了? 我们就坐在一排,可是我们话不多。他是一个不善交流的人,看样子是一个摄影爱好者,他手里提着一架长聚焦相机一路拍照,情绪盎然,不像一个遇到挫折或不幸的人。

　　我呢? 为什么也是一个人来? 同车的游客会不会也产生疑问? 我不得而知。你是知道的,你本来打算和我,还有刘哥,我们一起来的，可是决定刚刚做出，刘哥的哥哥病重了，要送省人民医院治疗，计划就泡汤了。你当然不能和我一块来，那样太多的疑问和误解就会接踵而至，你和我都不想被折腾，一个解释不清的问题会被人们无限放大，唾沫星会汇成一片汪洋大海，我们怎么能够辩得清呢？而我是和这边的朋友约好的，所以就一个人来昆明了，真是非常遗憾的事情。

同车的还有辽宁营口来的一男二女，男的个子不高，挺着个大肚子，年轻的时候爱喝啤酒吧，把肚子撑得那么大。两个女的约有五十岁，细心看，还是能看出她们年轻时挺美的。我们一路聊得很开心，他们三个对我不存戒心，东北人的直爽一下子把我们之间的情感拉得很近。他们让我吃他们带的香蕉、水果糖，可是我什么都没有带，我很想回报他们的热情，但是我不知道用什么方式。终于，在一个茶叶店里，我买了一筒普洱花茶送给了他们，让我的心稍微地平衡了一下。

由此我想，人与人之间的交往，是不需要很多铺垫的，只要相互信任就行。能看出他们三个都受到过很好的职场训练，并且以诚待人，诚信的积累也是一个渐进的过程吧，他们身上就积累了很厚很厚的诚信，这也是我面对陌生人，敢于大胆走进他们中间的缘故。

细心观察，我还是能够看出他们之间的关系的。那个有点儿娇气的女人，一定和那个男人有很私密的关系，他们应当是经过了长时间风雨生活的考验，经过了动荡不安曲曲折折的感情磨合，就这样一路走来，终于走到了感情的安全地带。人老了，更多地用伙伴关系替代了情人关系，互相关怀成了最主要的部

致陇客

分。而另一个女的呢,甘愿为他俩打掩护,并且忠诚可靠,万一发生什么风险,由她出来化解。我很羡慕,也很感动,人与人交往到这个份上,大概不需要任何解释了。他们这一趟游玩,是多么开心愉快,是我远远不能比的。我内心埋怨自己,一辈子和人的关系都是不近不远,疏密不分,在我最需要关怀的时候,什么也得不到。我理应受到这种惩罚吧?

还发生了一件很糟糕的事情。在昆明东站等大巴的时候,我赶时间吃了一份快餐,在车上呕吐得厉害。在昆明的两天里,我每天只啃一块面包,喝一些开水,由于海拔的关系,云南的米质很硬,我吃了消化不了,那米线我更是吃不惯。你想我是很受折磨的,即便那样,我都没有给一个朋友打电话,大家都以为我在昆明过得很美的。

在我最困难的时候,我想到了我的亲人,想到了我许许多多的朋友,我真的想让他们关心我,他们能给我打一通电话,或者给我发一条微信,都是对我极大的安慰。可是那两天,我的电话偏偏少了许多,朋友们也不发微信来,打开朋友圈,差不多都是推销产品的和人生信条之类的内容,我懒得看。虽然原因还是在我身上,因为我没有告诉任何朋友,但我还是在心里把朋友们都埋怨了一遍,人在孤独的时候,总是把自己的怨艾无限放大,反而增加了自己的痛苦。我大概是不会干大事的男人,心里积累了太多鸡毛蒜皮的事情,背的包袱够沉重的。

我外甥女帮我订了返程的机票,是周六下午五点,还有一天多的时间,我闲着没事,一个人也不想到街上去,就待在房间里看书,看一本书名叫《一个人的朝拜》的长篇小说。这是我在新郑机场候机时买的,这本书的内容很贴近我现在的状况。我细心地领会了书的内容,也知道了英国人很重视感情的忠诚度。一个英国退休的老男人,经过长途跋涉从英国南部到北部去看他年轻时的一个女朋友,她病重了,快要离开人世了,他想用自己坚定的信念去拯救女友的生命,并且他坚信他一定能够做到。他做到了。一个癌症晚期患者是回天无力的,但我还是相信那个老人会成功。人,即便种族不同,相隔天涯海角,也需要相互安慰照料,用善良去化解痛苦。人若没有相互同情,该多么悲哀啊。

春城昆明,我就要离开你了,但是我不知道跟你说些什么好。我当然不可能用我的孤独和焦躁不安的心,来削减你的魅力。你还是那么明媚、那么温润可人地接纳从世界各地来的客人。我感谢我们的祖先,为后人占据了这么一个美好的地方,让北方人民有一个温暖的去处。但我还是要收拾我的行囊,连同我的烦恼一同打包带走。昆明太美了,我不忍心把任何有碍美丽的东西留下。

致陇客

致文须

文须,在此,我向你讨教一个问题。这问题只有女人才有资格回答,因为女人有直接的体验,比如生孩子的过程,任何一个经验丰富的男性妇科专家也无法把第一体验准确地告诉大家。而你经过了一次分娩,那神奇、不可思议的诞生新生命的过程,以及那个过程给你带来的紧张、惊恐、疼痛和幸福的感觉,简直是无法描述的。而在那之前,我更无法想象,你年轻的生命,你柔软如柳的身形,你孩子般稚气的脸,怎么会生出一个新生命来。当然现在我不会向你讨教这个问题,我的问题涉及的范围要更广泛一些。

前几天在网上看李银河等几个性学专家在讨论有关人类性爱方面的问题,我不以为然,我想,作为妈妈或者爸爸,在网络上讨论中国青年人的性爱问题很让人反感。

说到这里,你会认为我是一个典型的传统主义者,但我一定不是。我能够接受多元文化,我很喜欢网络给人类生活带来的革命性的变化并且很快适应了,我已经无法离开网络给我带来的新生活,我还是喜欢把人类的生活之窗推开得更大一些,让人们呼吸更多的新鲜空气。但唯有一点,女性,毕竟扮演着世间最美的风景,她们的美丽绝不是一些花草树木所能比的。女性之美,是产生于其自身的,让人猜不透,动人心弦。如果说财富、荣誉、地位是人们争先恐后的人为动力,那么女性之美就是经过天地淬炼、阴阳造化、自然形成,激励人们勇往直前,不惜铤而走险的最直接最原始的动力。女人应该是秘藏了许多珍宝的暗室,异性永远打不开门上的锁;女人应该是让男人百思不解、不甘放弃的谜底;女人是一部《红楼梦》,让读者百般解读;女人是一件五千年的艺术品,让人们啧啧称赞;女人更是文学家、画家、艺术家、诗人。

一句话,女人绝对不是让人看去一览无余的一段水泥路。

那么,接下来就是我们要探讨的问题:如何保持女人之美,不至于让人类一下子泄气。

在我十七岁读《钢铁是怎样炼成的》时候,我对也是十七岁的姑娘冬妮娅在保尔家里过夜并且得到妈妈的鼓励大惑不解,这用一个中国少年的眼光和思维是不能接受的。因为我首先想到了他们俩在一起会不会发生性爱关系,这可是一件非常严肃的问题,这在当时的中国,特别是少年中间,是绝对不允许的,即便有这种行为,也不能让妈妈知道,这是多么丢脸的事情。长大了我才明白,是他们的民族风俗允许他们可以这么做的。由此,我联想到我国云南少数民族在正式结婚前允许男女双方试婚也就不足为奇了。但我认为,这绝不是那些性学家所宣扬的性解放,也不是男女放荡,实实在在是习俗,并且只在某些人口偏少的国家和地区才保持了这种习俗。

爱情是在秘密的状态下产生的,才给人们留下了想象空间。

就像看一场裸体秀,女人还是会把隐私部位遮盖起来,让观众看不到最想看的地方。

女人,你们一定要自守、自爱,守住你们的美丽,不要被廉价地践踏。你们一定要做灵魂站立的女人,可能迎面扑来的是千百张冰冷的面孔,但你们要勇敢地守住你们心灵的净土,朝向你们的心岸,那样你们就会如期收获不尽的爱情,永恒的爱情。

致潇相

潇相,我们男人只要在一起,就会无休止地谈论你们女人,特别是几个比较铁的哥们儿,特别是吃饭喝酒的时候,你们女人真是我们永恒的话题。不是我们太无聊,在这钱不好挣、家不好养,也没有太大指望的生活里,你们给我们男人提供了多少活命的营养品啊。每一个男人都在潜意识里对你们使过坏,无论你们出身显贵还是卑微,也无论你们受过良好教育还是目不识丁,这大概是造物主一开始就给男人设下的圈套,男人们多数的错都犯在女人身上,并且前赴后继,像扑灯的虫蛾。

男人可以为女人拿起武器战斗,也可以为了女人缴械投降;可以为了女人献出头颅,也可以为了女人吝惜生命,更可以为了女人丢掉江山社稷。这都不是男人的错,实在是女人太诱惑,足以使男人变得像孩子一样单纯。当泰坦尼克号快要沉没时,首先被救助的是妇女,男人们都表现得很绅士很无私很勇敢。男人在面临生死选择时,把博大的爱都义无反顾地抛向了女人,由此可见,自从人类诞生以来,女人受到了男人太多的关怀和照顾,因此男女才携手同行。女人献给男人妩媚,男人报以女人勇敢;女人示爱的方式含蓄而委婉,而男人却坚强、粗犷、直率。看看我们的世界,无时无刻不在发生着动人的爱情故事,而男女永远扮演着主角,如果不是这样精彩的事情时时发生,世界也许早已是一片灰烬了。

男人的性格虽然有差别,但是男人性格雷同的地方太多了,认识了一个男人几乎等于认识了所有的男人。但是女人的性格是多样的,认识一千个女人,也很难总结出女人到底属于一个什么样的性格,也就是说,很难用一个词来描绘女人的性格。这或许是孔子所说的"唯女子与小人难养也"的道理。小人难养是因为小人不按规则出牌,让人难以对付;女人难养是因为女人像一个小儿一样活泼而任性,需要真真假假、恩威并用。女人的任性有时候让男人一筹莫展,但是最后还是要服从女人,男人表现出了极大的妥协性,事情才算完。

叔本华说女性的美只存在于男人的性欲冲动之中,他是把女人看作男人的掌中玩物了。其实女人之美是客观存在的,无论男人有没有性欲冲动,都无损于女人之美。但是我们也不要忽略了叔本华正确的一面,男人的冲动是女人的美丽引起的。一对恋人爱得死去活来是因为都在对方身上找到了美,而性是爱的最高表现形式,是先有美然后才有了性欲的冲动。我的想法恰恰和叔本华相反,虽然有时候女人也给我带来了难言之痛苦,但是我仍然欣赏与爱慕女人,可以说我生命的绝大部分精彩是女人给我的。

"女人是一本书,她们时常有一张引人的扉页。但是,如果你想享受,必须揭开来仔细读下去",这是一个意大利人说过的话。在我和你交往的过程中,我真的体会到这句话的正确,我还羡慕这句话是出自意大利人之口而不是中国人,因为欧洲人关于人性的解放还是先走了一步。我认识你差不多有二十年的时间了,但是所有说过的话加起来也超不过十句。我观察你很久,但是我不敢越界,好像你设立了一个很威严的门槛,我想探究但是我没有胆量,如果那是一道铜墙铁壁,我也会一点点去凿透,但是你用你女人的神秘莫测铸就了一个悬崖,我怕一脚踩空就会坠入万丈深渊。因此我宁愿旁观,也不敢贸然上前,那样我还心存侥幸,还给我自己留下一线希望。一个未知的答案比彻底的失望要更加鼓舞人心,我有一大部分时间是活在希望之中的,虽然结局难料,可是我心不死,我才会聚集力量去享受下一个美好,这当然也包括去享受你的美丽吧。

而你,任何公允的眼睛都不会否认,是非常美丽的。你的长发,像山崖边泻下的瀑布,也像书中美丽的插图;你的双眸,含蓄而深沉,再勇敢的男人都无法继续盯着你看;你双唇紧闭,似要歌唱一曲美妙动人的乐曲,让人想要安静地倾听;你玲珑的身体,像一篇精致的短文,引人入胜;你慢慢收窄的裙摆,折射出你内心世界的浪漫。有好几次我都想和你一路同行,但是没有足够的勇气;有好几次我想和你搭讪,可是把想好的话又收了回去。一句话,你是鹤立鸡群,而我是你身边的一只鸡。

我想享受你,想一页一页地读懂你,可是又那么难,我不知道先从哪一页读起。你那瘦瘦的身体,为什么隐藏了数不尽的秘密?我想约你喝杯茶,我想约你去爬山,我想约你去植物园,我想用攒下的工资给你买一条漂亮的裙子,我知道你的颈椎不好,我想送给你一只按摩器,可是我都是在心里想一想,不敢付

致潇相

诸实践,我真的读不懂你。我有足够的耐心,你看咱们在一个院子里足足住了十几年,我天天在读你。那天你从街上回来,刚好和我面对面走过,可是你看都不看我一眼;那天你和你的几个朋友在一起说说笑笑,可是唯独冷落了我;那天我买了几斤刚上市的鲜桃,想送几只给你尝,可是你不屑一顾地看着我,我把拿起的桃又放进了袋子里,不知如何是好。还是一句话,我真的读不懂你。

我承认有时候我对你也有坏想法,由你联想到性,但更多的时候,我把你放在心里最圣洁的地方。和你在一起,我只敢看你的脚,我只敢深深低着头,不敢搭你的话,我不敢放声笑。你总有一种发自内心的力量,对我形成极大的压力,让我智商降低,让我语无伦次,和你在一起,我感到高处不胜寒。你已经这样折磨了我十几年,我不知道你还要折磨我多久。纪伯伦说:"爱如此摆弄你,为的是让你知道你心中的秘密。依靠这一见识,你才能发现爱是你活在世界上的唯一理由。"

因此,我甘愿受你的折磨,我也甘愿受你的摆弄,因为一旦失去了隐藏在我内心深处的这一份执着的感情,我就失去了活在世界上的理由。善良的你,请原谅我吧,实在是很难把你忘掉。

致子规

子规,曾经无数次,我想读懂你,可是我打不开你的心扉。你用厚重的帷帐一层层一幕幕把自己遮掩起来,你像北极冰盖下数千米的海,像山鹰盘旋的高山之巅,给人留下太多的悬念。无论我是由衷地赞美你还是斗胆和你赌一场小气,你都泰然处之,都一笑了之。我精心准备了一场,想和你聊聊,你还是像往常一样,用那么简单的方法处理,不给人留下一丁点儿客气。你是海市蜃楼,你是千般梦幻,你是一部艰涩的古书,你是千年古茶,你是百思不得其解,你是高考时最后一题的答案。你有时候的态度让人很气恼,可是你又用一个浅浅的微笑让人只剩下感动。你让人舍弃不下,你让人欲罢不能;你能够让人产生无数美好的遐想,可是你又拒人于千里之外。而用物理的眼睛看你,你仅仅是一个简单羞涩的女人。

你和我合住在一个小城里,咱们走过同一条街道,乘过同一辆公共汽车,也先后爬过那架山,蹚过那条河。如果有意,如果鬼使神差,如果稍稍努力一下,我和你就天天能够在一起。我不止一次用步子丈量过,从我家到你家,穿过情趣园,跨过马寨桥,沿着滨河路,总共是一千零一步。这一千零一步,恰恰像那一千零一夜的童话故事,有欢快的步子,有甜美的步子,有心酸的步子,也有让人断肠的步子。无论我是怀着无限的憧憬,还是积攒了美好的愿望,从来没有和你发生过一次邂逅。我想和你打一声招呼,我想看见你走过来走过去的身影,我想帮你拎拎从超市带回来的沉甸甸的袋子,我想在雨里、阳光下递给你一把伞,可是十余年中,我一次都没有这样的运气。

上辈子我造了什么孽,这辈子让我用十倍的愁苦偿还?为了提高我的素养,我熬夜在灯下读书;为了能够随时接济你,我拼命工作;为了和你见面时我能够大胆冷静,我大声地读莎士比亚的诗句。我也夹着烟卷在镜子前踱来踱去,看自己有没有伟人的丰姿;我也像模像样地在电脑前敲击,看我有没有才思八斗;我也用钢针扎我的皮肤,看我有没有刮骨疗毒的镇静。这一准备,我就用了十余年时间,可是我没有上场的机会,像一个坐板凳的运动员,永远是替补,这比一般的观众还要让人憋气。生活就是这样不客观,不讲情面,不会吝惜任何不够条件的人,无论你做了多少功课下了多少功夫,生活像一个公正的裁判,不,偏见的裁判,判我输得够惨。因此,曾经不止一次,我觉得生活对我太不公平,我想用一支长矛,把生活的心脏击碎,还我一个公道。但是,我清楚地知道,一切都无济于事,于是,我躲在生命的暗处,伤心地反思,生活还要我做什么?

我终于明白了,咱们之间的距离,用步子是丈量不出的,那是心的距离,一颗高傲的心和一颗卑微的心,是没有办法量出他们的距离的。一块石头想和一块玉石比价值,一只笨鸡想和一只天鹅比美丽，一杯浑水想和大海比胸怀，咱们之间的距离，大概就是这么远。那一夜，我忽然想通了这个道理，心里反而很坦然，一万多个小时的憋屈，让我伤怀让我失眠，让我焦虑让我烦躁，原来就在那么几秒钟，茅塞顿开。我顿时开朗起来，天明了，我起了一个大早，走在自然里，空气是那么清新，周围是那么安静，一个心思的变换，给我带来多么美好的生活。

于是我就想，这世界上有你让我想着，就已经很幸福了，你的存在，就是我的万幸。你是我生命字典中可查可找的幸福源泉，你是我生命中涓涓流过唱出了无数欢快歌曲的小河。春天里，我在田野中追逐一只蝴蝶，只差一点就抓住你了，但是我怕弄碎了你美丽的翅膀，于是我放手了，还你一个自由。夏天里，我在雨地里任大雨瓢泼，看无数个水泡泡给你寄去我九千九百九十九个牵挂，那里有我太多的思念，一个水泡被另一个水泡击碎，让我无限心疼。秋天是收获的季节，我送给你的礼物琳琅满目，我挑出最大最红的柿子寄给你，我摘下最饱满的石榴寄给你，我拣出一个最甜最脆的苹果寄给你，我把一个收获的季节统统寄给你。别以为冬天是无情的，白皑皑的雪地还没有人走过，我想你还躺在温暖的被窝里做着美妙的梦，我的思绪就沿着那白茫茫的雪地无限延伸，在你的门外静听你的呼吸。万一没有这么浪漫也不要紧，我就在我家院子里堆雪人，我当然堆不出你纤细的腰身和美丽的眼睛，还有你动人的神态和清脆的笑声，但是我会想象着你的样子，给你装上会唱的心灵，只要有那一颗跳动的心，什么都会鲜活起来。

我不想太多地夸奖你，那样会拉大咱们之间本来就够大的距离,我想把你的美丽匀出一些装在我心里,那样我会自信很多。咱们同住在这个小城里,就已经使我幸福了,如果这世界上没有你,如果你住在我无法想象的远方,我才是白活了一辈子。

你不必把我想太坏

我知道在你心中我是好人,可是在特定的环境下,你又不相信自己的判断,你以为我会犯傻,我会做很蠢的事,这让我很冤枉。

和你单独相处就那么几分钟,也是数十年来仅有的一次,你知道我心中有多平静,没有丝毫作案的打算,因此就不会紧张。说真的,我虽然从心里有和你单独相处的愿望,但并非有非分之想,我并不希望真的和你单独相处,因为我怕证明不了自己。

我需要向任何人证明自己吗?我不必为任何人证明自己,可是,我愿意向你证明,尽管这是一个无法求证的伪命题。我知道我无法抹去你心中的疑问,但还是愿意向你证明:我是你值得信赖的好人,你不必把我想太坏。

我承认我有贼心。贼心是人的本性里固有的,是上帝在创造人类时故意留下的坏根。因此,这不是我的错,但是我没有贼胆。我的贼胆被善良忠诚和道德教养编织的铁笼紧紧地关牢了。因为上帝需要一个道德人间,以此来净化人们的心灵,作为步入天堂的台阶。我想登上天堂,因此,我必须把自己的贼胆收敛。

你以为你会被我诱骗。尽管事后我问你，你始终不承认，但是你当时的表现向我证明，你确实有一丝惊怕，这真是你的错。你知道，如果有个人得到他心爱的宝贝，无论在什么情况下都会细心呵护，难道会把它打碎？

我知道这世界坏得让人步步设防，可是，正因为还有太多好的东西撑着，这世界才能正常运转。你为什么为了拒绝一个坏，把一千个好挡在门外？因此，这真是你的错，错得让人好伤怀。

难道你真的不相信，一个好再加上一个好，结果还是好？一块无瑕的和田玉，谁会忍心辱了它？因为你太好，强盗见了你也会止步，更何况在你面前的，是用善良敦厚的钢水浇筑成的人。

这不是我的错，也不是你的错，因为环境容易使人犯错，你才有错误的判断。还有，你的信心太弱，你不相信，在你面前，任何坏都会乖乖缴械，因为你的好早就像固若金汤的城池，把你层层护围，更何况，我也是呵护你的忠诚军士，任何时候，难道我会倒戈？

纵然在一个蛮荒的深山，我也会为你捕猎取食，摘月为镜，采叶做衣。为使你美色不失，你睡时，我为你站岗放哨；你沐浴时，我撕云彩遮挡。我以此感动你，没有任何目的，只是盼望有一天，当你回归人间时，没有任何损伤。

我活得很坦荡，从来没有不良企图，当然有时候我也会坏那么一两次，那是想证明我也是一个凡夫俗子，也有七情六欲，但是我的坏可以晒给人们看，在我生命的幕后并没有什么交易。

我的心就像被你的皮鞭抽打了一样,有一种羞辱感让我难以面对自己。我真的是一个好人,像你的胞兄,你知道你永远处在我心里的什么位置。因此,恳求你,不必把我想太坏。

漂亮与美丽

被称为"战地玫瑰"的凤凰卫视女记者闾丘露薇认为,漂亮和美丽是两个概念。她是以女人的眼光来看待这两个词之间的细微区别,当然很权威,很鞭辟入里,也很细腻认真,令人叹服。我读过闾丘露薇的书,也留有她的一张照片。她的《行走中的玫瑰》再版,用同一个标题写了自己前后七年的变化,对比读来,使人感叹良久。那一张照片可不是她专门送给我的,在她的每一部书中,都夹有一张五寸大的黑白照片。每一个买她书的读者,都有机会拥有她的美丽。我想,书再贵,也是划得来的。

书的封面是她放大的生活照。说真的,闾丘露薇长得不很漂亮,这是她自己都承认的。但是,闾丘露薇用自己的刻苦、敬业、学识和自信,赢得了美丽。当她出现在大学校园给大学生们做演讲时,大学生们开始都想一睹她的美丽,但是见到她本人又有点儿失望。她在讲台上一开口,大学生们立刻被她的美丽折服了。她和同学们讲人生的成功与挫折、幸福和痛苦、勇敢和懦弱、自信和犹豫、坚定和徘徊,同学们都深深被感动了。这个时候的闾丘露薇是美丽的,再挑剔再偏见的人都不得不承认。

原来闾丘露薇的美丽是藏在她的衣裙之下的,这更让人服帖她。

漂亮和美丽，是女人的专有词。漂亮是静态的美，是华丽的美，是有后天雕饰的美，是出淤泥而不染的美，是让人敬而远之不可亵渎的美。漂亮让人赏心悦目，那是要有条件的。在漂亮女人面前，蠢猪也要装出文明的样子。

美丽给人以初始的感觉，有点儿与生俱来的特质，让人惊喜。古人形容女人的美是沉鱼落雁，虽然有点儿夸张，但是给人的享受是震颤人心的。美丽是动态的美，是不加粉饰的美，是有血有肉的美，是恰到好处的美。美丽虽然不夸张不显露，带有几分羞赧，但是美丽让人心花怒放，让人情不自禁，让人吃醋嫉妒。

女人都追求美，这是天性。天生丽质，那真是女人一生的幸运。如果是和闾丘露薇一样天生不太美丽的女人该怎么办呢？闾丘露薇给了你四个字的答案，即：努力、自信。女人首先要努力学习，增加自己的学识和教养。有学识和教养了，就有自信了。看看闾丘露薇走过的路，就知道如何赢得美丽了。有的女人长得不错，穿得也得体，但正像闾丘露薇说的那样，只要她们一张口说话，一抬手一投足，立刻就不美丽了。有人说知识是最好的化妆品，闾丘露薇的美就是知识。

女人们，学学闾丘露薇吧，让自己漂亮起来，美丽起来，漂亮和美丽都是好东西，想要拥有它，就得努力学习。

练摊

一

我下岗了。我终于下岗了,这倒让我松了口气,因为之前关于下岗的消息已经传了将近一年,现在终于尘埃落定。工厂是开不起来了,老板在大会上痛哭流涕,说现在遇到的困难是他一生中最大的,他欠职工半年的工资,就是砸锅卖铁也要还给大家。老板是个很善良的中年人,不像有的老板那么凶,他情真意切的话感动了每一个下岗工人,大家纷纷表示不会逼着要工资,这又让老板在主席台上好一阵哭,很多女工也跟着老板哭,大家哭成一片,于是有可能发生的一场劳资纠纷就在汹涌的泪水中化解了。

我算了算,老板欠我的工资一共是八千多块,加上我老公的一万多,就是两万多了,对我们工薪阶层的家庭来说,这可是一笔不小的数字,把我家几年的计划都打乱了。看来短期内这钱不会发下来,我得另想办法。我和我老公,他以前担任我们公司的劳资科长,我们反复商量,总得谋划一个挣钱的门路。张雪莲大姐说得好，天无绝人之路，她很快就找到了挣钱的办法，早上趁城管还没有上班的时候在小区门口卖煎饼，等城管八点多来巡查时，她已经收摊了，没想到打日本鬼子的游击战术，张姐在和平年代还用得这么好。我可是想不来这样的办法，我的家庭条件不允许，早上我还要照顾婆婆的起居饮食。张姐在一家酒店还兼了一份洗碗的工作，算下来她一个月能挣三千多，比在我们公司挣得还多。

晚上等孩子写完作业上床睡觉，把婆婆也安顿好，我和老公并靠在床上一边看电视一边把我们熟悉的工友都议论了一遍。电视剧演得很无聊，都是不食人间烟火的男女在那里要死要活地爱。有的工友混得很惨，没有什么技能，也找不到合适的活儿干，还有几个在建筑工地打了几个月的工，老板跑路了，白辛苦了一场，一分钱也没有挣到手。王子涵小妹倒是找了份很体面的工作，每天穿戴得很惹人眼，有人说她是做陪聊的。我们两口子还不知道陪聊是做什么的，老公在大学学的是文科，是学管理的，他说陪聊肯定不是色情工作，那叫卖淫，王妹不是那种女人，她有老公有孩子，老公因工伤眼睛看不见了，但是王妹还是很顾家的，她从来没有嫌弃过自己的老公，她把老公服侍得邻居们都赞不绝口，她做这样的工作也是没有办法的办法。

我们把所有能想到的工友都滤了一遍，还是张姐目前混得最好，她手脚麻利，快言快语，身体也棒，我是没她那么能干，她一个月能挣三千多完全是靠她的能力挣来的，我打心眼里替张姐高兴。王妹做陪聊也是被逼出来的，她人长得好看，年轻，还有那个资本，挣养家户口的钱都不容易。那些找她陪聊的都是什么人呢,不会对王妹无礼吧？我替王妹担心,希望她能好好的,不受欺负。

电视跳台黑屏了,那是20世纪80年代末托熟人买来的,几次说要换新的都没有换,钱总是用在了最需要的地方。现在该轮到考虑我们自己的生计了。说实话,我老公长期做办公室工作,现在要他去搬砖、和泥、扛包、拉车,一下子还抹不开那个面子。况且他腰肌劳损也不允许干重体力活儿,耍了半辈子笔杆儿什么技能都没有学会,如果去找工作,还是我比较合适。下午我俩去考察了一下市场,卖烧饼卖蒸馍卖各种小吃的,卖蔬菜卖水果卖活鸡鸭海鲜的,卖什么的都有。以前我们在这街市买各种生活用品习惯了和小商小贩讨价还价,今后莫非我也要和他们一样,因为分分角角和顾客争得面红耳赤？我想想都缺乏勇气。可是不干又有什么办法呢,张姐说活人不能被尿憋死,我们都是大活人,当然不能被尿憋死,我们得"下海"。从一个企业的工人到小商小贩,应该也是"下海",那是我们生活海拔最低的地方吧,我们探到了生活的底,并且没有什么希望从海面浮起来。

想到眼下的生活,心里酸酸的,如果不下岗,我们还能过着较体面的生活,现在我俩都下岗了,今后的日子真是一下子没谱了。女儿上高三,明年就要考大学了,那骇人的学费还要提前为她储备;婆婆前几年得了偏瘫,需要有人照顾;儿子才九岁,上四年级,娃儿长这么大没有买过一个玩具。想到我俩太对不起一家人了,想流泪,怕老公看见,就装着去给儿子掖被子。老公一脸木然,看着呼呼响的电视发呆。我俩好久好久没有激情想两口子之间的事了，生活把我们压得喘不过气来，都几个月了，他不碰我，我也不想挨他。那种事，都是在无忧的时候才会发生，是生活的副产品，是即景之作，是柴米油盐之外的东西，我们夫妻过多考虑的是正儿八经的不能缺少的生活，只要生活无忧，没有那种生活的调料品也行。俗话说，三十四五，如狼似虎，我才三十六岁，就连一只掉了牙的母狗都不如了，我忽然觉得对不起老公，我的冷淡封杀了他的情欲，他也才不到四十岁，我们应该是风华正茂的年龄，就没有了枕边的风花雪月。是我长期对生活的忧虑影响了老公，我好长时间没有心情给老公示爱，他也懒得不想理我了，我们的感官机能退化得如此之快，像一架缺了琴键的钢琴，再也弹奏不出生活的激越。

二

我和老公商量了两天，下决心去卖水果，这不需要什么技术，投资可大可小，也没有大的风险，老公说挣钱不挣钱先练练摊再说，终究我们还是要有事干，要挣钱养家，这一步迟早要跨出去。我俩到超市花八十元买了一台电子秤，邻居赵妈答应把她的三轮车借给我们用，我蹬着三轮车到南街果品市场进了五十斤白兰瓜，每斤一元五角，还进了二十个泰国柚子，每个六元，第一次练摊我们不敢多进，还不知道能不能卖得出去。

我们是在天快黑的时候出去的，我蹬着三轮车，老公骑着我原来上班时骑的电动车在十米以外跟着我，这是我们提前商量好的，万一遇见城管好有个照应。不知咋回事，出了小区的大门，我就害怕得腿直抖，就像偷了别人东西的贼，城管就像警察，我们是天敌。他们是按照法规执法，而我违反了国家城市管理条例，占道经营，只要被城管逮住，没收电子秤和水果倒没有什么，而三轮车是借赵妈的，被城管没收了我无法给赵妈交代，赔赵妈一辆新的要一千多，我一时还真弄不来那么多钱。

我刚骑到合河街菜市口，就见前面围了一堆人，我老公示意我停在路边，他上前一看，见一个老妈躺在地上，怀里死死抱着一台电子秤，周围有七八个城管，有的在打110，有的在录音，有的在照相，还有几个年轻一点的正往执法车上抬三轮车，有一个胖乎乎的城管手拿电子喇叭向围观的群众大声吆喝："大家都看清楚了，是她自己倒下的，是她自己耍赖，我们城管可没有动她一根指头。"这样反复广播了好几遍。街中心各样的水果滚落一地，有的滚到马路边，从四面开过来的汽车一直不停地按喇叭，围观的群众有一百多人，大家议论纷纷，说什么的都有。见到这阵势，我吓得浑身出冷汗，骑着三轮车掉头就走，也不管我老公在后面直吆喝，我一口气蹬到楼下，大口喘气，发誓不去卖水果了。老公从后面追过来，见我瘫坐在地上，就把三轮车推进配套房，扶我上楼，打开房门，我歪倒在沙发上，差点儿晕过去。

等我镇静下来时，已经八点多了，老公给我倒了一杯开水，我喝下去顿时感觉好了许多。老公连安慰带央求地对我说："你看我们都投资三百多块了，水果也不能放时间长，我们要不继续干下去，白白损失三百多块不说，暂时也没有什么挣钱的门路，我们用钱的地方太多了，还是要出去把水果卖掉，全当是咱俩练一次摊。"我想想老公的话也对，不卖水果又有什么办法呢？我就从床上起来，下楼帮老公把三轮车从配套房里推出来。老公蹬着三轮车，我在后面扶着，我们不敢到合河菜市场人多的地方去，就在宏图小区门口的马路边停下来，这里人少，城管一般不会到这里来，相对安全些。这时候，过往的行人差不多都是从学校接孩子下晚自习回家的家长们，匆匆而过并不停留，我们眼巴巴盯着一个个急忙赶路的行人，没有一个人问津。我心里很失望，看人家挣钱容易，自己挣起来是那么难，真是钱难挣屎难吃啊。

这时候走过来一位老者，问柚子多少钱一斤，老公急忙告诉他，柚子是论个不论斤，十块钱一个。老者又问是哪里的柚子，我急忙抢着回答："是泰国柚子，正宗的。"老者盯了我一眼说道："你们是在我们家门口做生意的，千万不能弄虚作假。这明明是海南柚子，你们偏要说成是泰国的，泰国柚子比海南柚子个头大，皮也细腻，你们俩年纪轻轻不能欺骗人嘛。"我们两口子这辈子还真不知道海南柚子和泰国柚子有什么区别，在南街果品市场进货时批发商告诉我们是泰国柚子，我们也给顾客说是泰国柚子，我们真没有欺骗顾客之心，就赶紧给老者赔不是。

这时，二十米之外有一辆城管监察的白色面包车在等红绿灯，老公一看大事不好，急忙踏上三轮车想逃之夭夭。老者笑道："不要害怕，城管都是打群架的，你们放心大胆地在这里卖吧。"果然，绿灯亮了，白面包车一溜烟开走了，我们俩都长长出了一口气，心里对老者很感激，刚才对老者的戒心也烟消云散了，急忙从三轮车里挑出一个大柚子递给老者表示感谢。谁知老者正色道："你们小夫妻是做小本生意，是在秤上斤斤计较，

271　　　　　　　　　　　　　　　练摊

像你们这样出手大方,哪里有钱让你们挣?"说完挑了一些白兰瓜,我们赶紧帮忙用食品袋装好,在电子秤上称了称,刚好五斤,就对老者说:"伯伯,我们是在南街批发的,一斤是一块五,我们不挣你一分钱,也算是我们两口的一点儿心意。"老者从裤兜里掏出二十块钱硬要我们收下,临走说:"卖水果,没有五成的利润挣不了钱,你们俩大概是初次出摊,还没有摸出挣钱的门道。这一回,你们说不定得先赔了,交个练摊的学费。"

望着老者远去的身影,我和老公面面相觑,这一回,难道我们真的得先赔了练摊的钱? 我们可赔不起啊,银行里我们倒是还存有五千块,那是我和老公商量好给婆婆看病的钱,死也不能动,万一婆婆有个三长两短,我们借不来钱要了婆婆的命那可是丧尽天良的事。都几朝几帝了,卖水果这最原始的生意我们都做不成,我们还真不如坐在路边卖鞋垫的老妈们,人家自产自销,一天还挣三十五十的。老公是大学本科学管理毕业,我也是会计学校毕业,我们俩学的知识在现实生活中是一点儿用也没有了。

这时起了一阵风,路边的玉兰树被风摇来搜去的,马路上卷起的尘粒扑打在我的脸上,生疼生疼的,路上的行人越来越少了,不时开过来一辆汽车,明亮的灯光照在三轮车和我们俩身上,灯光顺着拐弯移去,又把我们留在黑暗中。我感到一阵孤单,好像我不是这城里人,我是从很远的地方漂来的,与这个小城是那么陌生。小城用毋庸置疑的态度拒绝了我,它只欢迎强者,而我,还有我们公司下岗的姐妹,都是被遗弃在路旁的流浪狗,在有一餐没一餐的日子里过活,还不知道明天是什么样子,今天不够好,明天呢? 尘粒迷住了我的眼睛,我用袖头擦我的眼,我感到我的眼睛被暖暖的泪水湿润着,那是从心底里流出来的泪水,我越发止不住了,忍不住大声哭起来。在这空旷寂静的城市一角,在这微弱路灯的照射下,一个沦落在社会底层的弱者,即便泪水成河,也得不到同情。弱肉强食的竞争法则,注定了我们要靠自己的双手去觅食,即便我们是赤手空拳。

我们收摊了,在回家的路上,我和老公都默默不语。三轮车很老旧了,蹬起来很沉,老公似乎很吃力,我在一旁帮着推,车轴发出吱吱呀呀的抗议声,如泣似诉,好像轱辘的摩擦引起了它的旧伤。我心里也有一种没由头的抵触,一种愤慨,一种仇视,但我不知道对象是谁,就像一条毛毛虫,在马路上时刻有被滚滚的车流轧死的危险,但那是它自己爬到马路上去的,还能抱怨谁。我们生活在这个世界,也没有理由抱怨谁。一个人,只要忠于这个社会,接受政府的领导,敬业地工作,就应该得到应有的幸福,可是,我和老公,还有我的姐妹们,我们得到了什么呢?

今天,如果仅就那五斤白兰瓜说,我们是挣了十几块,前提是把三轮车上的水果全部卖出去。至此,我才明白了老者说的话,卖水果如果没有五成的利是挣不了钱的,因为还要考虑卖不出去烂掉的。做小本生意还得要不讲人情,就是亲爹亲妈来买,也得按斤收钱,怪不得有人说买东西不能去熟人那里买,没法讨价还价。这卖水果也有学不完的学问,我们初出茅庐,是得交点儿学费。那位老者买我们五斤白兰瓜,也是看我们生意冷清,在用另一种方法帮助我们。我在心里很感激那位老者,这世界上还是有好人的。在这冷清的夜色中,还是有一股暖暖的风迎面

　　　　　　　　练摊

向我扑来，我感到舒服了许多，尽管这安慰来无影去无踪，但还是无处不在的。

　　回到家里，我身心疲惫，简单洗漱一下就睡下了，老公煮了几个汤圆喊我起来吃，我懒得起身，老公就把汤圆放在床头柜上，用汤勺喂我吃。我看着老公，泪水忍不住又流出来。我是个爱流泪的女人，常常为一些小事感动，老公是我的依靠，是我的精神支柱，是他一直扶着我一步步走过了一道道生活的坎，是他一直用爱抚的手抹去了我心头没有断线的泪水，现在，我觉得我活下去的勇气和信心都是老公给我的，我忍不住大声呼喊："老公，我爱你，任凭天塌地裂，你都不要离开我！"我一把把老公搂进我的怀里，用牙齿咬他的肩膀，咬他的耳朵，我把一滴一滴的泪水都洒在他的脸上，我捶打他的背，拧他的胳膊，我想把我的全部都化成感动化成爱送给老公。那夜，我俩用爱开放了一朵爱情之花，那是我们结婚快二十年来最好的一次，我紧紧地搂着老公睡着了，什么金梦银梦都没有现实好，我爱我身边的老公，有他天天躺在我的身边，我什么都不要了。

<h2 style="text-align:center">三</h2>

　　第二天大清早赵妈就敲我的门，我急忙起身，睡眼惺忪地打开屋门，把赵妈迎到客厅沙发上坐下。客厅正对着我的卧室，床上乱糟糟的，被赵妈看得清清楚楚，我心里很害羞，昨天夜里我和老公把床铺弄得乱七八糟，还没有来得及收拾。怕赵妈看出破绽，我急忙去整理被褥，把昨夜换下的内衣塞在床头柜里。赵

妈问我:"昨夜累了?"我慌乱回答:"也不累,反正起早也没事,就贪睡了一会儿。"赵妈又问我:"昨天生意咋样,挣着钱没有?"我不好意思地回赵妈的话:"就卖了五斤白兰瓜,挣了十几块,还是一位老伯有意照顾,人家也不是非要买。"赵妈叹了口气说:"现在干啥都不好挣钱,你知道的,三号楼那个风风火火的女人,就是以前和你在一起上班的,叫什么来着,在酒店给人家洗碗,不小心打破一只碗,和酒店老板发生了争执,被打伤了。你想,一天到晚手里过几百只碗,哪有不失手的,打一只碗也正常嘛,你说这社会有钱人有多凶,人都被打得躺在地上了还用脚踢,把眼睛踢伤了,现在还躺在医院里。""是张雪莲大姐吗?"我急着问,赵妈很肯定地说:"对,就是她,爱打抱不平,说话干干脆脆,干活麻麻利利,人可好了,日他祖奶奶,现在是好人受气,到哪里评理去?"赵妈一边气哼哼地骂人一边起身向我告辞,临下楼的时候又转身嘱咐我:"在外做生意矮人三分,尽量说好话,万一被城管碰上也不要慌,脸皮厚一点,嘴巴甜一点,但是什么时候都是君子动口不动手,咱不干缺理事。"我很感谢赵妈,赵妈在我们小区里是一个热心肠的人,谁家有困难了都少不了赵妈的身影。送走赵妈,我急忙刷牙洗脸,一边打电话让老公回来,我们得赶紧去医院探视张姐。张姐也真是,出这么大的事也不给我们打个招呼,她老公在一家公司做保安,不知道能不能请下假照顾她。

我和老公在楼下小超市买了一篮鸡蛋和一箱牛奶,老公骑着电动车带着我去看张姐。走到医院楼下,见医院一层大厅里围满了人,有人和保安发生了争执,一打听,原来是附近上了年纪的群众经常来医院大厅乘凉,有的拉个草垫子,把地板当成了床,打个大芭蕉扇仰八叉打起了呼噜,保安赶他们,他们不走,于是就吵了起来。我和老公直摇头,这毕竟是医院,不是广场,还是得有规矩,又想想一个城市如果没有城管下大力气管着,也不成体统了。我们不恨城管,我们想,如果城市能够划出一些地方允许我们下岗工人有个谋生的地方,互不影响该有多好。

我们乘电梯到五楼,找到病房,推门进去,见张姐斜靠在病床上,右眼用绷带缠着。见我俩到来,张姐赶紧坐起来说:"就怕你们花钱,不敢告诉你们,你们还是知道了。"我说:"张姐,看你说的,我俩就是再穷,也买得起一篮鸡蛋,你出这么大的事,我俩来晚了,就够对不起你了。"我坐在张姐身边,用手摸了摸她的额头,忍不住又掉下泪来。张姐说:"妹,不哭,一棵树上吊不死人,只要我的眼睛没有大碍,换个地方,老娘还能挣钱。"我把去卖水果的情况给张姐说了一遍,张姐叹了口气说:"他一介书生,是耍笔杆子的,你少言寡语,见人不会说两句话,你俩都不是做生意的料,卖水果这活你俩干不下来。"我和老公一时都没了话,张姐想了想说:"妹,润生大酒店要招收一批客房服务员,条件是高中毕业,年龄四十岁以下,面容姣好,我看你符合这条件,一个月底薪二千五百,你去应聘一下试试。"我急忙说:"姐,别的还可以,我长这样,怕不符合条件。"张姐说:"傻妹,你是过日子过得太紧了,没有时间去照照镜子,你长得像一朵花!"

听了张姐一顿表扬,我心里美滋滋的。回家的路上,我拧了一把老公的腰,问他:"老实说,我美吗?"老公回答说:"老实说,美。""那你为什么几个月都不碰我一回?"老公叹了口气说:"都是柴米油盐把我累坏了,等以后我混阔了,好好爱你一场。"我撒娇说:"我才不稀罕,到时候不知道你会爱上谁呢。说正经的,我决定去酒店当服务员,你同意吗?"老公点了点头,表示同意,我知道他心里是反对我去的,他认为五星级酒店里住的都不是正经人,但是又没有更好的选择,只好默认了我的决定。

我顺利通过了润生大酒店的面试,一个人要交一千元的保证金,我说我没钱,负责面试的人事经理同意不让我交,还告诉我明天就要来酒店参加培训。我总算有了一个比较稳定的职业,并且工资也让我满意,以前在我们公司一个月也就拿二千来块,这比卖水果要强得多。我很感激张姐给我提供了对我来说很重要的工作信息,就忍不住给张姐打了通电话,把这个好消息告诉了她,另外也向她表示感谢。

我在酒店正式上班了,每一个客房服务员一天要打扫十个房间,多打扫一间奖励十五块钱,酒店免费管一顿午餐。我很快适应了新工作,也很珍惜新的工作,我对工作表示出了极大的热情,工作很认真,客房经理很快就提升我为楼层负责人。如果一切不出问题,我家的生活要不了多久就会恢复到以前的水平,还能为我的女儿攒足学费,因此我努力工作,生怕出什么差错。

有一天,我正用吸尘器在走廊里干活,左手边的房门打开了,出来的是王子涵。我吓了一跳,正要抬头问,她急忙用手捂住了我的嘴,把我拉到走廊尽头,用哀求的语气对我说:"姐,千万给我保密,我也是被逼得走投无路了啊。"我轻轻点了点头,表示我绝对不会说出去,她两眼含泪,紧紧地抱了我一下,坐电梯下楼了。我愣在那里,半天说不出话来。王子涵老公的眼睛

练摊

因为工伤失明了,公司一个月补给他三百块,她的公公半身不遂,走路离不开拐杖,她又下岗了,这一家人生活上遇到的困难可想而知,和她的家庭比较起来,我家还是能过得去的。我心里深深地同情她,但不知道如何能帮她一把。

那天一整个下午我都心神不定。快要下班的时候,酒店的一个女经理把我叫到她的办公室,很热情地询问了我工作的一些情况,末了她说:"唉,咱们做女人的,都是男人的牺牲品,我也是做出了很大的牺牲,才做到这份上,实话对你说,一个老板看中了你,答应包养你,一个月给你五千块,你还是在酒店上班,不过,打扫客房的工作你就不要干了,就跟着我,做我的助理吧。"无论女经理怎样巧舌如簧,我都没有听从她,她见我不答应,就恶狠狠地对我说:"不识抬举,你都快四十的人了,老板是看你生活困难才答应包养你,人家身边黄花姑娘多啦,稀罕你个半老徐娘,不同意就走人,我们酒店人才多的是。"

我走出了女经理的办公室,走出了我刚刚工作了不到一个月的大酒店,走在宽阔的大街上,我第二次下岗了,不过,这一次,远没有上次下岗时那么难受,我心里有一种解放般的轻松。人,特别是女人,即便是喝西北风,也要活出一份自己的尊严。

读书

　　我喜欢读书,倒不是像大家说的一样用知识充实自己,这完全是一种习惯,是自小就养成的习惯。我也打牌,输赢一些小钱,因此,我根本不是勤奋读书的人。如果有更好的选择,我当然乐意放下书籍去乐在其中,只是这快乐之于我实在是太少了,空余下来的时间只好用书本打发,这是我无所事事百无聊赖时的最后一项选择了。如果让我站在讲台上给学生讲读书,我当然会把自己扮成学富五车的学者,道貌岸然地大谈特谈读书的好处和心得,谁知道我肚子里什么也没有。

　　在火车上,在酒店里,在候车厅,我手边没有书读,就滑开手机,在微博、微信中找文章读,那一些小短文也是很有趣的。如果你一时心中空寂,就会忍不住抬腕看表,即便只有十分钟,对你来说也是很漫长的,当读到好文章时,那时间过得好快。这个时候,我读书完全是为了消磨时间,根本没有什么高尚的目的。有时候在一些地方小报上也能读到好文章,有一次在公园里捡到一张残缺不全的报纸,那上面就登了一篇好文章,虽然是转载的,但我还是敬佩编辑,他独具慧眼,在哪里找了这么一篇好文章。

　　　　　　　　　　　　　　　　　　读书

有时候，我还是愿意静下心来进行深阅读，看一些古今中外的名著，有时候我会掩书长思，那些古人，那些外国人，他们的思想怎么和我的想法一样，包括对生命的体验，对生活的感受，对爱情的纠结。吃西餐和吃中餐，爱一个女人和被一个女人所爱，对生命漫长或者短暂的长吁短叹，感受会是一样的吗？我甚至怀疑现代科技对人类基因的论断，人类，无论是黄种人、白种人还是黑种人，都是一个妈生的，放在自然的大环境下，唯有人类的基因是一样的。妈妈在天堂看着我们无缘无故地争斗很是生气，埋怨儿女们太不争气。

烦恼时、气急败坏时是根本读不进去的，你怎么装样子都不行。法国现代著名哲学家、散文家阿兰告诉我们，读书就是一行一行地读书上的字。阿兰不是和我们开玩笑，书就是这样一个读法。你如果就这样把你的思想放进这一行一行的字中，并且几个小时不曾离开，你就是在读书了。我读蒲宁的《在八月》时，他追慕的姑娘走了，我也会心酸地想，我心仪的姑娘在哪里？我读罗素的《我为何而生》时，又何尝不是"对爱情的渴望，对知识的追求，对人类苦难不可遏制的同情，是支配我一生的单纯而强烈的三种感情"。罗素还说如果用他的余生来换取几个小时让他心醉神迷的爱情欢乐，他都情愿。他是在代表男人说话，可惜人们最低的愿望用最高的追求都无法实现，这真不是单方面的原因，也无法用一个答案去回答。伟大人物所遇到的烦恼和无奈，我都遇到过，一个伟大的思想和一个卑微的思想，其实有很多相似的地方，我们不必气恼了。

当你读到康拉德和卢梭在对自由的认识争论得不可开交

时,你是同意康拉德"人的自由并非来自对其冲动的放纵,并非来自随随便便、不受约束,而是来自用占统治地位的意志来克制反复无常的冲动",还是同意卢梭"人类带着枷锁出世,但人类能够自由"?世界当今的秩序,无不是吸取了前人的经验和智慧,才有了章法,但争论还在继续。作为个体,我们都想得到自由,但是必须把那些反复无常的冲动关进一个铁笼子里,才不会影响公共的安全。

初中时,在语文课本上,我们读过鲁迅的《从百草园到三味书屋》选段。语文老师还把鲁迅的另一篇散文《秋夜》开头的一句话作为经典给我们讲述。鲁迅在《秋夜》的开头这样写道:"在我的后园,可以看见墙外有两株树,一株是枣树,还有一株也是枣树。"这是在中国学生中间流传了几十年的经典句子。四十年后,重读鲁迅的这些句子,尽管我曾对他制造两株枣树之间的悬念产生过怀疑,但还是佩服鲁迅的笔力。出身富裕之家的鲁迅和我们这些农家子弟比较起来,他对虫草的童趣,他在课堂上的不用功,我们都有过,只不过我们比他更顽皮更难以管教。

人类的一切区别都是后天产生的,这是我几十年来读书的心得。

余秀华给中国诗坛注了一针兴奋剂

　　草根女诗人余秀华以一首《穿过大半个中国去睡你》一夜走红,并非她走运,而是靠自己的作品打动了读者的心。当数十家出版商云集在余秀华破旧的小屋里求购版权时,是否注意到了作者本人,一个39岁、长得并不漂亮、儿时患有脑瘫还跛脚的农村妇女,以及她身后破旧的小屋和贫穷的家庭情况? 她硬是坚持16年靠一根左手指,在一台老旧的电脑前敲出来2000多首诗。

　　中国人已经有好几十年冷落诗歌了,这真是我们以诗歌为荣的国家的悲哀。当然,这并不是因为中国人真的不爱读诗,而是这些年中一直没有好诗出现。很多纯文学刊物如果没有财政补贴,很难生存下去,商人也很少在这些地方做广告,受众少得可怜。而在我们有十三亿人口的大国里,关心诗歌命运的又有几个人? 营养诗歌还要靠政府,羞耻的恐怕不仅仅是诗人。

　　诗人余秀华的出现,是中国诗坛的必然。余秀华现象也是中国诗坛的现象。被封闭、压抑太久,必然有一个爆发,点燃这个导火线的,是余秀华的诗。诗人、比较文学博士沈睿由衷地赞美道:"这样强烈美丽到达极限的爱情诗、情爱诗,还没有谁能写出来过。……出奇的想象,语言的打击力量,与中国大部分女诗人相比,余秀华的诗歌是纯粹的诗歌,是生命的诗歌……"

余诗几乎是以写实的手法在大胆地、赤裸地宣泄自己的感情和情感,没有任何遮掩和包装。诗中,她爱得坚决,爱得不顾一切,至于能不能实现目的,已经不太重要。"我是穿过枪林弹雨去睡你/我是把无数个黑夜摁进一个黎明去睡你/我是无数个我奔跑成一个我去睡你……"面对记者采访时,她也毫不遮掩地告诉记者,当她穿过大半个中国去见自己喜爱的文友时,吃了闭门羹,那个男人并没有给她打开自家的柴门。但她要的是爱的过程,在爱的过程中,她已经得到了、满足了,爱,其实就那么战栗一下,稍纵即逝,不可长久,竟然就被诗人捕捉到了,她获取了一个截面,不然会变成"她让他滚,他让她死"(余的原话)。

作者还是个女权主义者吗? 穿过大半个中国去睡你,而不是被你睡。我这样理解是不是狭隘的爱情主义者,不敢多言,高人自有见解。

诗人有一个不幸的家庭和令人不满意的丈夫,但对于一个因出生时早产缺氧而有先天性脑瘫的人来说,她走路不稳,手发抖,口吃,她根本没有力量改变这一切。"我跛出院子的时候,它跟着/我们走过菜园,走过田埂,向北,去外婆家/我跌倒在田沟里,它摇着尾巴/我伸手过去,它把我手上的血舔干净。"生活中,同情诗人的,只有她可爱的小狗小巫。小巫是她唯一的伴侣、希望和见证者。生活多么无望啊,当"我们走到了外婆屋后,才想起,她已经死去多年",那一定是空荡失望到了极点,读到此处,焉有不落泪者。

余诗蹿红网络后,点赞者众,但也有批评者,甚至有人把余诗批评得一文不值。诗人沈浩波就曾说:仅就诗歌而言,余的诗写得并不好,没有艺术高度,这样的文字确实容易流行,只不过这种流行稍微会拉低一些诗的格调。

鲁迅先生说愤怒出诗人,因此他的诗很具有战斗性。其实苦难也出诗人,余诗便是见证。看来,开着豪车、住着豪宅、生活腐化的人一般是写不出好诗来的。

名人犯傻

名人一般都有一个智慧的大脑,可也有犯傻的时候,大概他们都是性情中人,做决定时也不是都经过深思熟虑,有些是很随意的,难免会做出错误的决定,看起来他们是在犯不应该犯的傻。

20 世纪 30 年代,胡适和鲁迅等七个作家一起做《新青年》杂志,同是编委之一的刘半农喜欢用化名发表文章,遭到胡适的强烈反对,他认为用化名写文章不是正人君子做的事,并且不允许刘半农再编《新青年》。胡适的做法遭到其他六个编委的一致反对,说如果你一个人编,我们都不投稿,看你怎么编。胡适只好妥协,这事也只好不了了之。胡适为什么像个小愤青一样,提出这样一个无理的要求,狼狈了自己,这真不是一个大文化人做的事情。

还有一件事,胡适在上海中西女校发表演讲时说:"中国女子是不配做母亲的,因为她们的奶子被压制太久,减少了生殖力,所以各位要想争取做母亲的权利,第一就应该解放自己的奶子。"

沈从文第一次到大学授课,学生们都慕名而来,教室里被挤得水泄不通,走道过廊里都挤满了人。他抬头望去,见黑压压一片人头,非常紧张,足足有十几分钟讲不出一句话。后来他强装镇静,结结巴巴讲了起来,原来准备讲一个多小时的,结果十来分钟就讲完了,他只好拿起粉笔,在黑板上写道:"我第一次上课,见你们人多,怕了。"

以沈从文的文气才气,他是不应该这么紧张的,想想我们第一次登台讲话时难免紧张,沈从文也是一个平常人,一步步走向文坛,成就了他的文学,那一次讲课,沈从文是终生难忘的。

瞿秋白本来是一个很有作为的作家,后来做了党的领导人,被逮捕入狱后,总结自己的一生时,他喟然写道:"一个不适合当官的人,在一个错误的历史时期当上了一个注定犯错误的领导者。"

瞿秋白如果安心文学事业,绝对会和鲁迅齐名,可叹的是,他走上了政治道路,毁了自己的一生,给组织也造成了严重的危害,可惜一切不能从头再来一次。

日本人犬养毅问孙中山:"你最喜欢什么?"孙中山答曰:"革命,推翻满清政府。""次之,你还喜欢什么?"孙中山回答:"女人。""再次之呢?""书!"孙中山肯定地回答。

国父为什么不包装一下自己呢? 要知道他是一位伟大的政治家,虽然男人都爱美女,但他毕竟不是一般的人。再仔细想来,我们都不敢大胆说出内心真实的想法,孙中山先生是追求自由的理想主义者,他大胆地说出爱女人,是他真性情的表露,丝毫无损他的领袖形象。

鲁迅在给友人的信中,承认自己面对女人时自卑胆怯的心理:"其实呢,异性,我是爱的,但我一向不敢,因为我自己明白各种缺点,深恐辱没了对手。"

读鲁迅的文章,能感受到浩然正气,是投向敌人的匕首,充满战斗的激情。我们说鲁迅的骨头最硬,谁知道鲁迅在面对女人时,竟是这样自卑胆怯,这很难和他的文胆联系在一起。

想想历史上的一些名将,如韩信、白起,他们一世英名,却都没有好下场,还有那些因一念之差而葬送了江山社稷的帝王,他们犯的傻可就大了。

名人犯傻

心软的男人

我是一个心软的男人,遇见悲伤的事情我常掉眼泪。那天看一个寻人节目,一个五岁的小女孩被人拐卖,长大后听到村里人说是她的父母不喜欢她才把她送人。她为了证明父母是爱她的,不是有意抛弃她的,她就下决心去寻找父母。当她费了千辛万苦和父母团聚在一起时,我坐在沙发上泣不成声,刚好被推门进来的侄女看到了,我急忙掩饰自己,背着她到洗手间洗了一把脸。

我想,一般的男人都比我刚强吧,眼泪基本上是女人的专利,男儿有泪不轻弹,可是我往往控制不了自己的感情。记得一本小说中有个名句——"眼泪并不是女人唯一的武器,最厉害的在你两腿之间。"这绝不是嘲笑女人的下流话。女人尚且如此,那么我的第二武器在哪里?我知道眼泪并非示弱的表现,眼泪有时候会帮我横下决心,眼泪是我即将做重大决定时的一场告别,眼泪是永不回头的一种决断,眼泪是我投入下一场战斗的心灵洗礼,可是我知道我手中没有第二种武器,我只有柔软的泪水和坚强的心。

无论在什么地方看到痛苦悲伤的事情,我总是控制不了自己的感情,这或许是我的弱点,在表示我的同情之时,也常常让我感到自悲自怜,让我觉得自己是多么弱小,没有力量去拯救苦难之下的弱者。自古以来,苦难和不幸并没有因为社会的发展和科学的进步而减少,当看到处于战乱之中的叙利亚难民纷纷逃亡欧洲而饿死、淹死、病死时,当看到海滩上三岁小男孩的尸体时,我相信全世界有良知的人都会流下伤心的泪水,可是人们为了各自的政治目的,并没有停止互相杀戮。人类的一些苦难和不幸,是人类自己造成的。

我的心软还表现在爱管闲事上,因为这个,我多次遭到朋友和家人的反对,可是我改不了,我到死都是一个爱管闲事的人。我公司旁边的村子里住着一个老者,常常来我的公司闲聊,有一次他不经意的一句话捅到了我的痛处。他说女人心软吃遍天下,男人心软麻烦不断。至于女人心软为什么能吃遍天下,我现在还不明白其中的道理,可是男人心软麻烦不断可让我深有体会。就在一个小时之前,一个管我叫表叔的人给我打来电话,说他的孩子想在城里找份工作,让我帮忙。都是市场经济了,一切工作都是公平竞争,况且我在市里还真不认识有权力的人,可是我还是答应帮他去找。放下电话我有点儿埋怨自己,答应容易办起来可不是那么容易,但是既然答应人家了,我就得去想办法。这真不是我逞能,我实在不会拒绝人,这一辈子我活得太累,是我管了太多的闲事,有时候简直让我寝食不安,还花了不少冤枉钱。但是我是一个不知道吸取教训的人,给自己找来了一个又一个麻烦。

在二十几岁的时候,我还做了一件荒唐事。有一年我到平顶山出差,晚上到一个小饭馆吃饭。我买了一碗汤面条和一个烧饼,在一张桌子前坐下,桌对面也坐着一个正在吃饭的人。他吃一口烧饼喝一口酒,见我坐下来就客气地让我喝酒,我婉言谢绝,他就一个人一边吃饭一边喝酒,不大一会儿就把一瓶酒喝光了,人也喝得酩酊大醉、不省人事。天南海北人来熙攘,能在一张桌子上吃饭也是一种缘分吧,看他醉成这样,我也不好意思走开,就搀扶着他东倒西歪往前走,一直走到宝丰县的一处荒坡,他躺在草地上,一会儿胡言乱语一会儿胡编乱唱,一直折腾到天蒙蒙亮,等到太阳出来我睁开眼时,他不知道什么时候已经走掉了。

　　一直到现在我都不明白该不该照顾他一个夜晚,但是良心安慰我,即便素不相识的人有难也要帮助他,况且我和他还在一张桌子上吃过饭呢。我只知道那位老兄是河南上蔡人,那里的男人都爱喝酒,那位老兄如果还健在,应该有八十岁了。

好人和坏人

　　好人和坏人不像好苹果和坏苹果那么分明,好人有坏人的思想和行为,坏人也有好人的美德和义举,只不过当人的行为超越法律所允许的范围时,就变成了坏人。

　　夏朝的妹喜、商朝的妲己、周朝的褒姒以及春秋之骊姬被合称为中国的四大妖姬。其实这四个人绝对是中国古代的四大美女,她们的错误大概主要是因为自己的美貌,但是如果把亡国的罪名强加在她们头上可就大错特错了。不公道的是中国封建社会,话语权掌握在男性手里,文学家和史学家基本都是男人,在描写或记载她们的错误时,肯定有添油加醋的地方,现代男性的话题离不开女人,那么古代男人的话题也不会离开女人,并且比现代男人更加有兴味,因为现代男性的注意力被五花八门的娱乐方式大大地分散了。这四大妖姬固然有她们的错误,但如果把亡国说成是她们的作用可就大大地高估她们的能量了。

　　隋炀帝可算是中国历史上有名的坏皇帝了,他被称为最荒淫无道的皇帝,民间传说他好色得连他的妹妹和母亲都不放过。但隋炀帝也是建树很多的皇帝,他开辟的大运河至今还在河运和灌溉方面发挥作用;他打通中国丝绸之路,使西域二十七个国家的君主纷纷前来朝拜；他开疆拓土，为统一中国打下了良好的基础。从这些方面来说，隋炀帝无愧于一个千古大帝。

人，其实都是好与坏的复合体。那些江洋大盗也有赈灾救民的壮举，那些杀人不眨眼的亡命之徒也孝顺母亲。因为人类的思想行为总是向善的方面发展，善言善行是人们生活的基本准则，因此人们都能够自觉地修正自己，扬善除恶，善成了社会的主流风范，极大地约束了恶的蔓延，所以就为制定人类共同的行为准则创造了条件。

我们多数是守法遵纪的良好公民，但在我们身上也体现了好与坏，穷急了的时候也曾经有偷盗的念头，见到一个美女肯定也有色淫之心，利益分配时想占取最好的一份，孩子们在拿苹果时都想拿最大最好的一个，大家都非常痛恨贪官，但是一旦自己做了大官也难免陷入贪腐。凡此种种，对一个具体的人来说，好与坏，善与恶，很难把各自归纳到一起，泾渭分明，去了胳膊连着腿，无法过滤无法切除，因此，政府需要对民众时时教化和鞭打，使人们沿着善的轨道前行。

我情愿被你骗

人的一生,或大或小、或多或少都被骗过,损失也不同,有人损失了贞洁,有人损失了金钱,还有人损失了亲情和信任。骗子的手段也不断翻新,让人防不胜防。

我也被骗过多次,也损失了不少钱财,都是因为想获取更多的利益。比如说一件青花瓷,骗子说是康熙年的,因为手头紧,急于出手。于是我想占这个便宜,结果买下了,就被骗了。类似这样的事情,我还经历过多次。

我的孙子只要来我家,就嚷嚷着要和我玩捉迷藏的游戏,他藏起来让我找。等他藏好了,我故意大声问:"藏好了没有?"他也大声回答我:"藏好了!"于是我就循着声音去找,只见他的脚就露在窗帘下。我还得装着找不见的样子找他好半天,让他得到胜利的满足感。我不知道这样做是不是对他有害,但是我还是三番五次地骗他高兴,他也情愿让我骗。

我的岳丈 87 岁得了肺癌,是晚期,剩下的日子不多了,在医院打点滴,儿女们故意在他面前装轻松,告诉他只是感冒了,输几天液就会好。亲朋好友都不约而同地骗他,是让他不必对自己的病情过于担心,这或许能够减轻他的痛苦,也或许能够让他不受死亡的威胁。这大概就像大家说的那样是善意的谎言吧，没有图谋不轨的因素，只是一番好意。

但是在生活中，有好多次我心甘情愿地被骗，如果不被骗，我反而心里不舒服，这懊悔的心情也挺折磨人的。

有一次我在大街上溜达，看见一个十四五岁的少年跪在地上，双手举个牌子，上面写着由于父母双亡，没有人提供学费，他面临失学的危险。我心里很同情他，就给了他五十元，走了几步后，我还是不放心他学业的问题，就把身上剩下的一百元都给了他。事后我和几个朋友聊起这件事，朋友们都大笑，说骗子，骗子，你聪明人还上这个小儿的当。我也有被骗后的糟糕情绪，后来冷静想想，假若那个少年不是骗子，是真的父母双亡而面临失学呢？因此我宁愿九十九次相信他在骗我，而不愿他有一次是真的没骗我。

还有一次傍晚的时候，我散步到步行街，那里临时搭了一个棚，棚里台上站了一个十来岁的小女孩，主持人说这个小女孩得了白血病，巨额的医疗费让她家里家徒四壁，小女孩生命不保。台下有几个年轻人端着募捐箱在募捐。我往募捐箱里丢了二百元，然后站在一边看。不一会儿，那个手端募捐箱的年轻人又走到我面前，我发现募捐箱里只剩下了一把零钱，我刚才丢下的二百元大钞不见了，我心里一阵不高兴，心想我丢下的二百元是不是被他们贪污了。可是事情过后，我觉得我还是做对了，如果我没有伸出援助之手，那个小女孩可怜的样子会让我终生难忘，在我有能力帮助她的时候我没有帮助她，这良心上的谴责会让我痛苦一辈子。

今年 5 月我去了一趟广州,在酒店里安顿下来已经是晚上 7 点多了,我身上只带了一百多元钱去大街上吃晚餐。我正在一家米粉店前犹豫着要不要进去的时候,一个漂亮的姑娘走到我面前可怜巴巴地说:"叔叔,我和妹妹来广州打工,几天了都没有找到工作,身上没有一分钱了,一天多都没有吃上饭,帮帮忙给一些钱吧。"她一脸诚实,我就把裤兜里的钱掏出来,把零钱给了她,谁知她盯着我剩下的一百元,央求我把那一百元也给她。我说:"你跟我来,要不咱们一起吃,要不我买一碗米粉,剩下的钱给你。"她极不信任我,看着我走进米粉店,向里张望了一下就走了。

她是骗子吗? 长得那么美丽,又是二十来岁的年龄。如果她和妹妹真的遇到了困难,我为什么表现得一点也不慷慨,把那一百元也给她,回酒店取钱也要不了几分钟。但如果她真是骗子,是在用一个女孩子的美丽在骗取人们的信任,也着实太可恶了。我在米粉店里一边吃米粉,一边想我是不是又帮错了人,心里一阵矛盾,为自己没有慷慨解囊而后悔,也为被她的美色骗到而羞愧,思想良久我觉得还是应该帮助她,钱很少,但至少换来了我的心理安慰。

还有一次也是在广州街头,人行道上跪着一个姑娘,裸露着上身,长发从额头飘下来盖住了她的脸,她浑身上下被灼伤得很严重,皮肤比老榆树皮还要粗糙。我毫不犹豫地在她面前的盘子里丢了一百元,又丢了一百元。哪怕有人说她是个彻头彻尾的骗子,我还是要帮她。

生活中,遇见这种帮了后悔不帮也后悔的事情太多了,不

　　　　　　　我情愿被你骗

过,我还是愿意伸出我的善意之手,尽管我所提供的帮助微乎其微,我愿意让我的心灵时时得到一份安慰,我情愿被你骗。

化学脑袋

　　我们小区附近有一个爱下棋的老人，经常在马路边摆上棋盘和人对弈。周围有站着的、坐着的观棋者给两边支着儿，有一个人大声叫道：化学脑袋！炮架中路！那老人果然把自家的红炮架在中路，不承想车被对方的马踩掉了，周围一片哄堂大笑。原来那个看客支的是反着儿，这一盘棋老人输掉了。

　　后来我经常发现有人给"化学脑袋"支反着儿，"化学脑袋"屡屡上当屡屡输棋，越输越不服气，一个上午或者一个下午往往赢不了一盘。再后来我又发现"化学脑袋"的脑袋并不好使，棋艺还处在小学生水平，他每天除了一日三餐就是在马路边下棋，周围围满了人，不时传来哄然的笑声，那一定是"化学脑袋"出臭着儿了。大家都觉得"化学脑袋"好玩，只要"化学脑袋"一出来下棋，有事没事的都停下脚来围着棋摊观棋。我想"化学脑袋"下棋不在乎输赢，纯粹是为了娱乐，老人能如此豁达也是人生修炼的结果。因此，我也经常围着棋摊观棋，也常替"化学脑袋"的臭着儿惋惜。但是我的兴趣不在棋上，我想"化学脑袋"这个人一定是有些来头的。果不出所料，后来我知道了"化学脑袋"是清华大学毕业的。

"化学脑袋"1981年毕业于清华大学,因为成绩优异被分配到中国社科院901所做高分子研究,一干就是八年。虽然还没有做出超前的研究成果,但他的研究水平还是得到了领导的肯定,如果再继续下去,"化学脑袋"能不能成为高分子领域的尖端科研人员也很难说,但是他的一个错误决定使他与科学家的称号相差千里了。

　　1988年,他家乡的一家化肥厂急需科技人才,厂长亲自出马到901所招聘他,承诺只要他肯回去,就专门为他成立一个化工研究院,由他出任院长。他被厂长的好言好语打动了,辞去了901所的工作,跟着厂长回到了老家。厂长不食言,等他到厂里报到时,化工研究院的招牌已经挂出去了。他很受感动,不要报酬,不要职务,以一个科研人员的单纯和敬业,很快投入自己的工作中。从901所带回来的书籍和资料就有十几木箱,他认真整理一番,按需要摆放在自己的办公室里。

　　夏季在没有空调的办公室里,他每天上班一边翻资料一边喝水,就这样度过了整整三个月。再苦再累他都能忍受,只要能让他工作。再说了刚回到家乡,厂里比较困难,他也不能向厂里提任何条件。三个月里,厂长从来没有到研究院来过,他曾经去找过厂长,厂长不是出差就是开会,反正很难和他说说工作的事。这样又过了半年,厂长到市里任职了,他的研究院的白色招牌也变成了灰色,油漆也斑驳了,厂里没有给他配备一个工作人员,没有拨一分经费,连他的工资也没有着落了。

　　"化学脑袋"气得把他十几箱的书籍和资料烧了个精光。厂长哪里是真心用他,只不过打着他清华生的金字招牌沽名钓誉罢了。厂长升迁了，他在化工研究院的冷板凳上一坐又是一年，添了不少白发。实在无望了，他又想回到901所。所的名字也换了，所长已经退休，新来的所长根本不认识他，大部分同事都到国外发展了，还有的到高校任教了，剩下两个都是老实巴交、办不成任何事的，管他吃了杯小酒，就让他打道回府了。

"化学脑袋"后来又到一家化工厂和一家工艺厂混了几年，大部分时间都在坐冷板凳。他的学识在这些做初级产品的小工厂里根本派不上用场，他人不机灵，又不会夤缘上位，反而成了厂里的包袱。做不出成绩，工资也少得可怜，老婆恨他，孩子不愿和他说话，他只有以酒浇愁，不讲穿衣，不修边幅，抽两块钱一盒的香烟，喝五块钱一瓶的酒，只要听说哪里有酒宴，不管熟人生人，都挤进去把自己喝得酩酊大醉，然后一边摇摇晃晃走一边叹道：我一介书生，搞不过政治，搞不过当官的。

大约有二十年的光景，"化学脑袋"都是在这种状态中度过的，后来他检查出患有肝硬化，家里人死活不让他喝酒了，他索性就在马路边和人下棋。棋子磨损得看不清字了，或者有几个棋子摔成两半了，他就用黑胶布裹着。这一副棋子足足陪了他五六年，他还舍不得扔掉。

"化学脑袋，跳马！"

"化学脑袋"就跳马，马白白被对方吃掉了，周围又是一片哄堂大笑，"化学脑袋"又重新摆棋布阵。这时候是上午10点半，离吃中午饭还早着呢，"化学脑袋"又和对手厮杀得不亦乐乎。

请把春天寄给我

请把春天寄给我,经过正月,二月,再经过三月。

经过油菜花地,再经过解冰的河。

杨柳会舒展腰身欢迎你,鸭群会列队欢迎你,幼儿园的孩子会用歌声欢迎你。

冬天已经住了好久了,小树被冻得瑟瑟的,小草伏在黄土上,我的胳膊和双腿也被冻得麻木了。

冬天,我用什么打发你?

我有很多愿望,都要在春天里实现,因此,请你把春天寄给我。

在这个冬天里,我得了鼻炎,温度稍微有点儿变化,我的身体就会发生剧烈的反应,你想想,这个冬天我是多么难受,做什么都没有心情。医生也没招,告诉我,到了春天就会好。于是,我急切地盼望春天。春天暖暖的阳光,舒服的草坪,清香的空气,还有那温润的河水,掬一捧洗一把脸,好爽,我的鼻炎果真就好了。

腊月里,朋友就发微信约我,春天里一起去春游,不去是小狗。你想想,我能爽约吗?朋友是郑大毕业的,来到我们这个小城里,本来打算在我们这里蜻蜓点水,过一把瘾就远走高飞。结果,爱上我们这个精致的小城了,恋上我们美丽的山水了,还嫁了个在济水河畔工作的汉,还生了娃。哈,美丽打败了美丽,只不过,打败她的武器是我们的山和水。

在南山的天然公园里,一到春天,漫山遍野开满了红色的白色的洋槐花。约上你,还有他,还有她,我们一起去采洋槐花。蜜蜂嘤嘤嗡嗡,在和我们分享花的芳香,蝴蝶翩翩起舞,在撩逗我们愉快的心情。一双蝴蝶上下追逐,我说是雄的蝴蝶在追雌的蝴蝶,你说:不,现在是阴盛阳衰的时代,那只永远处于下风的就是雄蝴蝶。我故意认输。

春天是个怀春的季节,阳气能唤起物种的性情。在我工厂附近的村子里,好友养了一只漂亮的波斯狗,说好了一下崽就送我一只。如果春天里能够怀上孕,到秋后,我就会得到一只可爱的波斯狗。

春天是个播种的季节,我工厂院子里还有一块空地,有朋友从菊城开封给我寄来菊王的种子。春天一开冻,我就松土、施肥、浇水,然后撒下菊王的种子,看看秋天到底能收获什么样的美色。

春天还是个充满希望的季节,我把我的希望埋在土壤里,让它生长发芽。我把我的希望放在小河里,让它漂流到大海。我给我的希望插上翅膀,让它飞上蓝天。

我还把我的希望放在祭坛上,虔诚地拜了九拜,凝神默念:天地知我心,好人有好报。我把你放在我心间,永不亵渎,永不碰触,但是你别离开。

我用思念的红线牵着我的希望,我用真挚的友谊浇灌我的希望,我用我的肩膀托住我的希望,我还用我的责任呵护我的希望。

　　辛勤的邮差,请把春天寄给我,我有太多的希望和愿望,要借春天去实现。

春天里

　　今年的春天姗姗来迟,像深闺中箱底里荷包层层包裹的秘密,千呼万唤才露端倪。其实春天是属于年轻人的,更进一步说,是属于女孩子的,你看坐在公园草坪上的都是一些被阳光俘获了的女孩。

　　这春天有点儿乱。柳絮被微风吹得漫舞,雏鸡被阳光暖得瞌睡,小草像不守纪律的坏男生,争先恐后赶来报春,老牛像没脾气的老伯,慢吞吞在水渠边啃草。一年之计在于春,春天是万物万象开始重组的季节,谁赶早了谁勤快了谁就赢得先机,就像喝头道茶是香的,吃头秧瓜是甜的,看戏坐在前排,挨批赶着出差。人的一生不管运气好坏,一定要抓住春天这个季节,能不能快乐能不能出彩,就在这瞬间决定。我曾延误了一个又一个春天,才不觉得快乐,也没有出彩的机会,待到残叶落地,才知已是秋天。那萧瑟的疲惫的季节永远是属于老人的吗?

　　春天能唤起我无数美好的记忆。春天世人尽可享受。如果性格腼腆不愿随群,就在春天的一隅和她窃窃私语,那曼妙虚幻之美足可让你陶醉。你可以放荡不羁,在旷野大声呼喊歌唱,你也可以怀着小资情调,在花簇中赏心悦目观花,而春天最能包容人们的胡乱颠倒。你最好放下矜持,卸下浓妆,和春天一样自然,但你千万别折损了春天,因为春天既是私人的又是大家的,你可以拥有整个春天,但你取不走一块春色,春天可以在敬慕中恩爱,但不可以在亵渎中践踏。春天之妩媚,春天之光明磊落,就像一位女孩。

活在春天里真够享受,有了这春天,我们还要什么呢?

窗外的那只蝶

　　我说你,窗外的那只蝶,此刻是凌晨四点多,天还是灰蒙蒙的,你就把身体挂在窗外的玻璃上,双翅舒展着一动不动。是飞不动了在歇息,还是在打探人类的隐情?都不是?那一定是失爱了。我知道,你们每次出行都是出双入对的,我们人类都把你们作为爱情和自由的象征。

　　你们像梦境一般悄无声息,绕飞花丛或安静地歇落在潺潺的溪岸上,虚幻而又真实,曾经感动过太多的人,曾经让困闷的人心存一丝丝希望,也曾经让自然的景色柔软了许多。不是吗?闭上眼睛想想看,那一地的油菜花添上你们的色彩斑斓,会是何等美丽;若缺失了你们,田园和山峦将会黯然失色。

　　那玻璃的表面是很光滑的呀,你那纤细的脚爪能抓牢吗?你命悬一线的样子让我很替你担心。这位置是楼宇的九层,往下有几十米的高度,要是人摔下去肯定一命呜呼。我倒是不担心你万一睡着了摔下去有什么意外,因为你有一双灵巧的翅膀。我是说,地面上长着很多树木,还有一片片草坪,你为什么不选择更安全更温馨的地方去小憩一会儿呢?

　　你是想对人类诉说你们遭遇的种种不幸吗?那你要到华盛

顿、莫斯科或者柏林去，那里住着很多有权势的人，我知道你飞到那遥远的地方是很困难的事。而你此刻一定透过这透明的玻璃，看见了这个屋子里，一个普通的男人，此刻还懒睡在床上，你想对他说什么。你找错了人，他和许许多多的劳碌大众一样，是最不能代表人类思想和行为的人。

你看这屋子是我每天睡觉的地方，我的睡床就紧挨着窗户。天气好的时候，天空也是很晴朗的，我常常在黎明时分醒来，仰望高空，发出轻微的叹息。我不是人类的智者，我仰望天空是很直观的事，但很少能看到满天的星星，一层层暗灰色的雾幔就挂在屋外，把我的视线挡回到屋内。

我知道这密集高耸的楼群使你们很难飞到南山，在水泥和柏油地面上，想找一泓止渴的水都很困难，工厂里冒出的烟雾简直让你们窒息，更不要说那很厉害的推土机和挖掘机每天都在吞噬着成片的森林和湖泊。面对人类的自私和贪婪，你们无能为力，你们没有地方讨个说法。这种种现象很多有良知的人都看得见，但是他们和你一样回天无力。

我想人类这样肆意破坏大自然的恶果到最后还是要人类自己吞下去。我们这里，夏天比以前更难耐，是不是那无数的炼铁厂和发电厂产生的热量改变了气候？而我们人类是最笨的物种，生下来就需要母亲悉心照顾好几百天才会蹒跚走路，其他技能也需要学校很久的教育。而你们蝶类破茧就会飞翔，小鸡破壳就会奔跑，那庞大的虎豹牛马破胎就会站立，还有猫狗兔貂那弱小的家伙们也有极强的自我照顾能力。况且人类把自己的生活条件营造得越来越舒服，越来越不适应大自然，变得更加脆弱了,医院生病的人也越来越多,这对人类可不是好现象。如果大自然发生变故,比如说像拉闸停电一样停氧五六分钟,整个人类恐怕就要灭绝了。只有很少一部分人,比如说能花五千万英镑买一张到火星的飞船船票,据说火星适合人类居住,人类至今还没有能力造那么多的飞船,况且很多人是买不起船票的。

先不说这些事情吧,说说我们自己。你为什么自个儿飞过来,是遇到负心郎了?比如《秦香莲》中的那个陈世美。是不是我们人类的爱情观影响了你们?像这种爱情悲剧人间每天都在发生着。好在现在的好多人都不把爱情作为至上的事了,房子、汽车倒是人们追求的第一目标。爱情不是心灵的渴求,倒是生理的需要了,因此遇到了爱情的挫折也变得不那么痛苦了。现在整个人类都追捧市场经济,爱情也可以变成商品进行交换,这些事情你们肯定闻所未闻,好像荒诞不经,但是在我们中间真的发生过,这都是物欲横流的时代造成的恶果。

我们人类自我教化的能力是越来越差了。比如,你邻居家的老人或者孩子摔倒了,你俯身把他们扶起来,这是本能的良知善德,连低级的动物都能做到,可是这就成了社会问题。医院把病人当成赚钱的工具,过度医疗的事情经常发生;孩子们被各种补习班累得没有了童年;盖房子和买房子是为了赚更多的钱,而失去了住的功能;巴黎和伦敦经常发生恐怖事件,人类现有的科技水平对付不了恐怖分子;考高分的孩子不见得就能入读优等的学校,不公平现象充斥社会。这些现象我们人间俯拾皆是,没有什么神力来纠正这种种的不端。因此我们人类正把自己陷入悲哀的境地而不可自拔。

　　　　　　窗外的那只蝶

因此我们的爱情观发生质的变化也在情理之中，你暂时的失恋也是大概率的事情，万不可顾影自怜。我不相信除了人类自身以外还有什么力量能够拯救人类自己。人要是把最核心的幸福观和崇高的爱情看成是一枚戒指或者是一件值钱的衣服，那人活着还有什么意义呢？

　　我倒是很羡慕你们的生活，尽管人类给你们造成了种种不便。但你们不在乎那岗哨林立的府院，想进就飞进去，整个儿地球都提供给你们使用，没有国界地界之分，任何物种都不把你们当成袭击的目标，你们可以自由飞翔，你们有崇高的爱情，并且已经根深蒂固，刻印在你们的灵魂中，人类侵占一分，你们就后退一分，到后山深处的花园里。

　　我说你，窗外的那只蝶，你进入梦乡了吗，怎么把翅膀收起来了？这里可不是你久留的地方。都快早上六点了，在人们的带动下，整个社会都会极速地运转起来，空气也会黏稠有怪味，你还是去南山那密密的丛林中吧，那里还是很适合你们生活的，你们最好远离人群。

2016 年

2016 就这样离开了，像斗转星移，如江河入海，一去永不复返。这记时的符号是人们做的标记，其实时间在匀速地昼夜疾走，不会因为什么事情耽搁片刻，因此人们说岁月无情。

记不清在我走过的几十年中，2016 对于我来说是祸是福。2016 年的 2 月和 4 月，我因为过敏性哮喘住了两次医院，合计起来也就十几天时间，但我觉得那是我读书的最佳时机。昏昏欲睡时我读王立群的《王立群智解成语》，读龙应台的《目送》，或者读一些快餐文字，这一类书浅显易懂无须绞尽脑汁理解，还告诉读者很多知识。头脑清醒时读吕思勉的《白话本国史》，读张岱年的《中国文化概论》。20 世纪 30 年代中国的文化界可谓群星璀璨，出了那么多大师级的人物，在兵荒马乱的年代，这真是不可思议的事情。夜深人静时读冯友兰的《中国哲学简史》，读斯塔夫里阿诺斯的《全球通史》，再把中国几千年发生的事情放在世界的视野中去思考，让人掩卷长思，无限惊叹，人类的个体真是太渺小了，还没有学到这浩瀚知识的万分之一，就像还没有很好地享受年轻就苍老了一样。

住院期间，我能够静下心来读几本书，看来病痛完全可以用读书来减轻,那期间我并不觉得生病是多么痛苦的事情。当护士小姐通知我出院时,我还有点恋恋不舍。

我要出院了,离开这熟悉的病房,告别2号和3号病床上住着的病友,心想着我能为他们做些什么。2号病友是来自东碌寨的李元,他得了结肠癌,已经到晚期了,我偷偷问李元的内弟苗钢战,李元知不知道自己得了癌症?苗钢战告诉我他姐夫知道。我赞叹李元在面对死亡时的冷静和沉着,只是59岁得这个病太早了点,他肯定还有很多事情没有来得及做。前年才翻新了他自家的房舍,儿子在郑州富士康打工还没有结婚,这是他最牵挂的事情,他说像他一样年纪的人都抱孙子了,他说起这件事时显出少有的悲伤。我恨自己没有想出恰当的语言来安慰这个伙计,自己在心里说:人啊,无论是儿子还是孙子,和自己都是擦肩而过,何必牵挂呢?但不知道这句话说出来,李元这个朴实的农民能不能听明白。我不知道用什么办法来弥补李元心中的缺憾,我想为他做些什么,但我无计可施。

昨天夜里我俩都睡不着,我们聊了很久,他说他一辈子就会干庄稼活,镢头用坏了无数把,也没有刨出个光景来,种地是最没有出息的活儿。我安慰他说,其实在工厂里做一辈子工人也好不到哪儿去,我用缩小差距的办法来安慰他内心的失落,其实是欺骗了他。我退休以后每月有四千块的退休金,可是他到了六十岁每月才只有七十块,制度让我有个幸福的晚年而他却得不到。以前我还为公务员收入高而愤愤不平,但是面对李元,我觉得自己的良心受到了谴责。其实感到愤愤不平的应该是李元他们,农民是最不会捍卫自己利益的一个软弱的阶层吧?

3号病友是来自王屋镇的常伦,他比李元大一岁,听他的女儿玉霞说,她爹正在地里干活,突然肚子疼,急忙用三轮车把他拉到医院检查,直肠断裂了一截,做了手术,在重症监护室住了三天就花去了二万块。说这话时,玉霞显出一脸的无奈。中国的医院极像盈利的公司,医生的价值体现在创造收入上,把不富裕的生病农民盘剥得一贫如洗还外债高垒。面对高昂的医疗费,玉霞担心明天借不来钱,不知道医院还给不给她爹治疗。说这话时玉霞眼圈都红了,她强忍泪水,怕她爹看见伤心。我虽然和这一家人素昧平生,但是躺在病床上看着这个没有文化,只会使用简单的劳动工具在庄稼地里刨吃喝的枯槁老人,看见他的一双儿女在病床前忙来忙去的身影,心里一阵心酸,我想为他们做些什么,但又感到力不从心,良心道义和野蛮自私让我痛苦了好一阵子,直到出院还是没有为他们提供任何帮助,但是心里的压抑却挥之不去。

　　出院后的第五天,我给玉霞发去微信问她爹的病情,她只回了四个字:不容乐观。再后来我也不敢问了。啊,李元,还有常伦,咱们仅仅在一个病房相处了五天,我就这么牵挂你们吗?我感觉自己的精神系统出问题了,医院医好了我呼吸道的疾病,但是我是怀着痛苦的心情离开医院的,善与恶在我内心搏斗得好厉害,善总是处于下风,我觉得自己不是一个好人了。对于李元的病我没有回天之力,但是依我的经济条件,我还是有能力帮助常伦治好病的,只是我退缩了,我没有勇气把自己的积蓄拿出来,奉献给一个与我没有任何血缘关系和感情纠葛的人。尽管他目前最需要的就是钱,我不知道一个伟大高尚的人在这种情况下会怎么做。

李元说这一辈子再重再难的活儿他都没有胆怯过,他自信靠他的双手能在他的承包地里建立自己美好的生活,但是病魔阻挡了他实现宏大计划的道路,这是他躺在病床上唯一悔恨的事情。

常佗说村会计答应他的医疗费全报销,花一百万就报一百万,在重症监护室三天花了二万块他一点都不心疼,但是他不知道村会计是哄他来住院的,村会计没有这个权力也没有这个能力。

夜里九点的时候,护士来病房通知:"3床听着,你的账上没钱了,明天去收费室再充一万块。"玉霞和她哥哥急忙应允,常佗瞪眼听得明明白白,但是那一万块他根本不在乎,他是过于相信村会计的话了。这个穷光蛋好像突然变成了土豪,底气倍增,钱来得就像刨土坷垃那样容易。

腊月二十六,玉霞给我发了一条微信:"我爹从你出院那天起就起不来床了,下午一直输液,晚上化验结果显示血糖低,又输了四袋血浆,还不见效果,医院通知我爹转院,我和哥哥怕我爹经不起折腾,就决定在这里继续治疗。凌晨四五点的时候开始胃管排血,医生说人是不行了,最多再活一两天,实在没有办法了,只好出院回家,爹在家停了三天,腊月十九 18 时 20 分不在了。"

玉霞是在老家办完她爹的丧事后给我发的微信,语气平静,在医院护理她爹的时间里,她所有的悲痛和别离之苦都耗尽了。

5月到了,因为我的工厂就在离城不远的一个村庄里,所以我常常把车子停下,去麦田散步。小麦都拥挤着比肩成长,田埂上开满了黄色的紫色的花,路边杨树银色的树叶还在微风中互相拍打取闹,太阳刚从东边升起来,把大地照得一片金黄。整天钻在城市高楼的缝隙中是多么荒唐的事情,于是我让人做了一锅羊肉汤,急忙打电话通知几个朋友来这农村享受阳光空气,大家一边喝着羊肉汤啃着火烧,一边不住口地说好,我心里真是欢喜。

麦熟一晌稻熟一时,麦子变黄常常是一瞬间的事情。早上起来麦子还是郁郁葱葱、刚劲有力,大有继续生长的架势,中午一阵热风,下午就一片金黄了。刚跌进6月,麦子成熟了,收割机开进麦田,不一会儿,大片的麦田就像理了发,变得光秃秃的,大煞了风景,农民使用了几千年的镰刀、碌轴都寿终正寝了。

六七月间我活得还是不错的吧?那一段时间我工厂的订单比较多,整天忙忙碌碌里外应酬,差不多把在住院期间的一些担心和不快忘光了。

常佗入土为安了,李元呢,这个把自己的精血都抛洒在黄土地上的勤奋庄稼人,尚不知能不能逃过这一劫呢。

那一天。

究竟是哪一天我真的记不清楚了,可能是在9月的末尾,其实这并不重要。那天,一个朋友给我发来微信,说她在家生了几天病,实在闷得慌,想让我陪她去南山赏花看风景。这真让我大喜过望。我按照约定开车去接她,小心翼翼地把车开到南山,洋槐夹着不宽的柏油路一直延伸到山顶处,路面上留下一片片的

313

阴凉,让人心情极爽。一路上我们并没有说话,似乎都还没有准备好谈话内容。此刻我不知道她心里在想些什么,她生病在家好几天,确实需要放松一下心情,大概此刻她的志趣都在路边的风景吧,我轻轻地呼吸轻轻地踩油门,不想破坏她极好的心情。

"就停在这里吧? 四处都看得见。"我小心地征求她的意见。她很快点了点头表示同意,我把车停稳,我俩就沿着一条弯弯曲曲的土路往山顶爬。我走在前面距离她几步远的地方,不料她很快追上来:"慢点,为什么走那么快呢?"山上很凉爽,微风吹起她柔软的衬衫和短裙的下摆,她的整个身体轮廓都显露出来,那是女人最精彩的表白,像诗句有含蓄之美,也像旋律动人心弦。但是我深知这不是我该享受的时刻,我跳到一块巨石上,眺望远处的小浪底水库,那里水波荡漾,而近处是几块山地,有老农在扶犁耕地。

她的嘴唇轻微地动了动,大概是想说什么,但是没有说出来。"累了,坐下来吧。"我顺从地坐在她身旁,捡起地上的石块投远处的树桩,几次都没有投中,她说我笨蛋,可是她投了几次也没有投中,但是我不敢说她也是笨蛋。不知怎的,坐在她身边大有伴君如伴虎的感觉,我怕她突然不高兴翻脸,也怕万一说了哪句不应耳的话让她扫兴。女人都爱被人夸,可是我觉得任何夸赞她的话都会降低她天然美的水准。坐在她身边,我找不到话茬,心里有几分尴尬,我是个不会享受美丽的笨男人,时间就这样快步地溜走了,我心里有点着急,她告诉我五点钟还得去河合小学接孩子。

记得我刚从山上来到城里做工的时候,工友们都叫我山瓜,看来我真是一个十足的山瓜,几十年了,我这个山瓜还没有长熟。山瓜木讷,山瓜无味,山瓜也是最不受人待见的食物,不会有人看重它,更不会有人喜欢它,它是食之无味弃之可惜的东西。在人们心中,我也许就如山瓜一样吧?回来的路上,我一边开车一边无语,我没有给她带来欢乐,心里很是自责,如果再给我一次机会,我还是这样。你和你们,都不要对我抱有希望,也不必开化我,让我出力干活就没问题。

但是无论如何,那一次南山之行之后,接下来的几个月里我活得很有滋味,生意也做得不错,莫不是你给我带来的好运?感谢你没有责怪我,你让我不敢懈怠偷懒,我有事没事就往新华书店跑,买了好多书,在闲下来的时候我不去打牌,在家里读书,我想缩小和你之间的距离吧?我知道那距离像喜马拉雅一样横亘在我的眼前,但是请给我时间,我会认真修炼自己,你每天都在无形地约束我,让我用心,做了这一切,我只想证明一点,我是一个好人。

2016,我过得还算可以,因为有爱与美的慰藉。

平凡人的小自由

　　人活在世上是要受到很多限制的,法律有惩治犯罪的功能,顺带也限制了好人的很多行为。比如乘飞机过安检时,每个人都必须接受检查,因此人的自由度会受到社会的种种约束,平凡百姓就只能拥有相对的自由,权且叫小自由吧,这小自由只要我们利用好了,也够一生享受。

　　闲暇的时候,我总是止不住自问,我是自由的吗？我想去埃及看金字塔,可是我没有足够的旅费,金钱限制了我的自由;我想和我的朋友悠闲地去茶社喝一次茶,可是担心限制了我的自由;我想在春节假期到海南过一段夏日生活,可是传统限制了我的自由。可见人的自由是受到多方面限制的,就是自然中的万千生物也绝没有想象中的那么自由,风是自由的吧,墙壁挡住了它的自由;鸟儿是自由的吧,迁徙限制了它的自由;花草是自由的吧,气候限制了它的自由。

　　可我是自由的。我可以自由地走在大街上四处张望,我可以决定下午是去读书写字还是去斗地主打麻将,我可以去听音乐也可以去看画展,我可以约几个朋友去南山看不尽的风景,还可以到小沟背架起烧烤架吃一顿美味的烧烤。这些都可以在我的自由支配下完成,做一个平凡的老百姓是多么自由啊。

有谁说过,人活在世上犹如活在监狱,无论你走进办公室,走到电影院,回到家里,或者去另一个城市看亲戚访朋友,你都是从一个监狱走到另一个监狱,我不认同他的世界观。为什么不把这些看成是从一个景点走到另一个景点呢?况且你是自由的,你的手上没戴手铐,你的双脚可以迈开大步,你可以顺路拐到一个酒馆小酌几杯,你也可以邀几个朋友去茶社喝茶,你是完全自由自主的。你穿你想穿的衣服,你走、你坐、你站、你停都由你自己决定。自由并非你可以随便飞到天上,随意溜进一个秘密军营,那是疯子才提出的要求。

自由还来自你的无知,你喜欢一朵花你尽管欣赏,你左看右看上看下看发疯般看都可以,但你不必知道花生长的机理是什么。你可以爱上一个女人,在享受她的美丽时你不必刨根问底她美丽的原因是什么。母鸡下蛋公鸡打鸣,飞机天上飞火车地上跑,猪肉好吃糠菜难咽,如果这世上太多的奇怪你都想弄个明白,你整天殚精竭虑,干一万个科学家的活儿,你怎么会得到自由?自由,特别是平凡人的自由,必须有足够的闲暇,没有更高目标的追求,你不要给自己添堵,那你就是自由的。

自由还隐含在我们的宽容里。英国作家福斯特在他的《论宽容》里引用了一句名言:除非上帝想要使房建成,否则建房人只能白费力气。这上帝就是指健康的精神状态和心理状态。我们都活在熙熙攘攘的尘世,我们每天都与喜欢的和不喜欢的人和事物打交道,而这些都有意或无意地挤占了我们的自由空间,如果我们不学会宽容,我们就会感到不自由,鱼缸里不止一条

　　　　平凡人的小自由

鱼,大家难免撞头,那就要学会宽容,把心放大了,你就自由了。

最可贵的是我心的自由,道德和法律都无法进去限制。我坐在我的书房里,我可以读书,我可以上网,我可以浮想联翩,我可以打一个坏主意。多数时候我的心是善良的,如果上帝在默默窥视人的心地,发现我是善良和自敛的,上帝会默许给我更多的自由。

平凡人的小幸福

如果用一张愁苦的脸看世界,就会看到一个个的不幸。

当下,做什么事都得找熟人,求医看病排队挂号拍片取药报药费,孩子上幼儿园上小学上初中上高中上大学安排工作,说理打官司买米面割猪肉买房装修置家具,生孩子上户口摆摊卖菜批条子,乘飞机坐火车蹬三轮拉客人娶媳妇放鞭炮,开门店办证件水费电费清洁费,如此等等,办事找熟人已经成了中国老百姓的思维惯性,不需要找熟人就能办成的事也要找熟人办了才放心。

想想看,平凡人这日常生活中层出不穷的烦恼都是自找的,像那鸟儿,都努力去攀那高枝歌唱,其实落在低枝也照样一展歌喉。如果我们改变一下思维,把这世界看得更美丽一些,不要以为社会处处在刁难自己,把世界万物都看成为我而生为我而长,我们就会天天生活在快乐里,就算贫贱也幸福。幸福生活的客观因素很重要,但是我们的思维、感情也很重要。明朝文人张大复对月色有一段绝妙的描述:邵茂齐有言:"天上月色能移世界。"果然! 故夫山石泉间、梵刹园亭、屋庐竹树,种种常见之物,月照之则深,蒙之则静。金碧之彩,披之则醇;惨悴之容,承之则奇。浅深浓淡之色，按之望之，则屡易而不可了。以至河山大地，邈若皇古；犬吠松涛，远于岩谷；草生木长，闲如坐卧；人在月下，亦尝忘我之为我也。

可是到了白天，他再观之：酱盎纷然，瓦石布地而已。

还是那地方，还是那人，在乘着酒兴，和友人严叔向卧地畅谈时，月光下的景色是那么美丽，就是一块砖头瓦砾、一片歪树杂草也是美丽的。美之客观没有变化，变化的是人的思维和情绪，是人对自然景色的一种感情。雕刻家看到一棵大树是看到了它的艺术价值，商人看到一棵大树是看到了它的商业价值，开矿的商人看到矿石，只看到了它的价值而看不到它发光之美。

在我们的日常生活中何尝不是这样呢，如果在心中找不到快乐，那么就没有什么地方让你感到快乐，如果我们的心灵每天起伏不定，经常有思想的波涛，情感的矛盾，陷入私欲不可自拔，每天为利害计较，那就失去了快乐和幸福。希腊联军围攻特洛伊九年，死伤无数，为的是夺回美女海伦，而海伦的美让无数将士感到他们的艰苦作战和牺牲是值得的。为了幸福和快乐，死也是一种享受吧。

无论王羲之"仰观宇宙之大，俯察品类之盛"，也无论托尔斯泰用一颗透明之心"照见了一个世界"，都是佛家一个"放下"。

哈尼人与梯田

红河哈尼梯田又称红河梯田、哈尼梯田,位于云南红河哈尼族彝族自治州内。把哈尼与梯田拆开,是想说明它们之间主动与被动的关系,就像一个小学生和他的作业或者说一个画家和他的画作,只因哈尼族千百年来的坚持耕耘,才有哈尼梯田今天的蔚为壮观。

红河是梯田所处的地域方位,而哈尼人则赋予了其文化内涵,梯田文化所呈现的森林、水系、梯田与山寨景观,完美体现了农业、林业与人类活动共分水系的精密复杂,彰显了人与自然互动的重要方式,且这方式持续了两千年之久。

这是每一个来哈尼梯田参观的中外游客叹为观止的原因。

站在多依树梯田之畔放眼望去,一层层、一行行、一块块的梯田,大的有十来亩,小的只能放下一张餐桌,顺着山势从沟底到山腰,少则数十级,多则上千级。我来的时候是早春二月,尽管七彩云南四季如春,但只有很少的梯田里插了秧苗,多数的梯田里放满了水,大概是在做插秧前的准备。奇怪的是,一望无边的梯田里,竟没有一个稻农在劳作。莫非在现代农业科技的冲击下,梯田传统的耕作方式失去了优势?青壮劳力都弃农经商,哈尼梯田仅仅成了一个文化符号？

受地理情况的限制，哈尼梯田每一级的高低，每一块梯田的大小都不一样。现在很多地区引入了现代农业科技之后，稻田的产量有了很大的提高。可是在近两千年的漫长岁月里，传统的农耕方式在哈尼族的传承中并没有大的发展。

如果用现代人的眼光看，哈尼梯田的规模不算宏大，几台机器工作不了几天，就能做出哈尼梯田的模样。可是我们眼前的哈尼梯田，是经过了哈尼族人民一双双勤劳的手，以千年不变的精神，才造就了今天壮观的农耕景象，我们还是由衷地感到震撼。水养了稻，稻养了人，人引来了水，一个循环的完成，人起了主要作用。因此，我们谈论哈尼梯田，还是要先说说哈尼族人民，因为他们是哈尼梯田这一文化现象的缔造者。

公元前 6 世纪左右，游牧于青藏高原的古代羌族的一支，从甘肃西部经四川盆地，跨越大渡河一直沿云贵高原走来。祖国北部的干燥气候使得草原逐渐被风沙吞噬，极大地限制了牧业的发展。于是他们想去寻找一处水草丰沛的地方，于是他们就用骆驼驮着草料，用马匹载着妻儿，赶着牛羊，义无反顾地一路南下。这是一条不归路，高原的险峻，道路的曲折，攀爬的艰难，使得他们无法再折身返回。一路上严寒酷暑，牛羊死去大半，但是云贵高原到处是森林和大山，并没有提供一处平坦的土地让他们安身。他们只好边走边停，就这样走过了好几代人。这时候，一支沿云贵高原北上的稻作民族与他们不期而遇，于是，夷越融合的新型稻作农耕民族——哈尼族就在现在的云南一带落地生根了。

分布在祖国境内的哈尼族约有 160 万人，还有一部分在东南亚的缅甸、泰国、越南、老挝等国家的北部山区,哈尼族真是一个离不开山的民族。有人说哈尼族是一个国际性的民族,我极不赞同。古时候,中国与东南亚几个国家的国境分界线不像现在这样清楚,并且哈尼族的迁徙也是在一千公里左右的区域内,远没有到国际化的程度。无论其文化的辐射能力,还是经济、科技乃至宗教的影响能力,都有较大的局限性。我们不能说哈尼族是一个国际化的民族,但我们可以说哈尼族在东南亚的分布是有历史原因的。

从历史上看,秦汉时期称哈尼族为昆明叟,魏晋南北朝称乌蛮,宋大理国称和蛮,明朝称窝尼,清朝称和尼,中华人民共和国成立后,才将其改称为哈尼族。就是哈尼族内部也有很多自称,如哈尼、豪尼、雅尼、白宏等,据统计光自称就有 30 多个。我们说,有多少个自称,就有多少个派别,一个只有一百多万人的民族,竟有这么多称呼,这可能也是其发展壮大不起来的原因之一。哈尼族的服饰色彩斑斓,有多种款式,哈尼族有巴乌和响篾等各种各样的乐器,哈尼族有自己的民族语言,但没有文字。大概是受到严格的宗教约束,哈尼族所有的文化传承方式都缺乏一种创新元素,现在哈尼族多数的青年人都放弃对哈尼族传统文化的继承了,只有在盛大节日时才用。

哈尼族认为万物皆有灵,人死魂不灭,即便一棵小草,一只小虫,都有灵魂在身,因此,他们有对动植物的图腾崇拜,尤其是对大自然和祖宗的崇拜。这大概是恶劣的自然条件和艰难的生存环境所致。哈尼族坚信人有灵魂,人从生下来到老死,只是走了一小段路,人还有来生,还要继续走下去。看那还没有开垦的

　　　　哈尼人与梯田

土地,还没有播种的稻田,还没有开辟的道路,都要让来生的我们去完成。

一个民族无论如何弱小,都有其精神灵魂,这精神灵魂就是文学。哈尼族没有文字,但有代代口传的文学,这是一个民族精神不死的原因。哈尼族有很优秀的口传文学如神话、诗歌等,《创世纪》《洪水记》《哈尼祖先过江来》更是脍炙人口。这是一个民族无论历史上受过什么磨难都精神不死的原因。想想看,劳动累了,站在山头唱一支歌,万山呼应,是对情感多么淋漓尽致的释放,重新唤起人们活下去的勇气和希望。

在从元阳县老城回到新城的路上,开车的彝族司机说了一句让我吃惊的话。他说,要不了一百年,我们少数民族就都不存在了。我问为什么,他回答我:被汉族同化了。听了他的话,我久思不语。汉族同化能力尽管强,但是世界优秀民族的同化力更强,在现代科技日新月异的发展中,一个没有自己的文字,语言传播有限的民族与世界交流会有很大的障碍。哈尼族人民今后融入世界的窗口在哪里呢?

由此我想到了1957年我国语言文字委员会为哈尼族人民制定了一套哈尼族文字,帮了哈尼族人民一个倒忙。哈尼族人民要想变强,要想走向世界,要想在现代科技、现代经济社会的发展中不被淘汰,就要把汉字作为自己民族的文字,更好地和全国人民融为一体,才有保留自己鲜活个性的可能,况且汉字是世界上历史最悠久、使用最简捷、最能表情达意的文字。幸运的是,我们的祖国为我们提供了各民族大团结、大融合的机会,我们祝福哈尼族人民今后的日子过得越来越好。

加勒比海的夏风

孩提时代的我就知道在浩瀚的大西洋彼岸,有一个美丽的岛国古巴,那里盛产蔗糖和卷烟,古巴的领袖叫卡斯特罗。今年7月5日,我有幸随中国政府援助古巴气象项目工作组,前往仰慕已久的古巴首都哈瓦那,游历了这个被称为"百港之国"和"世界糖罐"的美丽国家,体验了古巴人民的工作和生活,也感受了加勒比海和畅的夏风。

从北京出发,途经莫斯科,再飞往哈瓦那,一路辛苦,但当古朴典雅被誉为"加勒比海明珠"的海港城市哈瓦那映入眼帘时,我们疲惫的精神立刻为之一振,大西洋和煦的海风吹去了我们的一路风尘,大家都为这座神圣而孤傲的城市喝彩,途经莫斯科时的一些不快也随之一扫而光。

在谢列梅杰沃国际机场过夜

经过近8个小时的飞行,我原以为在莫斯科转机时,能冲个热水澡,吃一顿可口的晚餐,再美美睡上一觉,养精蓄锐后再飞往哈瓦那。如果运气好,或许还能到"十月革命"的圣地红场溜达溜达。谁知没办签证不准出关，我们竟在谢列梅杰沃国际机场熬过了梦魇般的 23 个小时。在那里，我们感觉不到热情和温暖，俄罗斯海关人员好像对我们怀有戒心，十几个江浙一带的年轻人不由分说地被没收了护照。看着俄罗斯海关人员生硬蔑视的面孔，真让人大气难出。我们都巴不得快些离开这里。

谢列梅杰沃国际机场远没有我想象的雄伟和现代化，也没有北京机场那样热闹繁忙。机场的通关设施陈旧不堪，一台老式打卡机坏坏停停，害得我们等了十几分钟才拿到登机牌。看此情景，我顿生疑窦，谢列梅杰沃国际机场是世人看俄罗斯的窗口，为什么不把它建设得好一些呢？

夜深了，旅客们在座椅上睡得东倒西歪，莫斯科河吹来阵阵凉风，被冻醒的旅客就拖着行李箱在候机楼通道上转了一圈又一圈，时光真是难熬。这里缺少服务，物品奇贵，一瓶 300 克装的啤酒竟要 5 美元。我们忍受着饥渴，不是花不起这个钱，实在是不想被宰得太狠。海关人员一边看手机，一边聊天，漫不经心地对待旅客。看来，"休克疗法"也许能改变一国的政治经济制度，但实难医治计划经济体制的痼疾，意识形态领域的东西更难短时期内改变。

有人说世界上凡有人类生存的地方都有中国人，我相信这话。看着一拨又一拨等待转机的同胞，渴了喝凉水，饥了啃饼干，困了就盖着衣物和旧报纸在地板上睡觉，漂洋过海到世界各地去淘金。我不由感叹：国人的生命力真是顽强，但愿俄罗斯海关人员善待他们。

参观古巴国家气象局

帮助古巴建立一个移动式空气质量检测站,是这次中国政府援古的九个项目之一。由于古巴未建立环保部门,此项业务由其国家气象局负责,而这次援助项目是以我们公司的名义来进行商业运作的,于是,我就有了参观古巴国家气象局的机会。

古巴国家气象局坐落在哈瓦那北郊的一座山包上,北临大西洋,南山脚下是哈瓦那海港,小型货船在这里进出。一米多高的铁丝网把小山包围起来,4座始建于19世纪西班牙殖民时期的两层小楼,构成了古巴国家气象局的全部。要不是这次我国政府帮助古巴国家气象局实现办公自动化,很难想象就靠着这样的设备和条件,古巴国家气象局为全国工业、农业、军事等各行业提供气象服务,并且工作出色。

古巴的此项目负责人是卢西阿诺先生,他是资深的气象专家,兼任国家气象局装备部主任,是正厅级干部了吧。可卢西阿诺先生没有一点儿官僚派头,工作勤奋,不知疲倦,立刻赢得了我们的敬意。他的办公室不足十平方米,一张办公桌一台电脑,两个小文件柜和一组5位的棕色皮沙发,把一间办公室塞得满满的。卢西阿诺先生热情地把我们让进他的办公室,摊开两手抱歉地说:为了节能,国家规定要到下午3点才能开空调。我们几个热得汗流浃背。

到古巴国家气象局工作的第一天,由于双方需要交涉的事情较多,不知不觉已到了下午1点半。为了节省时间,卢西阿诺先生建议我们到他们的职工餐厅就餐。原以为古方会让我们大快朵颐一顿，谁知每人半勺米粥，一份猪油炒米，一团甜软米饭。除了翻译玛尼雅女士，古方没有工作人员陪餐。那顿饭好难吃，但我们还是坚持把饭吃了个精光。古方高级职员们都吃这个饭，我们实在不好意思剩饭。后来才知道，古方没有招待费，也不准工作人员陪餐。这使我想起，我们到达的头天晚上，安顿下来已是夜里10点，古方没有招待我们吃饭就开车离去了。我们去了几家餐馆，他们都不收美元和人民币，我们只好空着肚子回来。

我给那顿饭起了个好听的名字，叫"一米三吃"，待翻译完毕，双方工作人员都捧腹大笑。

快乐的古巴人

在古巴期间，我们时常讨论一个话题：中国人、古巴人谁最快乐？我们不是社会学家，当然给不出答案，但在和古巴朋友的近距离接触中，我们觉得，古巴人是快乐的。至少，古巴人和中国人一样快乐。

和古巴人比较起来，中国人拘谨，古巴人开放；中国人紧张，古巴人放松；中国的普通老百姓被教育、医疗、住房三座大山压得喘不过气，古巴的老百姓却对此无忧无虑。

和我国20世纪六七十年代一样，古巴人的主要副食品还凭票供应。菜店里除了土豆和大蒜，几乎没有其他菜蔬。古巴人的食谱极为简单，看来古巴人每顿都不是吃得太饱。相比之下，我们国人吃得太多太腻,有碍健康。古巴人的收入也不高,像气象学家卢西阿诺先生和翻译玛尼雅女士这些国家的高级职员,每月才400比索,相当于20多美元。但古巴国民的主要支出如教育、医疗、住房等,国家全免,我们几个人羡慕不已。都说古巴人穷,但那是平均状态下的穷,等到资本蜂拥进去了,资源得到开发了,少数人富裕了,滋生腐败的土壤增多了,古巴人或许就没有现在活得心平气顺了。

古巴是拉丁舞的故乡。古巴人不分男女老幼都会跳拉丁舞,不论是在车上还是在家里,只要音乐响起,大家都会翩翩起舞。古巴人跳拉丁舞,从头到脚的每一根神经都在运动。玛尼雅告诉我,古巴姑娘到16岁如果还不会跳舞,男人不会娶她。不能说拉丁舞是古巴人生活的全部,但古巴人的生活确实离不开拉丁舞。古巴人需要在痛苦中寻求解脱,在压抑中得到解放,在快乐中获得陶醉。古巴人对歌舞的热爱,对音乐的理解,对生活生命的诠释,对精神意境的禅悟,都离不开拉丁舞。在去巴拉德罗海滩的路上,我们都在欣赏沿路的风景,得到的或许是感官的愉悦,而古巴朋友随着车上的乐声不停扭动,他们获取的也许是内心世界的快乐。我们不禁感叹,不要热带美丽的自然景色,仅一个拉丁舞,就够古巴人快乐了。

青春的哈瓦那

如果说阿尔巴尼亚这盏欧洲的社会主义明灯早已熄灭,那么古巴这盏拉丁美洲的社会主义明灯仍然熠熠闪光。古巴人民从 1510 年被西班牙殖民统治,到 1898 年美西战争结束,西班牙战败,美国取代西班牙在古巴的利益,一直到 1959 年古巴人民在古巴共产党的领导下,经过英勇斗争,取得民族独立战争的胜利。古巴人民饱受了被奴役的痛苦,哈瓦那这座英雄的城市,见证了数百年的世事沧桑。

古巴首都哈瓦那人口二百余万,占全国人口的五分之一。从哈瓦那海港出发行驶 90 海里,就能到达美国佛罗里达州。两个意识形态截然不同的国家,相距却又那么近。哈瓦那是一座古老的历史城市,老城区有着浓郁的西班牙色彩,至今还保留着许多西班牙风格的古老建筑,公园、雕塑、喷泉、纪念塔等给城市增添了许多文化印记。新城区以革命广场为中心,国家的主要政府机构都设在这里。哈瓦那没有摩天大楼,没有喧嚣的工商业,现代工业文明还没有渗透到哈瓦那,在古巴,无论城市还是乡村,仍然保持着原生态,偶尔可见海岸边正在采油的采油机。我真为哈瓦那庆幸,未受现代工业文明过多的骚扰,是那么安详而静谧。

哈瓦那乃至整个古巴,都太需要休养生息了。1962 年加勒比海导弹危机,几乎把古巴推向战争的深渊,从 60 年代起,美国对古巴实行了长达四十多年的经济封锁,严重阻碍了古巴的经济发展。和美国相比,古巴太弱小了,却也活得有骨气有脸面。但愿加勒比海不再剑拔弩张,而是和风渐吹。

中国和古巴有着传统的友谊。不论是出于大国责任,还是道义使然,中国政府每年都对古巴进行援助,这是很有必要的。古巴仍然继续着社会主义道路的艰难探索,这对中国很有启迪,像古巴的养老、医疗制度等，中国也多有借鉴。中古之间的教育文化交流日益频繁，仅哈瓦那大学达拉拉分校，就有1800余名中国学生。我国教育部实行中西部教育计划，只要达到二本分数线的中西部学生，都可报考古巴的高等院校，并享受古巴国民待遇，食宿和学费全免。

如今古巴已经进入后卡斯特罗时代，古巴试着以开放的姿态融入世界。古巴今后要实行一个什么样的经济模式，国人似乎都在深沉地思考这个问题。像我们的翻译玛尼雅，这个哈瓦那大学俄语系毕业的学生，被公派到北京大学学习五年中文，懂四国语言，常为中国政要做翻译，她就对古巴的改革与开放充满了期待。古巴的明天一定会越来越好！

或许是怀着对古巴人民的美好祝愿，走在哈瓦那的大街上，我忽然觉得，哈瓦那变得年轻了，青春又美丽，清贫但守德、迷茫但自信，它正迈着坚定的步伐，向世界走来。

细看台湾

　　站在中国地图面前,注目我们伟大祖国广袤的国土,台湾就像孤悬海外的游子,牵动了太多中国人的心。台湾,因为太爱,才梦牵魂萦,千回百转,担心你被外强掠去,担心你在海风中瑟瑟,担心炎黄血脉不再相传。忘不掉你日夜为祖国母亲站岗放哨,那水手的英姿是多么飒爽,你每天用笑脸为祖国母亲迎来第一束阳光。翻开你苦涩的历史,因为你的美丽,才受尽了屈辱,历经了磨难,祖国母亲的泪水,曾否沾湿了你的衣襟?怀着无限的亲情,带着永远的眷恋,我们从郑州直飞台北,落地处,那便是台湾。

　　这便是台湾吗? 一样的路灯闪烁,一样的黑眼睛黑头发黄皮肤。住进酒店,来不及洗漱,便迫不及待撩开窗幔,看台北的夜景。汽车在大街小巷川流不息,三五人群在街头漫步,街灯柔和,秩序井然,这城市浪漫、温馨、热情、奔放,自由但不失严谨,繁华却安详。我们利用就寝前的一点时间,逛了一个叫峨眉的街市,那里店铺林立,只是商家出货不是太快,繁华处略见冷清,叫卖声中略显无奈。受世界金融危机的影响,台湾经济至今还没有走出困境,居民收入不是太高,几年下来真是苦了众多百姓。大商家都到大陆或东南亚设厂赚钱了，留下中小企业在本土苦苦打斗，撑不起台湾经济发展的重任，台湾经济便一路下滑。这个昔日亚洲四小龙之首，如今眼睁睁变成四小龙之尾了。就像母亲不愿意见到儿女拮据，国人总是对台湾的状况怀着极大的同情。望着店主渴求的眼光，我们真想买点什么，但初到台北竟一时不知该买什么，便怀着歉意回酒店了。

第二天吃过早餐，我们乘大巴从台北一路南下，西海岸旖旎风光尽收眼底。台湾接地导游黄启裕先生神采飞扬地给我们讲解台湾的风土人情，一会儿使我们捧腹大笑，一会儿使我们浮想联翩。台湾海峡，一边是大陆，一边是台湾，半个多世纪以来，这里发生了太多的故事，也冒出了很多惊险，平静的海水之下暗流汹涌，揪紧了海峡两岸人民的心。凭借中国五千年的文化积淀，难道我们没有智慧解决海峡两岸现存的问题吗？因缘际会，祸福相连，炎黄子孙的内斗，给两岸同胞带来了太多悲哀和苦难。让时间抚平两岸人民的心灵创伤吧，说真的，一回到历史的无限惆怅中，我便没心思观赏沿路的风景了，再加上我哥哥在台中住院，需要我去照料，便急切地想在台中下车。脱团的手续直到过了台中到了南投才办好，我便从南投坐过路的公交车折返到台中，在台中澄清综合医院见到了我病中的哥哥。

无论大陆人喜不喜欢台湾的现行政治，说实话，台湾人民享受到了世界上最好的医疗，这使我为哥哥庆幸。一位生活在大陆腹地三、四线城市的普通退休工人，辗转在本地几家医院都没有检查出病因，却在台湾得到了最好的治疗。我给哥哥开玩笑说，市长也享受不到这样好的医疗条件。

且不说台中澄清综合医院拥有世界上最先进的医疗设备，那是有钱都能买来的，我只说医护人员的服务和医院的管理制度。你要看医生，接待护士会耐心地给你引荐接诊医生，需要检查的项目，一层楼一层楼给你介绍，待检查完毕，接诊医生会不厌其烦地给你分析病因，然后主治医生汇总各科室的诊断结果开出药方，整个流程一气呵成，病人一步冤枉路都不走。在这里，无论显官平民，一律同等待遇，没有专供达官贵人享受的特殊病房，也无论生人熟人，一律按号就医，不准插队，病人的尊严受到充分的尊重。资本主义制度下的私立医院尚且做得这么好，使我们大陆社会主义体制下的公立医院自叹弗如。目前，我国正在进行医疗体制改革，是走公益性的改革让政府买单，还是走市场化改革引进竞争，学界还颇有争论，但不解决管理体制问题，我担心成效甚微。有一点需要说明，台湾公民无论城市、乡下，医药费报销比例一律是90%，相比之下大陆不应该区分等级，提高了少数人的待遇却损害了大多数人的利益。因此，医改的重点首先应是解决公平问题，其次才是服务。

　　在台中待了两天，我错过了看日月潭和阿里山的机会，但我并不遗憾。黄启裕先生告诉我，台湾的山川河流根本比不过大陆，因此，看台湾要看台湾的人文。我深信黄先生的话，但要看台湾的人文，要往深处细处去看，要看台湾的处处洁净，台湾人的文明守纪，台湾人的法治精神。由于台湾是个孤岛，又地震频发，台湾人不像大陆人，他们自身有一种不安全感，这种不安全感是与生俱来的，因此台湾人的防范意识很强。多数台湾人知道自己是中国人，却又想让美国人提供保护，这种矛盾心理，会使两岸之间政冷经热的现象保持很长一段时间。中华民族是个有耐心有智慧能隐忍的民族，我们有理由期待两岸有朝一日走向和解统一。

信不信由你，我们一行人在台湾买了一些胡萝卜干、香菇干带回大陆，亲友们尝了都说好吃。想不到在大陆最普通最便宜的蔬菜，经过开发，竟变成了口味极佳的食品，这改变了我对产品开发的理解。以前我理解的产品开发是科技含量很高的尖端产品，像胡萝卜这样的大路货，也能深度开发，增加附加值，是我始料不及的，真让我开了眼界。这又使我想起台湾商人对旅游资源的开发，要做细做深做透，拉长产业链条，把小变大，把名不见经传变成亮点热点，台湾人对产品开发的功夫可见一斑。在台湾随便吃便当或是简餐，都有各种精美小菜点缀，增加了客人的食欲，使你回味无穷。

其实台湾的多数媒体对大陆还是友善的，评价也是中肯的。这种新闻人的理性很快拉近了我与台湾的情感距离。这使我想起导游黄启裕先生一路从未说过一句对大陆不利的话。

短短的八天旅游很快就要结束了。站在花莲东海岸的护堤边向远处看去，是一片茫茫大海，巨浪翻滚，令人震撼。数百海里外，左手边是日本，右手边是菲律宾，本来中国与它们一衣带水，完全可以结为友好邻邦，为什么你们常常对别的国家的领土产生觊觎之心呢？看着孑然孤守在海岸边任汹涌的海浪拍打的消波石，是那么孤立无援、势单力薄，我们不免又对台湾有几分担心，单凭你们能守得住中国的海岸线吗？我急切地盼望我们的国家赶快强盛起来，那样，我们才有力量守疆固土，台湾的周边环境才会更安全。

怀着对台湾美好的祝愿,中华航空的飞机又把我们载回了大陆。站在中国地图面前看宝岛台湾,它依然是那么美丽,那么亲切,我终于有了一次站在宝岛台湾的热土上回望大陆,又站在大陆腹地远眺台湾的机会,那感觉是极不一样的。